Florian Illies erzählt auf unnachahmliche Weise von neuen aberwitzigen, berührenden, witzigen und atemberaubenden Episoden aus dem letzten Jahr vor dem Ersten Weltkrieg, die genau da weitermachen, wo »1913. Der Sommer des Jahrhunderts« aufgehört hat. Wie Hermann Hesse auf Skiern aus seiner Ehe flieht, Marcel Proust seine Kritiker mit Gebäck besticht und warum Giacomo Puccini keine Lust mehr auf ein Duell hat. Und wann sich Franz Kafka ein Buch über das Jahr 1913 bestellt. Natürlich hat Rilke auch wieder Schnupfen, diesmal in Bad Rippoldsau. Aber vor allem geht es um die Liebe in diesem neuen Buch: um wilde Affären und rasante Fluchten zwischen Berlin, Paris, Wien und St. Petersburg.

Freuen Sie sich auf neue Geschichten, die so unglaublich sind, dass sie wahr sein müssen.

Florian Illies, geboren 1971, liebt mit großer Leidenschaft die Kunst und die Literatur – zuerst im Studium in Bonn und in Oxford, dann bei der »Frankfurter Allgemeinen Zeitung«, bei der Kunstzeitschrift »Monopol« und später als Leiter des Feuilletons der »Zeit« und als Literaturchef. Danach war er Leiter des Auktionshauses Grisebach in Berlin und zuletzt Verleger des Hamburger Rowohlt Verlages.

Weitere Informationen finden Sie auf www.fischerverlage.de

FLORIAN ILLIES

1913

*Was ich unbedingt noch
erzählen wollte*

FISCHER Taschenbuch

2. Auflage: Januar 2023

Erschienen bei FISCHER Taschenbuch
Frankfurt am Main, Mai 2020

© 2018 S. Fischer Verlag GmbH,
Hedderichstr. 114, D-60596 Frankfurt am Main

Druck und Bindung: CPI books GmbH, Leck
Printed in Germany
ISBN 978-3-596-70222-0

INHALT

WINTER 1913

Maxim Gorki holt sich einen Sonnenbrand
auf Capri. Peter Panter jagt Theobald Tiger.
Hermann Hesse sehnt sich nach seinem Zahnarzt,
und Puccini hat keine Lust auf ein Duell. Ein
neuer Komet erscheint am Himmel, und Rasputin
verhext Russlands Frauen. Aber Marcel Proust
findet keinen Verleger für »Auf der Suche nach
der verlorenen Zeit«. Dr. med. Arthur Schnitzler
kümmert sich um seinen schwierigsten Patienten,
die Gegenwart. Ein Feuerschlucker aus Berlin-
Pankow wird König von Albanien. Nur für fünf
Tage. Aber immerhin.

*Stanislaw Witkacy fotografiert
die hinreißend schöne Jadwiga Janczewska.
Doch sie hat sich schon einen Revolver besorgt.*

In dieser Silvesternacht, in den Stunden zwischen dem 31. Dezember 1912 und dem 1. Januar 1913, beginnt unsere Gegenwart. Es ist für die Jahreszeit zu warm. Das kennen wir ja. Sonst kennen wir nichts. Herzlich willkommen.

*

Es ist spät geworden an jenem 31. Dezember in Köln, draußen leichter Regen. Rudolf Steiner, der Messias der Anthroposophie, hat sich in Rage geredet, er spricht am vierten Abend hintereinander in Köln, die Zuhörer hängen an seinen Lippen, gerade greift er zum Jasmintee, nimmt einen Schluck, da läuten die Glocken zwölf Mal, man hört die Menschen draußen auf den Straßen schreien und jubeln, aber Rudolf Steiner spricht einfach weiter und verkündet, dass eigentlich nur durch Yoga das verstörte Deutschland wieder zur Ruhe finden kann: »Im Yoga macht sich die Seele von dem frei, worin sie eingehüllt ist, überwindet das, worin sie eingehüllt ist.« Spricht's, geht und hüllt sich in Schweigen. Prost Neujahr.

*

Picasso blickt hinab zu seinem aufschauenden Hund: Frika, diese seltsame Mischung aus bretonischem Spaniel und deutschem Schäferhund, mag es nicht, wenn er seinen Koffer packt, sie winselt und will dann immer unbedingt mit. Egal, wohin es geht. So nimmt er sie also kurzerhand an die Leine, ruft nach Eva, seiner neuen Geliebten, und zu dritt brechen sie in Paris auf, um mit dem nächsten Zug nach Barcelona zu fahren. Picasso will seinem alten Vater seine neue Liebe vorstellen (kaum ein Jahr später sind der Vater, der Hund und Eva tot, aber das gehört nicht hier hin).

*

Hermann Hesse und seine Frau Mia wollen es noch einmal versuchen. Sie haben ihre Kinder Bruno, Heiner und Martin bei der Schwiegermutter abgeladen und sind nach Grindelwald gefahren, es ist nicht weit von ihrem neuen Haus bei Bern hinauf in die Berge, zum kleinen Hotel »Zur Post«, das in diesen Tagen schon kurz nach drei Uhr am Nachmittag im Schatten der mächtigen Eigernordwand versinkt. Hesse und seine Frau hoffen, hier im Schatten die Leuchtkraft ihrer Liebe wiederzufinden. Sie kam ihnen abhanden wie anderen Leuten ein Stock oder Hut. Doch es nieselt. Wartet nur, balde, sagt der Hotelier, wird der Regen zu Schnee. Also leihen sie sich Skier aus. Aber es nieselt weiter. Und der Silvesterabend im Hotel ist lang und quälend und sprachlos, der Wein ist gut, immerhin. Irgendwann ist es endlich zwölf Uhr. Sie stoßen müde an. Dann gehen sie aufs Zimmer. Als sie morgens den schweren Vorhang zur Seite schieben und aus dem Fenster schauen, regnet es noch immer. Nach dem Frühstück bringt Hermann Hesse die unbenutzten Skier wieder zurück.

*

Rilke schreibt da gerade aus Ronda richtig Rührendes an den rüstigen Rodin.

*

Hugo von Hofmannsthal spaziert am 31. Dezember missmutig durch die Straßen von Wien. Ein letzter Gang durchs alte Jahr. Der Frost hält die Zweige der Bäume in den Alleen ummantelt, und auch auf den Fugen der Mauern sitzen die weißen Kristalle. Langsam senkt sich die dunkle Kälte über die Stadt. Als er in der Wohnung zurück ist, beschlagen seine Brillengläser, er reibt sie sauber mit seinem Taschentuch mit dem herrlich verschnörkelten Monogramm. Mit der noch kalten Hand streicht er über die Kommode, auf die er seinen Schlüssel legt. Ein Erbstück. Fasst dann auch den kunstvollen Spiegel an, der einst im Haus der Ahnen hing. Setzt sich an seinen prachtvollen handgearbeiteten Sekretär und schreibt. »Man hat manchmal den Eindruck, als hätten uns Spätgeborenen unsere Väter und unsere Großväter nur zwei Dinge hinterlassen: hübsche Möbel und überfeine Nerven. Bei uns ist nichts zurückgeblieben als frierendes Leben, schale, öde Wirklichkeit. Wir schauen unserem Leben zu; wir leeren den Pokal vorzeitig, und bleiben dennoch unendlich durstig.« Dann ruft er nach dem Diener. Und bittet um einen ersten Cognac. Er weiß aber längst: das wird auch nicht helfen gegen die Melancholie, die auf seinen müden Lidern liegt. Er kann nichts dagegen tun, aber er weiß den Untergang, wo andere ihn nur erahnen, er kennt das Ende, wo andere nur damit ihre zynischen Spiele treiben. Und so schreibt er an seinen Freund Eberhard von Bodenhausen, dankt für den Gruß »über das ganze große umdüsterte beklommene Deutschland hinweg«, um dann zu gestehen: »Mir ist so eigen zumut, alle diese Tage, in diesem konfusen, leise angstvollen Österreich, diesem Stiefkind der Geschichte, so eigen, einsam, sorgenvoll«. Auf mich, so heißt das, hört ja keiner.

Mit jungen Jahren war Hofmannsthal zu einer Legende geworden, seine Verse verzückten Europa, Stefan George, Georg Brandes, Rudolf Borchardt, Arthur Schnitzler, sie alle gerieten in den Bann dieses Genies. Doch Hugo von Hofmannsthal trug schwer an der Bürde des Frühvollendeten, er publizierte quasi nicht mehr, und jetzt, 1913, war er ein fast vergessener Mann, ein Relikt aus alten Zeiten, aus der »Welt von gestern« und so gründlich vergangen wie die Gesellschaft, deren Wunderkind er gewesen war. Er war der letzte Dichter des alten Österreichs, jenes Wiens, in dem im Jänner 1913 die Regentschaft von Kaiser Franz Joseph I. ins unglaubliche fünfundsechzigste Jahr geht. 1848 war er gekrönt worden, und 1913 trug er diese Krone noch immer, als sei es das Selbstverständlichste von der Welt. Doch genau unter seiner ermatteten Regentschaft, die aus den Tiefen des 19. Jahrhunderts kam, übernahm in Wien die

Moderne die Herrschaft. Mit den Revolutionsführern Robert Musil, Ludwig Wittgenstein, Sigmund Freud, Stefan Zweig, Arnold Schönberg, Alban Berg, Egon Schiele, Oskar Kokoschka und Georg Trakl. Die alle mit Worten und Tönen und Bildern die Welt umkrempeln wollen.

*

Hedwig Pringsheim, Thomas Manns mondäne Schwiegermutter, fährt, die Masseuse ist endlich gegangen, am frühen Abend von ihrer Villa in der Münchner Arcisstraße 12 aus zum Silvesteressen »bei Tommy's« (das ist kein Restaurant in New York, sondern ihre patriarchalische Bezeichnung für die Familie ihrer Tochter Katia, verheiratete Mann, die in der Mauerkircherstraße 13 wohnt). Aber schon beim Setzen in der Mann'schen Wohnung jagt ihr der Schmerz erneut in den Rücken, der verdammte Ischias. Weil der gute Tommy am nächsten Tag nach Berlin reisen muss (was er noch bitter bereuen wird), bricht der alte Spielverderber den Silvesterabend um elf Uhr abrupt ab: »Ihr wisst, ich muss morgen früh raus.« Aber auch vorher schon war es, so die Schwiegermutter, höchstens »leidlich gemutlich«. In der ratternden Tram, auf der Heimfahrt, schlägt die Uhr vom Odeonsplatz dann zwölf Mal. Ihr Rücken schmerzt, ihr Mann, der Mathematiker Professor Alfred Pringsheim, sitzt neben ihr, schweigt und rechnet irgendetwas mit komplizierten Primzahlen. Wie unromantisch. Genau eine Straße weiter sitzt Karl Valentin und schreibt in dieser Nacht an Liesl Karlstadt: »Gesundheit und unser köstlicher Humor sollen uns nie verlassen, und bleibe fernerhin mein gutes braves Lieserl«. Wie romantisch.

*

Ja, genau, das ist eben jene Nacht, in der Louis Armstrong im fernen New Orleans damit beginnt, Trompete zu spielen. Und in Prag Franz Kafka am offenen Fenster sitzt und schmachtend und wundervoll und verstörend schreibt an Fräulein Felice Bauer, Immanuelkirchstraße 4, Berlin.

*

Der große ungarische Romancier, Freudianer, Morphinist und Erotomane Géza Csáth sitzt in dieser Nacht hingegen in seiner kleinen Arztwohnung im Sanatorium des winzigen Kurortes Stubnya, im letzten Zipfel des riesigen Habsburgerreichs, liest noch ein wenig in den Schriften Casanovas, steckt sich dann eine Luxor-Zigarre an, spritzt sich noch einmal 0,002 Gramm Morphium und zieht dann eine erfolgreiche Jahresbilanz: »360- bis 380-mal Koitus«. Geht's noch konkreter? Aber ja. Csáth erstellt eine penible Auflistung seiner Beziehung zu seiner Geliebten Olga Jónás, die in ihrer Genauigkeit nur von der Robert Musils übertroffen wird: »424-mal Koitus an 345 Tagen, also täglich 1,268 Koitus«. Und weil er schon dabei ist: »Verbraucht an Morphium: 170 Zentigramm, also täglich 0,056 Gramm«. Und weiter geht es in der »Bilanz des Jahres«: »Einkommen von

7390 Kronen. Zehn verschiedene Frauen eingeheimst, darunter 2 Jungfrauen. Erscheinen meines Buches über Geisteskrankheiten«. Und was soll werden in 1913? Der Plan ist klar: »Koitus jeden zweiten Tag. Zähne machen lassen. Neues Jackett.« Na, dann mal los.

*

Alles ist neu im Jahr 1913. Überall werden Zeitschriften gegründet, die die Uhren auf null drehen wollen. Während Maximilian Harden schon seit 1892 in seiner Zeitschrift »Die Zukunft« dieselbige für sich reklamiert, nimmt sich die nächste Generation die Gegenwart vor. Gottfried Benn, der junge Arzt im Westend-Krankenhaus in Berlin, bietet gerade geschriebene Gedichte sowohl Paul Zechs Zeitschrift »Das neue Pathos« an wie Heinrich Bachmairs »Die neue Kunst«. Nur das ebenfalls 1913 neugegründete Blatt »Der Anfang« lässt er erst einmal aus. Dafür schreibt dort, also in Heft Nr. 1 von »Der Anfang« auf Seite 1, der junge Walter Benjamin. Was für ein symbolischer Start, was für ein symbolisches Ende einer »Berliner Kindheit um Neunzehnhundert«.

*

Marcel Proust ist endlich fertig mit dem ersten Teil von »Auf der Suche nach der verlorenen Zeit«. Geschafft. 712 engbeschriebene Seiten sind es geworden. Er schickt das dicke Manuskriptbündel an den Pariser

Verlag Fasquelle, dann an den Verlag Ollendorff, dann an Gallimard. Alle lehnen ab. Bei Gallimard kam die Absage vom Cheflektor persönlich, dem Schriftsteller André Gide, der sich rühmen durfte, mit Oscar Wildes Hilfe vor kurzem in Marokko in die Freuden der gleichgeschlechtlichen Liebe eingeführt worden zu sein. Er brach die Lektüre des Manuskripts von Proust nach etwa 70 Seiten ab, weil er bei einer Frisurbeschreibung eine syntaktische Ungenauigkeit entdeckte, die ihm ungeheuer auf die Nerven ging. André Gide ist in etwa so leicht reizbar wie Marcel Proust. In jedem Fall hatte Gide den Eindruck, diesem Autor könne man nicht trauen. Später, als er selbst kaum noch Haare hatte, wird André Gide dieses Stolpern über eine falsche Frisur als den größten Fehler seines Lebens bezeichnen. Jetzt aber ist erst einmal Marcel Proust verzweifelt. »Das Buch«, so schreibt er, »verlangt jetzt nach einem Grab, das bereit ist, bevor sich meines über mir schließt.«

*

Am Morgen des 1. Januar, und zwar um 8.30 Uhr, wenn Sie es genau wissen wollen, besteigen Kaiser Wilhelm II. und seine Frau Auguste Viktoria am Neuen Palais in Potsdam ihr Automobil, um sich zum offiziellen Hauptquartier der Monarchie fahren zu lassen, dem Berliner Stadtschloss. Sie kommen dort an, ohne dass etwas Nennenswertes geschieht. Ist das ein gutes Omen?

*

Am Nachmittag des 1. Januar wird Kalifornien von einem Erdbeben durchgerüttelt. Das Epizentrum liegt in jenem Tal, das später als Silicon Valley die Welt regieren wird. Unbeeindruckt von dem Erdbeben wird am 1. Januar erstmals in Amerika ein Paket mit der Post versandt. Wenige Tage später bricht Franz Kafka, vollkommen ratlos, trotzdem die Arbeit an seinem Roman »Amerika« ab.

*

Am 2. Januar demonstrieren der ungarische Parlamentspräsident Istvan Graf Tisza und der Oppositionsführer Mihaly Graf Károlyi von Nagykárolyi ihren naiven bürgerlichen Kollegen, wie politische Fragen am sinnvollsten zu lösen sind: mit einem Duell. Im Morgengrauen des 2. Januar stehen sie sich mit Säbeln gegenüber. Beide verletzen sich leicht. Und nehmen am nächsten Tag ihre parlamentarische Arbeit wieder auf. Graf Károlyi muss danach dringend heiraten, denn er hatte durch Kartenspiel unvorstellbare Schulden in Höhe von 12 Millionen Kronen angehäuft. Und Graf Tisza wird am 10. Juni wieder ungarischer Regierungschef. Aber das hielt ihn nicht davon ab, sich am 20. August erneut zu duellieren, diesmal mit dem Oppositionsabgeordneten György Pallavicini, der Tisza der Zeugenbeeinflussung in einem Ehrbeleidigungsprozess beschuldigt hatte.

Auch diesmal wurden beide Duellanten verletzt. Als Tisza nach zahllosen weiteren Wirren während des Krieges im Oktober 1918 von Aufständischen erschossen wurde, sprach er immerhin die preisverdächtigen goldenen letzten Worte: »Es musste so kommen.«

*

Muss es so kommen? Nein. Giacomo Puccini erhält am 2. Januar in seinem toskanischen Landsitz eine Aufforderung zum Duell. Der Münchner Baron Arnold von Stengel kann Puccinis Affäre mit seiner Ehefrau Josephine nicht länger ertragen. Doch Puccini schießt viel lieber auf Enten und Wildschweine als auf Menschen. Er lässt dem Baron ausrichten, er habe für ein solches Duell im Moment leider keine Zeit.

*

Am Tag drauf schickt Arthur Schnitzler aus Wien nach Kopenhagen an die Filmfirma Nordisk die Kinobearbeitung seines Schauspiels »Liebelei«. Darin muss sich der frisch verliebte Leutnant Fritz in einem Duell für eine längst vergangene Liebschaft mit einer verheirateten Ehefrau verantworten. Auch der gehörnte Ehemann liebt seine Frau nicht mehr, aber es geht schließlich um die Ehre. Fritz stirbt. Die Ehre ist wiederhergestellt. Und doch vollkommen sinnlos geworden. So die Diagnose von Dr. med. Arthur Schnitzler für seinen schwierigsten Patienten, die Gegenwart.

*

Am 3. Januar endet die Ära des Stummfilms. Thomas Edison veranstaltet an diesem Abend die erste Vorführung seines Kinetophons in seiner Werkstatt in New Orange in West Jersey. Erstmals können gleichzeitig Bilder mit Tönen gezeigt werden. Es geht also los.

*

Am 4. Januar stirbt Alfred von Schlieffen, der Generalstabschef des deutschen Heeres. Zeitlebens plante er den Krieg. Er war der größte Stratege seiner Zeit. Er hatte einen »Aufmarschplan 1« entwickelt, den Präventivschlag gegen den Erzfeind, den berühmten »Schlieffen-Plan«, mit dem das deutsche Heer Frankreich überrollen konnte. Doch jetzt ist er tot. Wird nun alles gut?

*

Ernst Zermelo formuliert im Januar 1913 auf einem Kongress der internationalen Gesellschaft für Mathematik erstmals eine Spieltheorie – mit einem Beispiel aus dem Schach. »In endlichen 2-Personen-Nullsummenspielen (wie etwa Schach) existiert entweder eine dominante Strategie für einen Spieler, dann kann dieser unabhängig von der Strategie des anderen gewinnen, oder eine solche Strategie existiert nicht.« Ein irrer Satz. Gut, dass Schlieffen, der große Stratege der Dominanz, gerade gestorben war. Und ist eigentlich nur Schach oder auch ein Duell ein 2-Personen-Nullsummenspiel? Und die Liebe?

*

Die junge ungarische Tänzerin Romola de Pulszky ist 23 Jahre alt, sehr blond, sehr hübsch, sie hat einen hellen Teint und sèvresblaue Augen. In Budapest verfiel sie in diesem Winter den »Ballets Russes«, vor allem dem vierundzwanzigjährigen Nijinsky in seiner Jahrhundertrolle in »Nachmittag eines Fauns«. Als die Gruppe um den großen Impresario Djagilew nach Wien weiterreiste, da reiste sie einfach mit. Schon da wusste Romola, dass ihr Interesse im Allgemeinen dem Russischen Ballett, aber im Besonderen diesem Nijinsky galt. In Wien arrangierte sie unter einem Vorwand ein Treffen mit Djagilew in einem leeren Salon des Hotel Bristol. Sie bewarb sich scheinbar um eine Stelle im Ballett. Doch eigentlich bewarb sie sich um die Rolle an der Seite Nijinskys. Das spürte Djagilew auf Anhieb und verteidigte seinen tartarischen Liebhaber, wähnte sich auch in Sicherheit wegen dessen Homosexualität, er glaubte, er und Nijinsky, das wäre ein Zweipersonen-Nullsummenspiel. Doch Romola de Pulszky gelang es trotz des Argwohns Djagilews, ab sofort offiziell zur Truppe zu gehören, sie hatte ihre Beziehungen spielen lassen. Auf ihrer Tournee machten die Tänzer nun in London Station. Und während sie abends in Covent Garden »Petruschka« tanzten und »Nachmittag eines Fauns«, begannen vormittags die Proben für eine Revolution. Für Strawinskys urwüchsiges, archaisches Urwaldweltszenario »Le sacre du printemps«, für das Nijinsky im kühlen Londoner Januarregen eine Choreographie zu entwickeln versucht. Und jeden Tag aufs Neue daran scheitert. Es war kaum zu merken, wann eine Phase bei Strawinsky aufhörte und eine andere begann, so gebrochen und verzahnt war alles. Nijinsky droht zu verzweifeln an der Genialität Strawinskys. Immer wieder bricht er die Proben ratlos ab und redet sich in Rage. Romola de Pulszky legt ihm dann fürsorglich eine warme Decke um die Schultern, damit er sich nicht erkältet.

*

Egon Schiele kann seinen Blick nicht mehr von ihr wenden. Immer und immer wieder muss er Wally malen, nackt meist oder zumindest mit entblößter Scham. Doch auch dann bleiben ihre Augen so verstörend teilnahmslos, so schamlos modern. Auch am Nachmittag des 8. Januar sitzt Egon Schiele wieder in seinem Atelier in der Hietzinger Hauptstraße 101 in Wien, es waren fast immer zwei, drei Modelle gleichzeitig da, die sich erholten von den heimischen Wirren, sich räkelten, sich die Kleider ordneten, sich selbst überlassen von Schiele, der an seiner Staffelei saß und lauerte wie ein Tiger, der zum Sprung ansetzte, wenn er ein besonderes Motiv witterte. Dann rief er plötzlich »Halt!« durch den überheizten, großen Raum, und dann musste das Modell genau so verharren, und er malte es mit schnellem Strich. Und wenn es ihm gefiel, dann tunkte er noch den Pinsel in die Aquarellfarben und er nahm noch ein bisschen Rot und ein bisschen Blau. Bei Wally liebte er es, das Strumpfband, die Lippen, die Scham in jenem irrsinnigen Leuchtorange zu malen, das er auch ihren Haaren manchmal schenkte. Wie Blut wirkt dieses jähe, helle Rot. Auch an diesem 8. Januar 1913 kann

Schiele wieder nicht die Augen von Wally Neuzil lassen, er ist so vernarrt, dass er sie zwingt (oder sie sich selbst), eine eigene Unabhängigkeitserklärung zu verfassen. Und so beugt sie sich halbnackt über Egon Schiele und schreibt in sein heiliges Skizzenbuch den folgenden Satz: »Ich versichere hiermit, daß ich in niemanden auf der Welt verliebt bin. Wally.« Und er, schwer erleichtert, weiß nicht, ob er sie auf der Stelle malen oder lieben soll.

*

Die Zigarettenmarke »Camel« wird in Winston-Salem, North Carolina gegründet. Sie ist die erste Marke, die Zigaretten in Zwanzigerpackungen anbietet. So beginnt also 1913 das 20. Jahrhundert der Zigarettenindustrie. Auf dem Logo der »Camel«-Zigarette ist seit 1913 leider kein Kamel, sondern ein Dromedar zu sehen, und zwar Old Joe, das zum Zirkus »Barnum und Bailey« gehörte. Barnum und Bailey gastieren im Januar 1913 in Winston, als Richard Joshua Reynolds, statt ein Logo zu entwerfen, nachmittags mit seinen Kindern in den Zirkus ging. Abends auf seiner Staffelei wurde das Dromedar dann zum Kamel. Der geheime Beitrag der Elternzeit zur globalen Designgeschichte, Teil 1.

*

Wer sind eigentlich die zwei Mädchen auf dem Cover dieses Buches? Die so neugierig in die Welt schauen, so mutig, aber doch auch so, als ahnten sie, was kommen wird? »Noch einmal vorm Verhängnis blühn«, so dichtet Gottfried Benn in genau der Zeit, als diese Fotografie entstand. Es sind Lotte und Edeltrude, die Töchter des Fotografen Heinrich Kühn, der sie tatsächlich im Jahre 1913 so in Farbe abgelichtet hat auf einem von ihm erfundenen »Autochrom«. »Ablichten«, was für ein schönes altmodisches Wort. Im Falle von Kühn aber stimmt es, denn er experimentierte viel, mit der Kamera, mit dem Papier, um als einer der Ersten mit der Kraft des Lichtes wirklich Farbfotografien zu schaffen. Fotos mit Weichheit ohne Süßlichkeit, wie er es selbst nannte. Wie Standfotos aus Adalbert Stifters »Nachsommer«. Seine Kinder mussten immer wieder in Kleidung in Rot und Blau und Türkis vor die Kamera treten, wie eine kleine Schauspieltruppe.

Es war eine Revolution, was dem, noch so ein wunderbar altmodisches Wort, Lichtbildner Kühn da in den Hängen rund um sein Haus bei Innsbruck in der Richard-Wagner-Straße 6 gelang, weil er erstmals die natürliche Weltwahrnehmung der Menschen mit der der fotografischen Welterfassung in Deckung brachte. Denn niemand schaut die Welt schwarz und weiß an – aber alle mussten 1913 noch die Fotografie in Schwarzweißreduktion akzeptieren, die Porträts, die Zeitungsfotos, die Gemäldereproduktionen, die Kinofilme. Lotte, geboren 1904, und Edeltrude, geboren 1897, wussten nicht, dass sie Bannerträgerinnen dieser kleinen Revolution der Mentalitätsgeschichte waren (der geheime Beitrag der Elternzeit zur globalen Fotografiegeschichte, Teil 1). Sie waren einfach nur Kinder. Sie wanderten unter dem riesigen Kastanienbaum im Garten einfach weiter, die Almhänge hinterm Haus hinauf, blickten über einen Zaun hinab ins weite Tal. Sie spielten mit dem Kindermädchen Mary Warner, das zu ihnen gekommen war, als ihre Mutter starb, und sie merkten, dass irgendwann ihr Vater anfing, ihr Kindermädchen genauso oft zu fotografieren wie sie selbst. So spürten sie, wie Liebe beginnt. Auf dem Cover von »1913. Der Sommer des Jahrhunderts« übrigens ist es genau diese Mary Warner, die mit ebenjener Edeltrude durch die blühenden Tiroler Wiesen läuft, während oben eine Wolke von der drohenden Zukunft kündet. »Es war ein schöner Augusttag des Jahres 1913«, als dieses Foto entstand. Mit genau diesem Satz beginnt Robert Musils Jahrhundertroman »Mann ohne Eigenschaften«. Es ist das fiktive 1913/1914, in dem Thomas Manns Roman »Zauberberg« endet – und es ist das reale Jahr 1913, in dem er damit begonnen hat, ihn zu schreiben. Der kühne Zauberberg der Fotografie also, mit seinen Hängen aus Sehnsucht und Melancholie, der lag auch in den Alpen, nicht weit von Davos.

*

Im Januar denkt Sigmund Freud in Wien nach über den »Vatermord«. Im Januar nennt sich der große polnische Avantgardist Stanislaw Witkiewicz junior als Protest gegen seinen Vater Stanislaw Witkiewicz senior in einer großen Geste um in »Witkacy«. Hilft aber nicht wirklich. Er bleibt dennoch weiter bei Papa wohnen im polnischen Intellektuellenort Zakopane am Fuße der Hohen Tatra, der zu allem Überfluss auch noch komplett beherrscht war von den berühmten Architekturen seines Vaters. Es ist ein polnisches Davos, von überall her kommen die Lungenkranken, die echten und die eingebildeten. Die Häuser sind gebaut in einer Mischung aus Alpenhütte und Jugendstil, aber jetzt, in diesen Wintertagen sieht man das kaum, auf den Dächern liegt meterhoch der Schnee. Es schneit in dicken Flocken, als solle die ganze Welt in Schweigen gehüllt werden. Witkacy experimentiert mit der Kamera und schafft umwerfende Porträtserien von Arthur Rubinstein, als der große Pianist ihn im Januar in Zakopane besucht. Draußen ist der Schnee so hoch, dass sie tagelang nicht vor die Tür können. Immer wieder fotografiert Witkacy sich selbst und Rubinstein, immer wieder. Witkacy sei, sagt Rubinstein später, ein hemmungsloser Melancholiker, ein glühender Anhänger Nietzsches, ein flüsternder Mephisto. Sein späteres Hauptwerk wird »Unersättlichkeit« heißen. Das passt. Jetzt aber, in diesem Winter 1913, geht es ihm wieder einmal schlecht, Rubinstein kann ihn nur kurz über seine Depressionen hinwegtrösten. Aber wenn er anfängt, Klavier zu spielen, dann fühlt sich mit einem Mal alles friedlich an und still. Witkacy steht ergriffen im Türrahmen und lauscht. Diese Töne. Diese Finger. Draußen der Schnee. Und dann diese junge Dame, die sich im Hause Witkiewicz für den Winter einquartiert hat, um ihr Lungenleiden hier oben in den hohen Bergen zu kurieren. Doch nun soll sie selbst zur Kur werden: Stanislaw Witkacy Witkiewicz malt und fotografiert die hinreißend schöne Jadwiga Janczewska. Dann verliebt er sich in sie. Dann verlobt er sich mit ihr. Sie solle ihn, so beschließt Witkiewicz, aus seinem verlorenen Leben retten. Klappt leider nicht so ganz. Sie erschießt sich einige Monate später an einem Berghang bei Zakopane mit einem Revolver – nicht ohne vorher in einer wilden modernistischen Geste an der späteren Todesstelle einen üppigen Blumenstrauß aufzustellen. In einer Vase! Damit die Blumen länger halten als sie. Eros und Thanatos also, mit Hinweisschild. Das Zeitalter der Romantik endet, zumindest in Polen, erst 1913.

*

Am 8. Januar hält Julius Meier-Graefe, der bedeutendste Kunstschriftsteller seiner Zeit und der größte Vermittler des französischen Impressionismus (beide Superlative sind in diesem Fall zutreffend), in den neuen Räumen der Galerie Cassirer in der Viktoriastraße 35 in Berlin seinen Vortrag »Wohin treiben wir?« (in den Abgrund, so vermutet er). Es herrschte großes Gedränge, jedoch, so der Vortragende: »Verständnis war ziemlich null.« Paul Cassirer und seine Frau Tilla Durieux wollen danach mit Meier-Graefe essen gehen, doch der hat keine Lust: »Die brave Durieux zischte, weil ich nicht mit ihnen ins Esplanade ging.« Die brave Durieux war so etwas wirklich nicht gewohnt. Und ob man nun ausgerechnet sie »brav« nennen kann? In der Tat ist es ein herrlicher Affront von Meier-Graefe, eine solche Einladung auszuschlagen, denn Paul Cassirer und Tilla Durieux, das ist 1913 das unangefochtene kulturelle Königspaar Berlins. Und die beiden hatten sich zehn Jahre zuvor ausgerechnet bei einem Abendessen im Hause Meier-Graefes kennengelernt. Aber das war ihm alles egal. Auch dass Tilla Durieux einen Papageien zu Hause hatte, der deutlich »Tilla« rief, wenn sie die Tür öffnete. Ansonsten aber brachte die große Schauspielerin Tilla Durieux auf der Bühne alle aus dem Konzept, Männer wie Frauen. Und der große Kunsthändler Paul Cassirer war 1913 nicht nur der mächtigste Galerist Deutschlands, er war auch gerade erst zum Präsidenten der Berliner Secession gewählt worden, des wichtigsten Ausstellungshauses der Stadt, und hatte nun endgültig alle künstlerischen Fäden in der Hand. Seine Gesichtszüge waren wie der ganze Mensch: eigenwillig, edel, aber auch wollüstig, zart, und zugleich leidenschaftlich, voller Machthunger und voller Berührbarkeit. Wenn er zu reden begann, dann hörte er nicht mehr auf, eng verbandelt mit Lovis Corinth und Max Liebermann war er zugleich ein Förderer der Impressionisten, 1913 etwa zeigt er die schönsten van Goghs und Manets und Cezannes, die man sich nur denken kann. Er liebte die Frauen und er liebte das Risiko. Bei Tilly Durieux kam beides zusammen.

Durieux ist mit Lou Andreas-Salomé, mit Alma Mahler, Coco Chanel, Ida Dehmel und Misia Sert eine der sechs zentralen Frauenfiguren der Zeit um 1913, sie war eine der großen Femmes fatales. Nicht eigentlich hübsch, aber von großer erotischer Ausstrahlung, zog sie alle, die sie als Schauspielerin in einem der Münchner oder Berliner Theater sahen, auf der Stelle in ihren Bann. Selbst Heinrich Mann war ihr, kaum hatte er sie auf der Bühne gesehen, ganz untertan. Er schreibt im Frühjahr 1913: »Sie ist eines der vorgeschrittensten Menschenwesen, die heute über die europäischen Bühnen gehen, ja man kennt für das, was modern heißt, keine vollkommenere Vertreterin. Sie hat alles, was modern heißt: Persönlichkeit, erarbeitet und wissend, nervöse Energie und weite Schwungkraft des Talents.« Die Professorentochter aus Wien mit ihrer seltsamen Schönheit, die eigentlich Ottilie Godeffroy hieß, sich aber glücklicherweise umbenannte, führte von Anfang an mit ihrem geliebten Cassirer ein großes, offenes Haus. Künstler, Schriftsteller, Industrielle, sie alle kamen und gingen, erst in der Wohnung in der Margarethenstraße, Ecke Matthäikirchplatz, dann in der Villa in der Viktoriastraße. Im Dachzimmer wohnte Ernst Barlach, der nur runterkam, wenn ihn die Abendgesellschaft reizte. Und wenn Oskar Kokoschka bei Tilla Durieux und Paul Cassirer zu Gast war, dann wünschte er sich immer, unter van Goghs »Eisenbahnbrücke von Arles« übernachten zu dürfen. So wurde das Gästezimmer in der Viktoriastraße 35 zum schönsten Schlafwagenabteil des alten Europas. Morgens dann wollten alle, die dort nächtigten, Tilla Durieux porträtieren. Und manche wollten auch gleich mit ihr durchbrennen. So etwa Alice Auerbach, die wunderschöne Frau des Malers Wilhelm Trübner, die von der Durieux besessen war, ihr auf ihren Tourneen nachreiste, sich in dieselben Hotels einmietete und dann die Pulsadern aufschnitt, als Tilla ihre Liebe nicht erwiderte. Bitte, so sagte damals Paul Cassirer zu ihr, mach daraus keine große Sache, ich möchte gerne auch weiterhin die Bilder ihres Mannes gut verkaufen.

Verschreckt von dem geschäftlichen Kalkül ihres eigenen Mannes wendet sich Tilla Durieux dann, wenn sie abends von ihren Aufführungen nach Hause kommt, anderen Dingen zu, der Sozialdemokratie etwa, die sie leidenschaftlich unterstützt. Paul Cassirer hatte andere Sorgen: Er wollte, dass alle großen Maler seine Frau porträtieren. Corinth, Liebermann, Barlach, sie alle hatten es schon getan, 1913 dann malt sie auch Franz von Stuck in einer Rolle als »Circe« in mehreren Varianten. Und Cassirer schreibt in diesem Frühjahr so oft an den greisen Renoir in Frankreich, bis auch dieser nicht mehr anders kann, als mit der Durieux Termine für eine Porträtsitzung auszumachen.

*

In Paris schreibt der Bildhauer Aristide Maillol an Misia Sert, die frühere Muse all der großen Impressionisten und jetzt, etwas älter geworden, große Förderin der zeitgenössischen Musik und Kunst, ob er sie vielleicht porträtieren dürfe. Renoir hatte sie einst, als er sie malte, noch höflich gefragt, ob sie vielleicht ihr Mieder ein klein wenig öffnen könne. Maillol nun fragt gleich, ob sie ihm ganz nackt Modell stehen könne. Sie schaut in den Spiegel, freut sich und schreibt lächelnd: »Non, merci.«

*

Am 9. Januar findet Kaiser Wilhelm II. den Gottesbeweis. Er spricht zum hundertsten Jubiläum des preußischen Aufstandes gegen die napoleonische

Fremdherrschaft und stellt aus heiterem Himmel fest: »Wir haben die sichtbaren Beweise, dass Gott mit uns war und mit uns ist. Und aus diesen greifbaren, sichtbaren Tatsachen der Vergangenheit kann sich auch die gesamte deutsche Jugend den im Feuer bewährten Schild des Glaubens schmieden, der nie in der Waffenrüstung eines Deutschen und Preußen fehlen darf.«

✳

Im bayerischen Sindelsdorf sitzt Franz Marc im Pelzmantel in seinem Atelier unterm Dach, friert trotzdem und malt sein Jahrhundertbild »Der Turm der blauen Pferde«. Draußen auf der Weide hinterm Haus zittert sein zahmes Reh. Seine Frau Maria bringt ihm eine Kanne Tee. Und dem Reh einen Apfel.

✳

Zu Neujahr hat Marc eine Postkarte mit dem »Turm der blauen Pferde« nach Berlin gesandt, zu Else Lasker-Schüler, der bettelarmen Dichterin, die ziellos durch die Straßen und die Cafés zieht, seit Herwarth Walden sie verlassen hat. Doch der blutjunge Dichter Klabund, den Alfred Kerr gerade entdeckt, schreibt über sie in der ersten Ausgabe der Zeitschrift »Revolution«: »Else Lasker-Schülers Kunst ist sehr verwandt mit der ihres Freundes, des blauen Reiters Franz Marc. Fabelhaft gefärbt sind alle ihre Gedanken und schleichen wie bunte Tiere. Zuweilen treten sie aus dem Wald in die Lichtung: wie zarte rote Rehe. Sie äsen ruhig und heben verwundert die schlanken Hälse, wenn jemand durchs Dickicht bricht. Sie laufen nie davon. Sie geben sich ganz preis in ihrer Körperlichkeit.« Schauen wir mal, wer vor dieser Körperlichkeit noch alles Angst bekommen wird.

*

Nie war es so kalt im kalifornischen Death Valley wie am 9. Januar 1913. Das Thermometer auf der Greenland Ranch misst Minus 9,4 Grad.

*

In der Januarausgabe der Zeitschrift »Die Schaubühne« erscheint der erste Artikel von Kurt Tucholsky. Im Februar 1913 folgt dort das Debut von Ignaz Wrobel, im März erscheint Peter Panter zum ersten Mal und im September Theobald Tiger. Wrobel, Panter und Tiger sind die Pseudonyme von Tucholsky, denen er sein Leben lang treu bleiben wird, treuer als jeder Frau.

*

Josef Dschugaschwili unterscheibt am 12. Januar erstmals einen Brief mit »Stalin«. Das heißt übersetzt: Mann aus Stahl. Wenig später wird er in Wien ankommen und nachmittags durch den dicken Schnee im Schlosspark Schönbrunn stapfen, über den Marxismus nachdenken und darüber, wie die Revolution in

Russland doch noch gelingen könnte. Und ja, in diesen Tagen streift auch tatsächlich der junge Adolf Hitler durch diesen verschneiten Park. Auch er hat weitreichende Pläne. Aber, nein, noch immer wissen wir nicht, ob sich die beiden hier wirklich getroffen haben.

*

Während Stalin also Stalin wird, eröffnet am selben Tag, dem 8. Januar, in Nizza das Hotel »Negresco«. Der rumänische Gastronom Henri Negresco, ein kleiner Mann mit großem Schnauzer, wollte das schönste Hotel der Welt bauen, und weil er sich für den schönsten Mann der Welt hielt, nannte er es gleich nach sich selbst. Die Adresse 37, promenade des Anglais wurde vom ersten Augenblick an zum Anlaufpunkt für den europäischen Blut- und des amerikanischen Geldadels: die Vanderbilts, die Rockefellers, die Singers kamen zur Eröffnung und acht gekrönte Häupter, darunter Wilhelm II. und Zar Nikolaus, allein im ersten Jahr, das erste Glas Champagner trank Königin Amelia von Portugal. Das tat sie auf dem 375 Quadratmeter großen Teppich unter dem 4,60 Meter hohen Lüster aus Baccarat-Kristall mit 16 457 Einzelteilen. Und natürlich unter der imposanten und sofort legendären Kuppel. Denn diese hatte angeblich Gustave Eiffel, der Erbauer des Eiffel-Turmes, für das Negresco entworfen, und er hatte für die Kuppel die genauen Maße des Busens seiner Geliebten in Architektur umgesetzt.

*

F. Scott Fitzgerald, der später dem Treiben des amerikanischen Geldadels an der Cote d'Azur mit »Zärtlich ist die Nacht« ein literarisches Denkmal setzen wird, arbeitet in diesen Tagen und Nächten an seiner Bewerbung um einen Studienplatz in Harvard und in Princeton. Die Anmeldefrist läuft am 15. Januar ab.

*

Am 16. Januar schickt der 26-jährige Srinivasa Ramanujan aus dem indischen Madras einen sehr langen Brief an den bedeutenden englischen Mathematiker Godfrey Harold Hardy in Cambridge und erklärt ihm, dass er zwar nicht Mathematik studiert habe, aber in den letzten Wochen eventuell hundert der größten Rätsel der analytischen Mathematik gelöst habe, »siehe anbei«. Er sei ein gläubiger Hindu, deshalb dürfe Hardy auch nicht glauben, dass die Weisheit von ihm komme, sondern sie sei ihm von der Familiengottheit im Schlaf mitgeteilt worden, der offenbar naturwissenschaftlich versierten Namagiri Thayar. Hardy vertieft sich in die seitenlangen Zahlenkolonnen, dann begreift er: Srinivasa Ramanujan hat tatsächlich hundert der größten Rätsel der analytischen Mathematik gelöst, etwa eine Formel zur Berechnung der Kreiszahl Pi. Hardy sagte: »Das muss wahr sein, denn wenn es nicht wahr wäre, könnte es niemanden auf der Erde geben, der die Imaginationskraft hätte, sich das auszudenken.«

Seine Ansätze gehen schnell als Ramanujans Primzahltheorie, als Ramanujans Theta-Funktionstheorem und als Ramanujans Teilungsformel in die Geschichte ein. Er wird Mitglied der Royal Society und Fellow am Trinity College in Cambridge. Gerne arbeitet er an seinem Schreibtisch 24 oder 36 Stunden ohne Unterbrechung, wenn ihm die Familiengöttin wieder neue Formeln einflüstert. Es erscheint eine eigene Zeitschrift, das »Ramanujan Journal«, um die Überfülle seiner Resultate, Rechenmodelle und Lösungsvorschläge zu publizieren. Kurz darauf stirbt er. Nur damit hatte er nicht gerechnet.

*

In der »Wochenschrift für Deutschlands Jugend«, der »Jungdeutschland-Post«, schreibt Otto von Gottberg am 25. Januar allen Ernstes dies: »Still und tief im deutschen Herzen muss die Freude am Krieg und ein Sehnen nach ihm leben, weil wir der Feinde genug haben und der Sieg nur einem Volk wird, das mit Sang und Klang zum Kriege wie zum Fest geht.« Und weiter: »Solchen Stunden wollen wir entgegengehen mit dem männlichen Wissen, dass es schöner, herrlicher ist, nach ihrem Verklingen auf der Heldentafel in der Kirche ewig fortzuleben als namenlos den Strohtod im Bett zu sterben.« Otto von Gottbergs Fazit anno 1913: »Der Krieg ist schön.«

*

Ist es eventuell in Capri doch noch ein klitzekleines bisschen schöner? Dort ist es in jedem Fall bereits warm an diesen Januartagen, 15, 16 Grad, das Meer sieht manchmal schon so blau aus, als könne man darin baden. Die Zitronen blühen, und wenn man den engen Pfaden um die Hügel folgt, dann hat man, wenn man um eine Ecke biegt, plötzlich ihren Duft in der Nase. Maxim Gorki läuft heute die verschlungenen Wege der Via Krupp hinab, die der liebestolle deutsche Industriebaron hier vor ein paar Jahren in den Felsen hat schlagen lassen. Auf der Seite der Marina Piccola ist die Sonne auch im Winter bis drei, halb vier zu sehen, während die andere Seite, wo Gorkis Haus steht, schon im Schatten versunken ist. Auf dem Weg hinab zum Wasser hört er nur das herrliche Rascheln, das die Salamander erzeugen, wenn sie sich blitzschnell in den trockenen Olivenbaumblättern verstecken, sobald er ihnen näher kommt. Er sieht die letzten, vergessenen Früchte, die an den Spalieren hängen wie Weihnachtslampions. Die Laubbäume sind noch kahl, aber die ersten Mandelbäume blühen schon. Von unten rauscht das Wasser herauf, das an die Kreidefelsen schlägt. Gorki zieht seine Jacke aus. Blickt hinaus aufs weite Meer, richtet seinen Blick nicht nach Mekka aus, sondern nach St. Petersburg. Es fällt ihm schwer, im Winter an Russland zu denken, wenn dort alles im Schnee versinkt und in der komatösen Kälte, und er hier im offenen Hemd am Meer einen Kaffee trinkt. Vor einiger Zeit saß er noch unten am Meer mit Lenin, der ihn besucht hatte in seinem Exil. Sie spielten Schach und überlegten, welche Bauernopfer es brauche, um Russlands König endlich matt zu setzen.

Gorki fragt sich heute, ob er hier, am verwunschenen Strand, wirklich der Revolution in der Heimat genügend dienen könne. Noch darf er nicht zurück, aber er hofft auf eine Amnestie. Als er später, nachdem die Sonne sich auf den Weg gemacht hat, wieder hinaufsteigt zu seiner Villa, da spürt er den kleinen Sonnenbrand auf seiner Nase. Als er aus dem Wind raus ist und an einem Schreibtisch sitzt, da brennt es richtig.

Früher hätte ihm Maria, seine Geliebte, ein bisschen Öl gebracht und auch ein paar liebevolle Worte, aber sie ist abgereist, zornig, weil er es nicht schaffte, sich ganz von seiner ersten Frau Katia zu verabschieden. Er erholt sich am Schreibtisch von diesen Wirrnissen, indem er sich lieber gleich der wichtigsten Frauengestalt seines Lebens zuwendet, er schreibt besessen weiter an seinem großen Roman »Die Mutter«. Als Gorki vor sechs Jahren in Capri landete, um von hier aus, aus dem sonnigen Exil, die russische Revolution vorzubereiten, da hatte er geschworen, er wolle »mindestens sechshundert Jahre« bleiben. Nun denkt er manchmal, sechs Jahre würden vielleicht auch reichen. Gorki blickt von seinem Schreibtisch hinaus aufs Meer, auf der Stuhllehne sitzt sein Lieblingspapagei Loretta, zu seinen Füßen liegt sein Foxterrier Topka. Er denkt ein bisschen an Maria. Etwas weniger an Katia. Und ganz viel an Russland.

*

Am Samstag, dem 25. Januar, heiratet die erste deutsche Frau mit Pilotenschein, die sechsundzwanzigjährige Amelie Beese, den französischen Flugpionier Charles Boutard. Nach deutschem Recht wird Amelie

Beese-Boutard dadurch Französin, was ihr ihre deutschen Verehrerinnen sehr übelnehmen.

✳

Der Freikörperkulturattachee Richard Ungewitter publiziert in diesen Tagen sein Standardwerk »Nacktheit und Kultur – Neue Forderungen« mit einem kleinen Gruß an Amelie Beese-Boutard: »Würde jedes deutsche Weib öfter einen nackten germanischen Mann sehen«, schreibt er, »so würden nicht so viele exotischen fremden Rassen nachlaufen.«

✳

Am 28. Januar feiert in Cody, Wyoming, der kleine Jackson Pollock seinen ersten Geburtstag. Es gibt Nudeln mit Tomatensauce. Die Tischdecke danach ist das wahre »Drip Painting Number 1«.

Der »Monte Verità«, der Berg der Wahrheit,
lädt ganzjährig zum Tanz auf dem Vulkan.

Oskar Barnack erfindet die erste Kleinbildkamera, die es Privatpersonen ermöglicht, spontan Fotos zu machen. Er arbeitet bei der kleinen Firma Leitz in Wetzlar als Konstruktionsleiter für Mikroskope, doch in seiner Freizeit fotografiert er mit großer Leidenschaft. Abends bastelt er so lange herum, bis er eine leicht tragbare Kamera entwickelt hat, die mit auf kleine Rollen gezogenem Filmmaterial arbeiten kann. Am Schluss baute er noch schnell die Namen »Leitz« und »Camera« zusammen – und fertig war die erste »Leica«.

*

Rasputin, der Wanderprediger und Heiler mit dem irren Blick, wurde an den Zarenhof gerufen, als alle Hofärzte mit ihrem Latein am Ende waren. Der Zarewitsch Alexis litt an einer seltenen Blutkrankheit, nach einem Sturz gelang es niemandem, die innere Blutung zu stoppen, bis die Zarin Alexandra in ihrer Verzweiflung nach Rasputin rief. Er kam, betete, hypnotisierte Alexis, und das Blut gefror in dessen Adern. Seit diesem Moment war ihm auch die Zarin verfallen. Sie hielt ihn für Gottes Antwort auf ihre Stoßgebete. Und doch durfte niemand außerhalb der dicken Mauern des Palastes in St. Petersburg überhaupt wissen, dass der Thronfolger, der einzige Sohn, an der Bluterkrankheit litt. Darum waren die ständigen Besuche Rasputins bei der Zarin geheimnisumwittert, zumal ihm bereits seit seinen Wanderungen durch das weite, wüste Land, vor allem aber seit seinen Wanderungen durch die Schlafzimmer der St. Petersburger Paläste, der Ruf eines Sexgurus vorauseilte. Gekleidet in einen schwarzen Kaftan, groß, muskulös und mit stechendem, animalischem Blick, soll er die Damen der Gesellschaft bevorzugt nach dem Gebet oder einer schönen Séance verführt haben. Rasputin versuchte bei seinen Anhängerinnen Gehör für seine These zu finden, dass man zunächst einmal Sünden begehen müsse, bevor sie einem von Gott vergeben werden könnten.

Wie eng sein Verhältnis zur Zarengattin ist, weiß niemand; am Hofe hieß es, sie sei ihm sexuell hörig. Der Präsident der Duma kam zum Zaren, der verbannte Rasputin von seinem Hof. Doch dann stolperte der junge Alexis im Frühjahr 1913 auf einer Reise nach Jalta erneut, und wieder gelang es niemandem, seine Blutungen zu stoppen. Er lag schon fast im Sterben, als die Zarin erneut verzweifelt nach Rasputin rief – er eilte herbei. Und abermals rettete er Alexis durch sein Gebet das Leben.

Dem Zaren, der Duma, dem Geheimdienst, allen ist Rasputin ein Dorn im Auge, es gibt zahllose Mordversuche, die immer wieder scheitern. Im Frühjahr 1913 muss der Innenminister Chwotow seinen Posten daraufhin wegen Unfähigkeit räumen, kurz darauf wird in der russischen »Börsenzeitung« von einem ehemaligen Agenten die Liste aller gescheiterten Attentate minutiös veröffentlicht. Im Grunde war es natürlich dumm, dass die Monarchie Rasputin töten wollte, denn erstens hielt er den Thronfolger am Leben und zweitens hatte er immer geweissagt, dass, wenn er stürbe, auch die dreihundertjährige Dynastie der Romanows an ihr Ende kommen werde (natürlich kam es dann auch so).

*

Hermann Hesse hält es nach dem verunglückten Silvesterurlaub kaum noch zu Hause aus, er zweifelt immer mehr daran, dass sich bürgerliche Bindungen und Künstlertum verbinden lassen. So wie Gottfried Benn später in Gedichtform fragen wird: »Überhaupt nachdenkenswert: Ehe und Mannesschaffen/Lähmung oder Hochtrieb?« Bei Hesse fühlt es sich nach Lähmung an. Er beschreibt in seinem Roman »Roßhalde« kaum verschleiert seinen eigenen Versuch, in der »Schloßhalde« bei Bern mit seiner Frau Mia doch noch einen Weg des Zusammenlebens zu finden. Aber das Haus, das sie mieten mit seinem herrlich verwilderten Garten, wird nur zum Schauplatz des Scheiterns einer Ehe. Sie bekommen Besuch von Romain Rolland, der berichtet von der angespannten Stimmung, von Hesses sonderbarem Aussehen, dem spärlichen Bartwuchs, den kalten Augen, daneben Mia, seine Frau, die »weder sehr schön noch sehr jung ist«. Beide sind erleichtert, wenn der Tag endlich dämmert. Dann sucht er mit den Kindern draußen im Garten Holz und macht den Kamin an.

Und wenn die Söhne schlafen, dann liest ihm Mia Goethe vor. Er schließt die Augen, die ihn immer schmerzen, und er träumt sich fort und muss nicht reden. Er schreibt seinem Vater einen langen Brief: »Die unglückliche Ehe, von der mein Buch ›Roßhalde‹ handelt, beruht gar nicht auf einer falschen Wahl, sondern tiefer auf dem Problem der ›Künstlerehe‹ überhaupt.« Der kluge Kurt Tucholsky spürt beim Lesen des Buches, dass sich etwas Zentrales beim Autor verändert hat: »Das ist nicht unser lieber, guter alter Hesse, das ist jemand anders, er hat die heimatlichen Zelte abgebrochen und geht – wohin?« Am 1. Februar bekommt Hermann Hesse Post aus Czernowitz von Ninon Ausländer, einer jungen Bewunderin, die kurz vor dem Abitur steht und mit der er seit einiger Zeit korrespondiert. Doch das reichte noch nicht als Reifeprüfung. Erst 14 Jahre später werden sie zusammenziehen und heiraten, aber wir wollen nicht vorgreifen. Jetzt muss Hesse erst einmal zum Zahnarzt. Er fährt zu Dr. Schlenker nach Konstanz, um sich neue Plomben machen zu lassen. Wie schlecht es Hesse in diesen Tagen geht, wie er leidet unter der Lautstärke seiner Kinder, unter Nervosität, Schlaf- und Ausweglosigkeit, sieht man allein daran, dass er sogar den mehrtägigen Zahnarztbesuch herbeisehnt: »Ich verspreche mir zwei, drei Tage Ablenkung und Erholung und hoffe, es sei recht viel an meinen Zähnen zu machen.« Dem Manne kann geholfen werden.

*

Was ist 1913 geblieben von Marcel Duchamps drei Monaten in München im letzten Jahr? Immerhin zwei bedeutende Hinterlassenschaften. Ein schnittiges Porträtfoto, das Heinrich Hoffmann aufgenommen hat und das im Februar dieses Jahres in Apollinaires bedeutendem Buch »Les Peintres cubistes« abgedruckt wird und die erste und endgültige Aufnahme Duchamps in den Olymp der Kunst darstellt (Heinrich Hoffmann wird später auch noch berühmt werden, als Hitlers Hoffotograf, aber das gehört nicht hierher). Die zweite Frucht von Duchamps Münchner Aufenthalt wächst in diesen Tagen offenbar im Bauch von Therese Greß, der Frau seines Vermieters in der Barer Straße 65, zweiter Stock links. Es wird im Sommer 1913, genau neun Monate nach Duchamps Zeit in München, geboren. Ihr Mann, August Greß, war tagsüber außer Haus, als Maschinenkonstrukteur bei der Lokomotivfabrik Maffei. Duchamp verbrachte also viele Tage in der Wohnung allein neben dem Nähatelier der blendend schönen Therese Greß, das im Wohnzimmer eingerichtet war, wo die Nähmaschine unaufhörlich ratterte. Die Zeichnungen von Duchamp aus seinen Münchner Monaten zeigen auffallend viele Nähmaschinen und Fäden. Und einen Faden also scheint er persönlich aufgenommen zu haben. München, so wird Duchamp später einmal sagen, war für ihn der Ort der totalen Freiheit.

*

Im S. Fischer Verlag erscheint in den ersten Tagen des Februars Thomas Manns Novelle »Tod in Venedig«, die der Autor eine »Geschichte von der Wollust des Untergangs« nennt. Zwei Straßen neben Thomas Manns Wohnung sitzt in diesen Tagen Oswald Spengler und schreibt jeden Morgen an seinem »Untergang des Abendlandes«. Von Wollust ist da schon keine Rede mehr.

*

Ernst Ludwig Kirchner findet sie am Potsdamer Platz. Tag für Tag streift er durch die Straßen hier, besonders wenn es zu dämmern beginnt, und er sucht die Blicke der Frauen. Man kann in diesen Tagen kaum mehr unterscheiden zwischen den aufgedonnerten russischen Ladys aus Grunewald, die hier ihre Töchter und ihren Reichtum spazieren führen, und den Schauspielerinnen von den Theatern und Varietés, den jungen adligen Damen in ihrer Garderobe aus Neapel oder Paris und jenen Kokotten, die ihren Körper gegen Geld anbieten. Es braucht den Kennerblick. Ernst Ludwig Kirchner hat ihn. Er wittert Sexualität wie andere ein Parfum. Er hat sie in Dresden gewittert bei den jungen Artistinnen im Zirkus, die selbst noch nichts davon wussten, er hat sie gewittert bei seinen Modellen, wenn er sie einlud in sein Atelier. Und er spürt sie jetzt, unter der dicken Schminke, unter den mondänen Jäckchen, unter den Schirmen. Und er zeichnet sie und malt sie und erkennt im Potsdamer Platz den vibrierenden Umschlagplatz des Geschlechtlichen. Und er zeigt in seinen Bildern, dass eben nicht nur er (und die Männer), sondern auch die anderen, ehrbaren Damen sich angezogen fühlen von diesem Fluidum der getarnten Lust. Das zu zeigen ist vielleicht der wahre Skandal seiner Kunst.

*

Am 19. Februar morgens um 6 Uhr, es ist noch dunkel, wird die Stille im beschaulichen Walton Hill südlich von London von einer gewaltigen Detonation erschüttert. Im neugebauten Landhaus des englischen Schatzkanzlers David Lloyd George explodiert eine Bombe. Verletzt wurde niemand, aber eine Bewegung hatte sich Gehör verschafft. Denn gelegt wurde die Bombe von Emmeline Pankhurst, einer unerschrockenen englischen Suffragette, wie die Kämpferinnen für das Frauenwahlrecht genannt werden. Die Justiz hat keine Wahl und steckt sie für drei Jahre ins Gefängnis.

*

Henri Matisse ist dem Pariser Winter entflohen. So viel Grau kann man einfach nicht aushalten, vor allem wenn man die Farben so abgöttisch liebt wie er. So sitzt Matisse jetzt also in Tanger im Hotel »Villa de France« (so viel Heimatverbundenheit muss sein) und genießt das ungeheure Licht Marokkos, verzückt, berauscht und hingerissen. Das Zimmer 35, das er gebucht hat, hat drei Fenster, eines direkt neben dem Bett. Er stellt seine Staffelei auf und malt, links den Turm der Andreaskirche, das Minarett der Moschee Sidi Bou Abid, das Häusermeer – und hinten das blaue,

blaue Meer. »Fenster in Tanger« wird er das Bild nennen. Vom Hafen weht der Geruch von Algen hinauf, von Fisch und von Öl. Er malt die Palmen in den Straßen, die Blätter, die Luft. Die Luft? Ja, natürlich malt Matisse die Luft. Vielleicht kann sogar niemand so gut warme Luft malen wie Matisse, selbst Picasso nicht. Er malt die Zwischenräume und er malt die Luft über den Dächern und über dem Meer. Um ihn herum im fernen Europa, da tobte die Moderne, überall robbten sich die Maler immer weiter an die Abstraktion heran, Kupka, Mondrian, Malewitsch, Hilma af Klint, Kandinsky, sie alle standen kurz vor dem letzten Schritt. Doch Matisse, dieser weise Mann von 45 Jahren, wusste, dass die Abstraktion eben nicht der einzige Weg in diese Moderne ist. Sondern dass es daneben immer auch sonnenbeschienene Pfade aus der Vergangenheit gibt, die genauso in die Zukunft führen. Und genau daran arbeitet Matisse in diesen Tagen in Tanger. Er baut aus großen reinen Farbflächen, aus Blau und Grün vor allem, seine Welt auf der Leinwand zusammen. Menschen im Caféhaus, Palmen, Straßen, die sich in Formen auflösen. Auf seinen Zeichnungen haben die Menschen noch Pfeifen im Mund oder besondere Schuhe an. Auf seinen Bildern wird alles reduzierter und einfacher und klarer. Die wuchernden Blumen, die Akanthusblätter, die reinen Farben, die lernt er hier kennen, an der Spitze Afrikas, und jahrelang wird er sie malen, an den Rändern seiner Briefe und auf die Tapeten seiner Bilder. Und viel später dann, als er nicht mehr laufen kann und nur noch mit dem Stock zeichnet und Scherenschnitte macht, da sind es dann noch einmal diese runden Formen der Blätter, dieses Wachsen und Werden aus jenen Monaten in Marokko, die ihm alte Lebensenergie zurückgeben, die Erinnerung wird dann zu seiner einzigen Lust geworden sein.

*

Im Februar 1913 prallen der Nordpol und Südpol der Literatur zusammen, Franz Kafka und Else Lasker-Schüler. Eigentlich hat Kafka nie über irgendjemanden ein böses Wort verloren, wenn er es einmal versuchte, wie gegenüber seinem Vater, dann wird daraus ein sehr langer verschlungener Brief, und die ganze Kraft des Widerwillens wird zusammengehalten von den Sicherheitsgurten der Form und der Sprache. Doch als Kafka Else Lasker-Schüler trifft, da gehen mit ihm die Sicherungen durch, zu stark scheint deren rohe sexuelle Energie ihn seine eigenen Verklemmungen spüren zu lassen. Kafka schreibt also am 12. Februar an Felice Bauer, seine Geliebte, die zum Glück so fern ist, dass er sie sich als bloße Briefempfängerin vorstellen kann, ohne gleichzeitig an sie als Lustempfängerin denken zu müssen, an diese Felice Bauer also schreibt er: »Ich kann ihre Gedichte nicht leiden, nur Leere und Widerwillen angesichts des künstlichen Aufwandes.« Und weiter: »Auch ihre Prosa ist mir lästig aus den gleichen Gründen, es arbeitet darin das wahllos zuckende Gehirn einer überspannten Großstädterin.« Auf Deutsch also: Ich habe Angst vor ihr. Es ist, als habe Kafka, dieses so notdürftig von einem barmherzigen Gott aus Abertausenden Nervenenden zusammengebastelte Wesen, hier mit großer Panik die Flucht ergriffen, weil er Angst hatte, verschlungen zu werden von deren uferloser Phantasie, deren Ungezügeltheit, deren Weiblichkeit. Einmal, am 24. März, treffen sie in Berlin aufeinander, gemeinsam mit anderen Schriftstellern im Café Josty. Gemeinsam schreiben sie eine Postkarte: nach Leipzig, an Kurt Wolff, ihren gemeinsamen Verleger. »Sehr geehrter Herr Wolff«, schreibt da »Ihr ergebener F. Kafka«. Und direkt daneben auf der Karte: eine Zeichnung von Else Lasker-Schüler und ihre Unterschrift als »Abigail Basileus III«. Schon diese ganzen erfundenen Titel und Namen waren Kafka nicht geheuer. Gehörte das nicht in das Reich der Literatur? Für Else Lasker-Schüler ist dieses Reich der Phantasie aber nicht zu trennen vom Deutschen Reich. Oder dem Himmelreich. Es ist für sie alles dasselbe. Das hilft beim Dichten, stört aber beim Leben. Ihr zweiter Mann, Herwarth Walden, der Galerist und Verleger des »Sturm«, war der Stürme seines Lebens überdrüssig und verließ sie. Sie begann zu trinken, lebte aus Koffern, schreibt, um ihrem kleinen Sohn das Schulgeld für die Odenwaldschule zusammenzuklauben, überall sammeln die Künstlerkollegen Geld für sie, selbst der harte Karl Kraus entdeckt bei ihr seine weichen Seiten (und sein Portemonnaie). Und so fährt also Else Lasker-Schüler zwei Wochen nach dem Treffen mit Kafka in Berlin ausgerechnet nach Prag, um dort vor dem »Klub deutscher Künstlerinnen« zu lesen. Sie hat sich feingemacht: silberne Stiefel und ein seidenes Hemd aus »Caprigrottenseide«. Als der Applaus der Gäste beginnt, weiß sie noch nicht, was sie lesen soll. Sie blättert hinter der

Bühne in ihren Gedichtbänden umher, unschlüssig. Dann erhebt sie sich und tritt vor den Vorhang. »Wie ein trotziger Knabe steht sie da, mit dem merkwürdig interessanten Gesicht, das einer russischen Nihilistin gehören kann«, schreibt Maria Holzer darüber in Pfemferts Berliner Zeitschrift »Die Aktion«. Dann beginnt sie ihre Gedichte zu lesen, wie Zaubergebete eines orientalischen Propheten. Die Menschen starren sie an, in einer Mischung aus Demut und Bewunderung, alle lauschen atemlos, Studenten, Literaten, Künstler, Egon Erwin Kisch etwa und Max Brod, Kafkas engster Vertrauter. Nur Kafka fehlt. Seine Angst war zu groß. Else Lasker-Schüler reist zurück nach Berlin, rastlos, irrend, von fernen Reichen träumend, wie sie nach der Lesung in Prag an Franz Marc schreibt und an Karl Kraus. Sie sucht einen Mann, der ihr gewachsen ist. Dem wahllos zuckenden Hirn einer überspannten Großstädterin. Und ihren riesigen Bergen aus Sehnsucht und Verzweiflung und Verlangen. Sie wird Gottfried Benn finden. Sein Hunger war groß genug.

*

Wie nur soll man auf der schnöden Erde weiterleben, wenn man gerade in den Olymp aufgenommen wurde? Am besten man zieht vorübergehend an einen der wenigen Orte hienieden, um den einen sogar die Götter beneiden würden. Und so begibt sich Gerhart Hauptmann mit frischer Nobelpreismedaille, mittelalter Ehefrau und 16 gefüllten Koffern für den Winter in die Villa Carnarvon in Portofino. Unten schlagen die

Wellen gegen die Felsen, aus dem Arbeitszimmer, wenn er morgens die grünen Fensterläden aufgestoßen hat, blickt er hinauf aufs unendliche Meer. Über ihm die Kronen der alten Pinien, unter ihm im riesigen Park die Agaven und Palmen, auf den Kieswegen hört man nur das meditative Rechen der Gärtner, sonst nichts. Er zieht seine Franziskanerkutte an, die er letztes Jahr gekauft hat, lockert den Gürtel etwas über dem immer fülliger werdenden Bauch und beginnt zu meditieren. Ommmmmmmh. Der Wind wirbelt ihm durch die grauen Haare, er genießt es, wie im Meeresrauschen die Pausen zwischen den einzelnen Gedanken immer länger werden. Später, nach einem Bad und einem ausgiebigen Gabelfrühstück, setzt er sich an seinen Schreibtisch.

Und abends kocht Maria Pasta mit Pilzen und Wildschweinbraten an Maronen, selbst beim Meditieren morgens packen ihn manchmal die Gedanken ans Abendessen, er kann es nicht ändern. Spätabends, nach drei üppigen Gängen und einem Grappa, schreibt Hauptmann dann in sein Tagebuch, sichtlich ergriffen von sich selbst: »Wir ziehen uns aus dem, was sie aus uns machen wollen, auf das zurück, was wir sind. Sie können eine Puppe erheben und fallen lassen, mich nicht.« Da er nun weiß, was er ist, will er auch gleich den Deutschen zeigen, was sie sind. Und er glaubt, dass er das am besten in Form eines Puppentheaters machen sollte. Er schreibt für die Hundertjahrfeier der Befreiungskriege, die am 31. Mai in Breslau stattfinden soll, ein »deutsches Urdrama«, ein »Festspiel in deutschen Reimen«. Mit Blick auf die Schaumkronen des Mittelmeeres taucht er ein in die

Untiefen der deutschen Geschichte. Er erfindet eine Puppe für Napoleon. Eine für Kleist. Und ein paar deutsche Klageweiberpuppen gibt es natürlich auch. Der Text besteht aus Knittelversen. Am 12. Februar hat er sein »Festspiel« beendet und sendet es mit stolzerfüllter Brust nach Breslau. Am nächsten Tag lässt er es sich unten im Salon von seiner Frau Grete dreimal hintereinander vorlesen. Er sitzt im breiten, grünen Sessel, trinkt ein Glas kühlen Weißwein, genießt und schweigt. Und wie nennt man diesen Zustand der bräsigen Selbstzufriedenheit, wenn man gerade Nobelpreisträger geworden ist? Gerhart Hauptmann beschreibt ihn abends im Tagebuch als, Achtung: »Passive Produktivität«. Von Nobelpreisträgern kann man wirklich etwas lernen.

*

Die bevorstehende Hundertjahrfeier setzt auch andernorts produktive Kräfte frei, so bei Freifrau Gustl von Blücher in Dresden. Wie sie ausgerechnet an jenem Ort, an dem August der Starke die »Gesellschaft zur Bekämpfung der Nüchternheit« gründete, auf die fixe Idee verfiel, direkt neben dem geplanten Völkerschlachtdenkmal in Leipzig ein »Heim für abstinente Frauen« zu gründen, bleibt rätselhaft. Aber sie verfolgte das Ziel mit großer Nüchternheit. Sie schrieb die Oberhofmeister aller gekrönten Häupter deutscher Sprache des Jahres 1913 an (und das waren eine Menge) und bat sie um Spenden für den Bau dieses Müttergenesungsheimes. Aus Preußen kam Zustimmung: Ihre Majestät, die Kaiserin und Königin, teilte aus Berlin mit, dass sie 300 Mark beisteuern wolle. Doch aus Württemberg kam Skepsis: »So sehr nun Ihre Majestät die guten Absichten der Idee anerkennen«, heißt es im Schreiben vom 12. Februar, »so vermögen Allerhöchstselbe doch mit dem Gedanken des vorliegenden Planes und seiner Ausführung nicht befreunden.« Denn: »Der Anschauung ihrer Majestät widerspricht es, den gegebenen patriotischen Anlaß und das geplante Unternehmen eines Heimes für abstinente Frauen in einen einleuchtenden Zusammenhang zu bringen.« Das nennt man Diplomatie. Auf gut Deutsch hieß es: Verehrte Freifrau von Blücher, das ist eine Schnapsidee.

*

Und jetzt kommt eine der unglaublichsten Geschichten dieses unglaublichen Jahres: Am 13. Februar nämlich lässt sich der Clown, Feuerschlucker, Hochseilartist und Hallodri Otto Witte aus Berlin-Pankow, Wollankstraße 54, in Albanien zum König krönen (so die bislang unwiderlegte Behauptung des Clowns, Feuerschluckers, Hochseilartisten und Hallodris Otto Witte). Aber der Reihe nach. Der gute Otto Normalverbraucher hatte sich in den herrlich unübersichtlichen Wirren des Balkankrieges unter dem Namen Josef Joppe als Offizier und Geheimagent in der türkischen Armee einen Namen gemacht. Sodann fingierte er zwei Telegramme, mit denen er die baldige Ankunft des Prinzen Halim Eddin in Tirana ankündigte, des Neffen des letzten Sultans, und er lieh sich eine bombastische orientalische Phantasieuniform in einem Kostümladen in Wien (»There is a Kingdom, there is a king«, wie Nick Cave singen würde). Otto Witte also hatte kühne schwarze Haare und einen stolzen Schnäuzer von türkischen Ausmaßen und sah so dem guten Halim Eddin ausreichend ähnlich. Prachtvoll kostümiert und frisiert reiste er sodann zum obersten Befehlshaber der Türken in Albanien, General Essad Pascha. Seine genauen Kenntnisse der serbischen Aufmarschpläne, die er sich als türkischer Spion verschafft hatte, machten großen Eindruck. Er nahm eine Parade ab und erteilte in schnittiger Sprache klare Anweisungen. Das machte auf dem Balkan großen Eindruck. Die Soldaten schlossen sich ihm freimütig an, und die Generäle hegten den Plan, den vermeintlichen Prinzen Halim Eddin, also unseren guten Otto Witte, schnellstens zum albanischen König zu erklären, bevor die Westmächte den Thron unter sich ausmachen konnten. Also rief Essad Pascha im Morgengrauen des 13. Februar Otto Witte zum »König von Albanien« aus, man hatte ein paar Albaner hinzugebeten, die ergeben jubelten und ihre bunten Tücher schwenkten, die Militärkapelle spielte einen Marsch. Unverzüglich reiste der frischgekrönte König nach Tirana, wo der Palast für ihn vorbereitet wurde, wegen der Eile war zwar noch keine Bürokratie vorhanden, wohl aber gelang es den Albanern, dem König über Nacht einen Harem mit elf bildschönen Frauen zur Verfügung zu stellen. Und da »1913« in Wahrheit natürlich ein Buch über die Liebe ist, genoss Otto Witte aus Berlin-Pankow immerhin vier von tausendundeiner Nächten in vollen Zügen. Im Morgengrauen des fünften Tages jedoch ging in Tirana ein Telegramm aus Konstantinopel ein, in dem sich der wahre Prinz Halim Eddin meldete und wutschnaubend erklärte, dass ein Betrüger unter seinem Namen König spiele. Er werde noch am selben Tage anreisen und den Hochstapler vom Thron stoßen. Noch in der Morgendämmerung des 19. Februar flüchtete König Otto Witte also aus seinem Harem und seinem Palast, warf, ohne die Leihgebühren zu bezahlen, seine Phantasieuniform in einen Bach und stahl einem Bauern einen einfachen Kittel. So erreichte er nach fünftägiger Regentschaft auf schnellstem Wege die Küste seines Königreiches. In Durazzo flüchtete er auf ein österreichisches Schiff, das ihn in Sicherheit bringen sollte. Sollte. Denn in Österreich hielt man ihn aufgrund seiner Erzählungen für geisteskrank und steckte ihn in die Psychiatrie. Doch dann erschienen Zeitungen, die Otto Witte beim Einzug in Tirana zeigten, und der Patient wurde unverzüglich als geheilt entlassen. In seinen deutschen Pass ließ er sich eintragen: »Ehemaliger König von Albanien«. Ordnung muss sein. 1925 kandidierte er nach dem Tod von Friedrich Ebert für das Amt des deutschen Reichspräsidenten, aber diesmal klappte es nicht.

*

Der Dichter Fernando Pessoa wird Anfang Februar in Lissabon auf seinem Heimweg an einem frühen Abend von einem plötzlichen Gewitter überrascht. Er rennt durch die Dunkelheit zu seiner Wohnung in der Rua de Passos Manuel 24, 3. Stock links, und im Laufen bilden sich in ihm die Verse für sein Poem »Abdankung«. Er zieht die nassen Kleider aus, setzt sich an seinen Schreibtisch und schreibt: »Ich hinterließ im kalten Treppenhaus die Sporen, deren Klirren mich betrog, mein Panzerhemd, das ohne Wert. Ich zog mein Königreich, den Leib, die Seele aus, und kehrte heim zur alten, stillen Nacht wie eine Landschaft, wenn der Tag vollbracht.« Wie eine Landschaft, wenn der Tag vollbracht... Was für ein Vers.

*

Richard Dehmel, der bekannteste deutsche Dichter der Zeit um 1913, verehrt von Thomas Mann wie von Hermann Hesse und Arnold Schönberg usw., veröffentlicht neue Verse unter dem Titel »Schöne wilde Welt«. Das ist die perfekte Überschrift für das Jahr 1913. Aber zu ihm und seiner schönen Frau Ida kommen wir noch. Muss ich unbedingt noch erzählen!

*

Wir schalten jetzt erst einmal kurz nach Wien, in eines der Epizentren der schönen wilden Welt. Am Samstagabend, dem 15. Februar, hat das Kolleg bei Dr. Sigmund Freud in der Berggasse 19 im 9. Wiener Bezirk die Themen »Bisexualität/Neurose und Sexualität/Traumdeutung«, also das volle Programm. In der Woche ordinierte Freud morgens von 8 bis 9 und von 17 bis 19 Uhr, Mittwochabends und Samstagsabends versammelt er aber in seinen Kollegs seine Getreuen um sich, um psychologische Tiefenforschung zu betreiben. Seit Ende 1912 war eine besondere Frau zu Gast in der illustren Männerrunde der größten Therapeuten und Theoretiker Wiens, nämlich Lou Andreas-Salomé. Die trug an ihrem Gürtel zwei bemerkenswerte Skalps: den von Nietzsche und den von Rilke. Beide waren einst ihrer funkelnden Intelligenz, ihrer schillernden Unabhängigkeit und ihrem abgrundtiefen Eigensinn verfallen. Und nun stand der große Freud kurz davor, hinterherzustürzen. Sie sagt also zum Beispiel am 15. Februar so besondere Dinge wie diese: »Deshalb kann sowohl Asket als auch lasterhaft im Grunde nur der Mann sein, das Weib (dessen Geist Geschlecht und dessen Geschlecht Geist ist), wird dazu nur in dem Maße imstande sein als es sich entweibt.« Freud sagte ihr, sie sei die »Dichterin der Psychoanalyse«, er selbst könne nur Prosa. Am 15. Februar also geht Lou Andreas-Salomé nachmittags zunächst zur Generalprobe von Frank Wedekinds neuem Stück »Die Büchse der Pandora«, Arthur Schnitzler sitzt neben ihr, abends dann zieht sie weiter zu Freud ins Kolleg. Abends notiert Andreas-Salomé begeistert in ihr Tagebuch: »Sehr sympathisch sprach Freud über die Bereicherung, die im Bisexuellen liegen könne.« Schau an.

*

Im Februar gründet Magnus Hirschfeld in Berlin die »Ärztliche Gesellschaft für Sexualwissenschaft und Eugenik«. Als Gutachter gelang es Magnus Hirschfeld, die Berliner Kriminalpolizei davon zu überzeugen, dass Homosexualität kein »erworbenes Laster«, sondern »unausrottbar« sei. Um das zu untermauern, veröffentlichte Hirschfeld in seinen streng wissenschaftlichen »Jahrbüchern für sexuelle Zwischenstufen« (!) jedes Jahr tausende Seiten von Statistiken, um zu beweisen, dass es im großen deutschen Reiche nicht nur »Vollweiber« und »Vollmänner« gebe, sondern dass der Phantasie in diesem Zwischenreich der Bisexualität keine Grenzen gesetzt seien.

*

Am 17. Februar eröffnet in New York die »Armory Show« in der Halle des 69. Regiments der Nationalgarde. Es ist der Moment, in dem die moderne Kunst wie eine massive Flutwelle Amerika erreicht. Der junge Fotograf Man Ray wird Ende des Jahres sagen: »Ich habe sechs Monate nichts getan – so lange habe ich gebraucht, um zu verdauen, was ich gesehen habe.« Alfred Stieglitz, der große Fotograf, Herausgeber der Zeitschrift »Camera Work« und Betreiber der Avantgardegalerie 291, war da etwas reaktionsschneller. Er sah, verdaute und kaufte noch am Eröffnungsabend für 1260 Dollar von Wassili Kandinsky das abstrakte Gemälde »Improvisation 27«.

*

F. Scott Fitzgerald bekommt keinen Studienplatz in Harvard (er muss nach Princeton). Aber T. S. Eliot darf ab Sommer 1913 in Harvard studieren.

*Waslaw Nijinsky verzaubert in »Nachmittag eines Fauns«
das gesamte Abendland.*

Am 5. März reist Herwarth Walden, ein energischer Strippenzieher mit hoher Stirn und tiefer Stimme, der seine Widerstandsfähigkeit ausreichend bewiesen hatte als Verleger der notorisch klammen Zeitschrift »Der Sturm« und als Ehemann von Else Lasker-Schüler, mit dem Zug von Berlin nach München. Am Bahnsteig erwarten ihn Wassily Kandinsky und dessen Partnerin, die Malerin Gabriele Münter, sowie Franz Marc und dessen Frau, die aus dem nahen Sindelsdorf in die Stadt gekommen sind. Walden, einer der großen Impresarios der Moderne, zeigt in seinen kleinen Räumen in Berlin die Futuristen aus Italien, den Blauen Reiter, die Modernisten aus Paris und aus Wien. Er hat ein untrügliches Gespür für das Neue. Und dafür, wie man es inszeniert. Er ist nach München gekommen, um gemeinsam mit den »Blauen Reitern« Marc und Macke einen Plan für eine große Ausstellung im Herbst zu entwerfen, den »Ersten Deutschen Herbstsalon«. Die Schau soll ein Fanal für die Moderne werden, so wie es die Armory Show für New York gewesen ist. Schon zwei Wochen später schreibt August Macke, das Bonner Mitglied der Gruppe Blauer Reiter, an Walden, dass er seinen großzügigen Onkel Bernhard Koehler, einen wichtigen Sammler der Moderne, dazu überreden konnte, die

Ausstellung mit 4000 Mark zu garantieren. Und weiter: »Vielleicht sprechen Sie sofort mit Apollinaire und Delaunay über die Vertretung der Pariser Kunst. Ich denke, es ist vor allen Dingen wichtig, mit Matisse und Picasso zu verhandeln. Keiner, der in diesem Herbstsalon ausstellt, darf bei Cassirer ausstellen. Das Wichtigste ist, daß wir sofort alle Hauptkräfte auf unserer Seite haben. Sie werden das schon machen.« Und Herwarth Walden macht es. Er holt alle auf seine Seite. Und Cassirer, sein großer Berliner Konkurrent, wird im Herbst 1913 erstmals alt aussehen. Aber jetzt ist erst einmal Frühling.

*

Na ja, Frühling. Wie man es halt nennt. Oben, im ewigen Eis von Grönland, sitzt derweil Mitte März Alfred Wegener bei Außentemperaturen von minus 30 Grad in dem Winterlager seiner Polarexpedition und schreibt. Der Privatdozent für Physik, Meteorologie und Astronomie aus Marburg war verlacht worden, als er im November seine »Theorie der Kontinentalverschiebung« vorgetragen hatte. Niemand glaubte ihm, dass die Erdteile vor 200 Millionen Jahren einmal zusammenhingen. Das war zu viel für eine Zeit, die noch nicht einmal ihre eigenen Zusammenhänge begriff. So hatte er sich frustriert der Expedition des dänischen Forschers Johan Peter Koch angeschlossen. Vier Männer, 16 Islandpferde und ein Hund schickten sich an, Grönland von Osten nach Westen zu durchqueren, mitten durch die endlosen Weiten des ewigen Eises, die noch niemand gesehen hatte. Doch jetzt war es zu kalt zum Marschieren, zu kalt, um überhaupt sein Gesicht aus dem Quartier zu stecken, erst im April würden sie weiterziehen können. So fraßen die Pferde ihr Heu, der Hund nagte an seinen Knochen, und Alfred Wegener spielte Schach mit Johan Peter Koch. Und dann machte er die Funzel seiner Öllampe an und schrieb weiter an seinem großen Aufsatz über die Kontinentalverschiebung. Irgendwann, so wusste er, würden ihm die Menschen schon glauben, und sei es auch erst in 200 Millionen Jahren.

*

Marcel Proust musste nun aber nicht ganz so lange warten, bis er doch noch einen Verleger fand für die »Suche nach der verlorenen Zeit«. Nach drei Absagen kommt eine Zusage. Und am 11. März schließt er einen Vertrag mit dem Verleger Bernard Grasset ab – er selbst schießt 1750 Franc zum Druck dazu, damit das Buch im September überhaupt erscheinen kann. Das klingt noch gut. Aber wenig später beginnt Bernard Grassets Albtraum. Wenn er Marcel Proust Druckfahnen zur Korrektur schickt, dann bekommt er ein paar Tage später etwas zuruckgeschickt, das man eher Schlachtfeld als Druckfahne nennen kann. Proust lässt keinen Stein auf dem anderen, überschreibt mit Tinte das gesamte gedruckte Manuskript einmal, zweimal, dreimal, klebt daneben zusätzliche Passagen aus anderen Druckfahnen und streicht ausgiebig. Selbst seinen legendären ersten Satz, dieses »Lange Zeit bin ich früh schlafen gegangen«, streicht er erst einmal komplett durch, um ihn dann wenig später reumütig per Hand doch wieder neben die Streichung zu schreiben und mit Ausrufezeichen zu versehen. Der Verleger dreht mit jeder neuen Korrekturlieferung langsam durch. Das Buch wird dicker und dicker, ständig schleichen sich neue Druckfehler ein, ganz neue Figuren werden eingeführt, andere verschwinden. Vorsorglich schreibt Grasset seinem Drucker, er solle als Erscheinungsdatum das Jahr 1914 vorbereiten, das Ganze könne unmöglich noch in diesem Jahr fertig werden. In genau diesen Tagen stößt der Münchner Schriftsteller Eduard von Keyserling, von der Syphilis zerfressen, seinen eigenen Erinnerungen nachhängend, einen leisen Stoßseufzer aus: »Wenn es doch so Korrekturbogen – nicht wahr, so nennt man das? – Korrekturbogen des Lebens gäbe...«.

*

Das nun hätte unser Freund Rainer Maria Rilke nicht schöner sagen können. Am 25. März 1913 sitzt er an seinem Schreibtisch in Paris in der Rue Campagne. Er hat zwar gerade keinen Schnupfen, aber es geht ihm trotzdem nicht gut. Er arbeitet quasi unaufhörlich an seinen Korrekturbögen des Lebens. Davon blickt er kurz auf und in seinen Taschenspiegel, er sieht seine zarten Bartstoppeln, und da fällt ihm auf, dass ihm langsam die Rasiercreme ausgeht. Und so schreibt er an den Hoffriseur Honsell in München am Odeonsplatz: »Übrigens wäre es mir lieb, wenn Sie mir gleich wieder eine Dose der Creme ›Mousse de

Violette‹, an die ich mich sehr gewöhnt habe, hierher senden wollten.« In wahrscheinlich genau diesen Tagen schreibt Marcel Proust ein paar Straßen weiter in Paris auf den Korrekturbogen der »Suche nach der verlorenen Zeit« den wunderbaren Satz, dass man sich manchmal, wenn es einem ganz melancholisch zumute sei, immerhin »von seiner Gewohnheit in den Arm nehmen lassen kann«.

∗

Oskar Kokoschka und Alma Mahler, das wohl rasendste Liebespaar dieses Jahres, steigen am 20. März 1913 in den Zug in Wien, um über Bozen und Verona nach Italien zu fahren.

Sigmund Freud und Martha Freud, das wohl stillste Liebespaar dieses Jahres, steigen am 21. März 1913 in den Zug in Wien, um über Bozen und Verona nach Italien zu fahren.

Richard Strauss und Hugo von Hofmannsthal, das ungewöhnlichste Künstlerduo dieses Jahres, steigen am 30. März 1913 in den Zug in Wien, um über Bozen und Verona nach Italien zu fahren.

Der Weltgeist geht also auf Reisen. Und Wien muss mal kurz Pause machen. Denkt man.

∗

Doch dann kehrt der Weltgeist am 31. März, obwohl also Kokoschka und Alma und Freud und Richard Strauss und Hofmannsthal fehlen, im großen Saal des Wiener Musikvereins doch kurz zurück. Arnold

Schönberg dirigiert, oder sagen wir: versucht zu dirigieren – eine eigene Kammersinfonie, Mahler und Stücke seiner Schüler Alban Berg und Anton von Webern. Das Publikum explodiert. Es findet so viel Modernität ohrenbetäubend. Also: Geschrei, Wutausbrüche, Gepfeife, Buhrufe. Und zu guter Letzt wird der große Arnold Schönberg von einem kleinen Operettenkomponisten geohrfeigt. Die Zeitungen sprechen am nächsten Tag vom »Watschenkonzert«. Also im Grunde ein Triumph der neuen Musik über den alten Geschmack? Mitnichten. »Publikum und Kritik sind heutzutage so sehr von allen guten Geistern verlassen, daß sie in keiner Hinsicht mehr einen Maßstab abgeben können«, klagt Schönberg. »Man kann heute nicht einmal mehr durch einen Mißerfolg Selbstvertrauen zu sich bekommen.« Früher also, so lehrt uns der radikale Modernist Schönberg, war alles besser. Selbst der Widerstand der Konservativen.

DER FRÜHLING

*Endlich wird es wärmer. Doch der schönste Pilot
stürzt leider ab – die schönste Pilotin hatte leider
nicht aufgepasst. Und wissen Sie, wann Truffauts
»Jules et Jim« eigentlich spielt? Natürlich im
Frühjahr 1913, in Paris, als die Kastanien blühen.
»Le sacre du printemps« wird tatsächlich fertig und
gefeiert, aber der große Igor Strawinsky wird sofort
danach krank, und seine Mama muss kommen. Die
große Revolutionärin Rosa Luxemburg geht über
eine Blumenwiese, sammelt eine Butterblume und
trocknet sie für die Ewigkeit. Ein »Frühlingsopfer«
sozusagen. Und Rilke? Genau: wieder mal erkältet,
diesmal in Bad Rippoldsau.*

Egon Schiele, gesehen von sich selbst,
gezeichnet vom Leben.

Am 1. April, kein Scherz, beschließt Franz Kafka nachmittags Unkraut zu jäten beim Kohlrabibauern Dvorsky im Prager Speckgürtel. Zur Selbsttherapie. Er will in der Erde graben, um die Grabenkämpfe in seinem Kopf irgendwie ertragen zu können, er will, wie er sagt, seine »Neurasthenie heilen«. Neurasthenie – das war das Zauberwort des Jahres 1913, das war irgendetwas zwischen ADHS-Syndrom und Burnout, ein so wunderbar undefinierter Begriff für jedwedes psychosomatische Unwohlsein und Nervenleiden, dass nicht nur Kafka und Rilke sich diese Diagnose stellten, sondern auch Robert Musil und Egon Schiele – und all die großen leidenden Frauen des Jahres natürlich ohnehin. Die neue Krankheit erhielt 1913 die zwei wichtigsten Weihen: Sie wurde in das elfbändige Standardwerk »Spezielle Pathologie und Therapie innerer Krankheiten« aufgenommen. Und sie wurde im »Simplicissimus«, dem Zentralorgan des zeitgenössischen Spotts, in unsterbliche Verse gegossen: »Haste nie und raste nie, sonst hast du die Neurasthenie«.

Während also der Neurastheniker Kafka die Gemüsebeete umgräbt für die legendäre Dvorsky-Kohlrabi (Kafka mit Spaten, eine surreale Vorstellung), und er stolz seiner Berliner Angebeteten Felice Bauer schreibt, dass er tatsächlich im bloßen Hemd bei Nieselregen den lehmigen Boden bearbeitet habe, da lernt sie gleichzeitig in Frankfurt am Main auf der Büroartikel-Messe ihre künftige Busenfreundin Grete Bloch kennen. Später im Jahr, als Kafka längst beim Gemüsebauern gekündigt hat und ihm Felice zu nahe zu kommen droht, da schreibt Kafka dann fast intimere Briefe an Grete als an Felice, beschwert sich bei ihr über die schlechten und ungepflegten Zähne seiner Berliner Verlobten und phantasiert von einer Liebe zu dritt. Im Tagebuch steht einmal »Träumereien Bl. betreffend«. Grete zeigt Felice die seltsamen Briefe, worauf diese dann die Verlobung mit Kafka löst, »Alpträumereien Ka. betreffend« also. Neun Monate später bekam Grete Bloch einen unehelichen Sohn. Max Brod, Kafkas Prager Lebensfreund, behauptete, der Vater sei wahrscheinlich Kafka gewesen. Bis heute glaubt ihm niemand. Als Kafka Felice das letzte Mal sah, da begann er das erste Mal in seinem Leben hemmungslos zu weinen. Das behauptet Max Brod ebenfalls. Und das glaubt ihm jeder.

✳

Am 1. April, auch kein Scherz, hört Marcel Duchamp mit dem Malen auf und beginnt seine Stelle als Bibliothekar in der Bibliothèque Sainte-Geneviève. Draußen scheint die Sonne freundlich, und die Platanen am Ufer der Seine treiben aus, aber Duchamp sitzt an seinem Schreibtisch im Dunkeln, und wenn niemand etwas ausleihen will, dann liest er stunden-

lang weiter in den Werken seines neuen Lieblings-
philosophen Pyrrho, eines Denkers vom Hofe Alex-
ander des Großen. Der war, klar, der Begründer der
älteren skeptischen Schule. Seit der früheren Neuzeit
wird Pyrrhos Name oft als Synonym für den Zweifel
an sich gebraucht. Seit der späteren Neuzeit wird
Marcel Duchamps Name oft als Synonym für den
Zweifel an sich gebraucht.

*

Am 5. April geht Niels Bohr in Kopenhagen zum
Briefkasten. Er reicht seinen Aufsatz »On the Consti-
tution of Atoms and Molecules« zur Veröffentlichung
beim englischen »Philosophical Magazine and Journal
of Science« ein, der in der nächsten Ausgabe sofort
veröffentlicht wird. Der Text ist einer der Ursprungs-
mythen der Moderne. Das »Bohr'sche Atommodell«
hat den Blick der Welt auf den Mikrokosmos grundlegend geändert, er hat mit einzigartiger Anschau-
lichkeit das Unsichtbare fassbar gemacht. Wie, so
lautete die Frage, ermöglichen die Atome die uns
umgebende Materie, und wie halten sie sie stabil?
Niels Bohr hat also gleichzeitig mit Marcel Proust die
Welt in ihre kleinsten Bestandteile zerlegt – und er
hat wie er genau dadurch die Stabilität von Materie
erklären können. Aber eben naturwissenschaftlich.
Und philosophisch zugleich: Er zeigt, dass man das
Atom erst einmal erfinden muss, um es begreifen zu
können. In jahrelangen Experimenten bemerkte
Bohr zu seiner eigenen Bestürzung, dass die Form,
die Atome offenbar haben mussten, nicht zu den be-

kannten Gesetzen der Physik passten. Darum kam er zu dem kühnen Entschluss: Dann müssten eben die Gesetze der Physik geändert werden. Ein Atom, so ahnte Bohr, kann keine Energie freigeben, sondern nur aufnehmen, um in einen angeregten Zustand zu kommen – und von dort kann es nur durch einen Quantensprung wieder zurück zu seinem Ursprung gelangen. In diesem angeregten Zustand beginnt also am 5. April 1913 das Atomzeitalter.

*

Am 5. April hat Erik Saties Stück »Véritables préludes flasques (pour un chien)« Premiere. Damit auch ja alle richtig darauf reagieren, veröffentlicht der Komponist am selben Tag im »Guide de concert« Anweisungen an sein Publikum: »In meinen neuen Stücken habe ich mich ganz den süßen Freuden der Phantasie hingegeben. Alle, die das nicht verstehen wollen, sind dringend gebeten, den Klängen des Pianos in feierlicher Stille zu begegnen. Sie sollen sich bitte der Musik in vollkommener Ergebenheit unterwerfen. Das ist ihre richtige Rolle.« Die Avantgarde bittet das allgemeine Publikum also, wie schon Arnold Schönberg zwei Wochen zuvor, nicht weiter zu stören.

*

Am 6. April darf Lou Andreas-Salomé zum letzten Mal das Kolleg von Sigmund Freud in Wien stören. Na ja, stören, eher beehren. Freud schenkt ihr einen Strauß frischer Rosen zum Abschied. Die mittelalten

Herren sind entzückt über die blitzgescheite Gast-
hörerin. Und Lou Andreas-Salomé weiß, dass die
Zeit bei Freud in Wien der Wendepunkt in ihrem
Leben ist, wie sie abends in ihr Tagebuch schreibt.
Im Sommer schon wird sie in Berlin eine große Rede
halten beim Psychoanalytischen Kongress, bald darauf in Göttingen ihre eigene Praxis eröffnen. Aber im
Spätsommer, das weiß sie noch nicht (aber wir), wird
Rainer Maria Rilke wieder vor ihrer Tür stehen. Sie
hatte ihm allerdings auch vielsagend geschrieben,
dass seine Pantoffeln noch immer in ihrer Diele stün-
den und darauf warteten, wieder von seinen Füßen
gefüllt zu werden. Das war zwar kein Freud'scher
Versprecher, aber doch ein Freud'sches Versprechen.
Und Rilke, unser großer Pantoffelheld, hat das für
seine Verhältnisse ziemlich schnell verstanden und
reiste an.

*

Wir schalten zu Coco Chanel nach Paris. Sie lebt zusammen mit Boy Capel, einem Engländer mit tadel-
losen Manieren und wirtschaftlichen Erfolgen, den sie
heiß und innig liebt. Eines Tages erklärte sie ihm,
dass sie Hüte machen wolle. Und zwar Hüte, die man
tragen könne, nicht die Wagenräder, die sie bei den
Pferderennen sah, zu denen er sie mitnahm. Chanel
mietete zwei Räume in der Rue Cambon, erster Stock,
an der Tür stand »Chanel modes«. Boy Capel hatte bei
der Lloyd's Bank eine Bürgschaft für sie hinterlegt.
Doch ein Jahr und sehr viele verkaufte Hüte später
löste Coco Chanel die Bürgschaft ab. Und Boy Capel

zwirbelte seinen Schnurrbart und sagte etwas melancholisch: »Ich glaubte, Dir ein Spielzeug zu schenken, doch dabei habe ich Dir die Freiheit geschenkt.« Schon im Juni 1913 eröffnete Coco Chanel ihre erste Dependance – im mondänen Seebad Deauville. Am Anfang kamen die Damen nur, um zu schauen und zu lästern. Doch dann kaufte die Erste ein schlichtes Jerseykleid und einen schlichten Hut – und genoss sichtlich die Leichtigkeit und Einfachheit. Und die anderen Frauen auf der Promenade beneideten sie auch sofort um die irritierend neue Mischung aus Bequemlichkeit und Eleganz – und klingelten am nächsten Morgen an der Ladentür. Am Ende des Sommers war die Boutique ausverkauft. Und Coco Chanel sprach: »Ich habe dem Körper der Frau seine Freiheit wiedergegeben.«

*

Die Redaktion des »Gotha«, des Verzeichnisses der adeligen Häuser in Deutschland, sieht sich angesichts seiner sechsundachtzigsten Auflage und auch der Freiheit der Frauen im Jahre 1913 zu einer dringenden Mahnung an seine Abonnenten veranlasst: »Das eine aber müssen wir wiederholt betonen, daß es uns ganz unmöglich ist, genealogische Nachrichten, die der Familie oder einem einzelnen ungelegen sind (Vermählungs- oder Geburtsdaten, namentlich aber die Scheidung) zu unterdrücken.« Manchmal verstecken sich ja in den Klammern die größten Verschiebungen in der Mentalitätsgeschichte.

*

Nachdem nämlich Anfang des Jahres Giacomo Puccini seine Aufforderung zum Duell schnöde abgelehnt hat, greift Baron Arnold von Stengel jetzt zu modernen Waffen. Er wird am 9. April vor dem Amtsgericht München offiziell geschieden, Grund ist »Verschulden der Frau«. Und dem widersprach niemand, noch nicht einmal besagte Frau. Josephine von Stengel war 30 Jahre jünger als Puccini, als sie 1912 dem Komponisten verfiel. Sie war seit fünf Jahren verheiratet und Mutter zweier Töchter, als Puccini sie verführte. Nun war der ein notorischer Schwerenöter mit umfangreicher libidinöser Biographie, außerdem mit einer dauerhaft fuchsteufelswilden Gattin namens Elvira, die das Dienstmädchen Doria Manfredi, also die wahrscheinlich einzige Frau aus Puccinis Umfeld, die nie etwas mit ihm gehabt hatte, mit falschen Anschuldigungen in den Tod getrieben hatte.

Aber das hielt Puccini nicht davon ab, sich durchaus heftig in Josephine von Stengel zu verlieben. Er fuhr mit ihr nach Bayreuth, nach Karlsbad, nach Viareggio, eine sehr klassische Grand Tour d'Amour, unklassisch war allein, dass die beiden Reisenden anderweitig verheiratet waren. Aber als Josephine dann endlich geschieden war (für sich selbst hielt Puccini so etwas für überflüssig), da fuhr er sofort zu ihr und stellte sie wenig später seinem Freund Gabriele d'Annunzio vor. In Viareggio will er ein Haus für sie bauen, doch dann verliebt er sich leider neu, und Josephine von Stengel wird unglücklich und 13 Jahre später in Viareggio sterben. Ihre Töchter haben leider ihren testamentarischen Wunsch erfüllt und alle Briefe Puccinis an ihre Mutter vernichtet. So bleibt uns nur Puccinis hochseetaugliche Motoryacht mit dem schönen Namen Cio-Sio-San (und dem eingebauten Bordklavier), die er ihr widmete und die sich erhalten hat als Zeugnis dieser ungewöhnlichen Liebe.

*

Der Islam gehört zu Deutschland. Die sogenannten »Problem-Zigaretten« der Marke »Moslem« sind 1913 die meistverkauften Zigaretten des Landes (ja, wirklich, Sie können es mir glauben).

*

Am 11. April macht sich Alfred Kerr in der Zeitschrift »Pan« darüber lustig, dass Thomas Manns Bruder Heinrich und die Großmutter seiner Frau positive Rezensionen zu seinem »Tod in Venedig« veröffentlichen. In dem Text lässt Kerr einen fiktiven Thomas Mann vom Nutzen der »Verwandtenrezension« fabulieren und den Kern von »Tod in Venedig« so zusammenfassen: »Jedenfalls ist Päderastie annehmbar für den gebildeten Mittelstand gemacht.« In jenen Tagen dichtete Alfred Kerr voller Spott und Wut auch seinen »Thomas Bodenbruch«, eine fiktive Autobiographie Thomas Manns in zwei Zeilen: »Sprach immer stolz mit Breite/Von meiner Väter Pleite. Ich dichte nicht – ich drockse/Ich träume nicht – ich ochse.«

*

Paris, April 1913. Das Tagebuch von Harry Graf Kessler schwappt fast über vor mondäner Gegenwart. Immer wieder mitternächtliche Diners im Restaurant Larue mit Misia Sert, dem einstigen Prachtmodell der Impressionisten und jetziger Gönnerin der Moderne, mit Djagilew, seinem Geliebten Nijinsky und den halben »Ballets Russes«, mit Jean Cocteau, André Gide und manchmal, nachdem er zuvor dreimal brieflich ab- und zweimal doch wieder halb zugesagt hatte, auch mit Marcel Proust. Kessler wird fast aufgesogen von der flirrenden Energie von Paris, an den geplanten Essay über Richard Dehmel ist nicht zu denken, er schreibt an seine Schwester: »Ich war jeden Tag von 11 Uhr am Vormittag bis 3 Uhr in der Nacht ständig in Bewegung. Es ist ganz unmöglich für mich, Dir irgendeine zusammenhängende Darstellung all dieser Tage zu geben.« Gut für uns, dass sich Kessler dann, vollkommen überfordert von der Fülle des Lebens und vollkommen unfähig, einen zusammenhängenden Text zu verfassen, ganz auf das Schreiben seines Tagebuchs konzentrierte.

*

Am 12. April landet Delacroix' riesiges Löwenbildnis »Lion dévorant un cheval« in der Höhle des Löwen: im Hause von Julius Meier-Graefe in Berlin-Nikolassee, jenem Mann, der den Deutschen wie sonst nur Harry Graf Kessler mit aller Vehemenz die Lust und Freude an der französischen Kunst, am Savoir-vivre, am Lebensgefühl des Erzfeindes einzuhämmern versuchte. Wir sollten glücklich sein, dass es die Franzosen gibt, so Meier-Graefes tägliche Botschaft an sein skeptisches Volk im Jahr 1913. Gut gebrüllt, Löwe! Aber wird es helfen?

*

In der Galerie von Bruno Cassirer wird die ungeheure Privatsammlung von Gottlieb Friedrich Reber aus Wuppertal-Barmen gezeigt, eine der wichtigsten Kollektionen französischer Kunst jenseits von Frankreich überhaupt, etwa zwölf Gemälde von Paul Cézanne, daneben Hauptwerke von Manet, Renoir, Courbet, Degas, Corot und Daumier, heute wohl eine halbe Milliarde wert. Der angesehene Kritiker Max Osborn bemerkt dazu in der »BZ am Mittag« lakonisch: »Es geht mir, ehrlich gesagt, denn doch über die Hutschnur, daß ein deutscher Sammler sich mit offenbar bedeutenden finanziellen Mitteln eine Galerie anlegt, die fast kein deutsches Bild enthält. Gegen eine solche Rücksichtslosigkeit erhebe ich scharfen Protest.« Und Fritz Stahl schreibt dazu im »Berliner Tagblatt«: »So mag ich auch Herrn Reber die sehr auffallende Tatsache, daß in seiner Sammlung als der eines Deutschen so gut wie kein Werk eines neueren deutschen Malers ist, nicht geradezu vorwerfen. Sollte sich aber herausstellen, daß das nicht persönlich, sondern für den ›neuen‹ Sammler typisch ist, so würde man es nicht nur beklagen, sondern hart verurteilen müssen.« Man liest es und sieht mit Bestürzung, dass die Aufrüstung Anfang 1913 ganz offenkundig nicht nur militärisch im vollen Gange war.

*

August Bebel, der große alte Mann der Sozialdemokratie, ruft seine Parteifreunde aus Berlin und die aus Paris deshalb zu Pfingsten ins neutrale Bern zur »Deutsch-Französischen Verständigungskonferenz«. Dort hält er seine letzte große Rede und wiederholt seinen eindringlichen Appell: »Man wird rüsten bis zu dem Punkt, daß der eine oder andere Teil eines Tages sagt: lieber ein Ende mit Schrecken als ein Schrecken ohne Ende. Dann kommt die Katastrophe. Alsdann wird in Europa der große Generalmarsch geschlagen, auf den hin 16 bis 18 Millionen Männer, die Männerblüte der verschiedenen Nationen, ausgerüstet mit den besten Mordwerkzeugen, gegeneinander als Feinde ins Feld rücken.«

*

Ein Franzose und ein Deutscher in der Blüte ihrer Jahre spazieren an diesen ersten Frühlingstagen einträchtig an der Seine entlang. Sie gehen in ein Café, setzen sich nach draußen in die Sonne, trinken erst einen Rosé und dann noch einen und noch einen. Sie teilen alles, sogar ihre Freundinnen, etwa die Pariser Malerin Marie Laurencin oder Franziska von Reventlow, die wilde Münchner Gräfin, und ihre Erlebnisse ohnehin, aber diesmal, so sagt also der Berliner Franz Hessel zu seinem Pariser Freund Henri-Pierre Roché, diesmal wolle er ihn bitten, die Finger von seiner neuen Freundin zu lassen. Diesmal sei es etwas anderes. Diesmal sei es, tja, Liebe oder etwas in der Art, diese Helen Grund, Malerin aus Berlin, die wolle er heiraten, tu comprends? Oui, oui, sagt also Henri-Pierre Roché, steckt sich eine Zigarette an und stößt Rauch in diesen feinen Kringeln aus, die nur bei ihm aussehen wie pures Rokoko. Ein paar Tage später, die Sonne scheint, feiern die beiden mit ihrem gemeinsamen Freund Thankmar von Münchhausen Junggesellenabschied in Montparnasse. Ein paar Jahre später werden natürlich erst Henri-Pierre Roché und dann Thankmar von Münchhausen Affären mit Franz Hessels Frau haben.

*

Gerade war der Himmel noch blau. Aber jetzt ziehen Wolken auf, sie kommen von fern. Hinten am Horizont die ersten kleinen Vorboten, dann kommen sie näher, werden mehr und ziehen über die Köpfe hinweg. Eine bleibt stehen. Geht einfach nicht wieder weg. Die Menschen schauen hoch. Neugierig erst, dann unsicher. Die Wolke begann in Weiß. Nun wird sie immer grauer. Und sie bewegt sich nicht. Immer mehr Menschen kommen dazu, schauen hoch in die drohend unbewegliche Wolke. Dann kommt Martin Brandenburg, der einzige Maler, den Thomas Mann liebte, und malt diese Wolke. Und die Menschen unter ihr, »alle unter dem gleichen Druck der Wolke, den sie, den Temperamenten nach, verschieden tragen: dumpf-kindlich, gleichgültig ergeben, anklagend, sich aufbäumend«, wie es in der Zeitschrift »Kunst und Künstler« hieß. Brandenburg nennt sein sonderbares Bild »Die Menschen unter der Wolke«. Und als er aufsah, schwand sie schon im Wind.

*

In Deutsch-Ostafrika entdeckt die paläontologische Tendaguru-Expedition aus Berlin das größte Dinosaurierskelett der Welt. Einen rund zwölf Meter hohen und 23 Meter langen Brachiosaurus brancai (benannt nach dem Berliner Museumsdirektor Wilhelm von Branca), der vor etwa 150 Millionen Jahren das Zeitliche gesegnet hat. Also der Dinosaurier, nicht Professor Branca natürlich, dem ging es 1913 noch sehr gut. Der Brachiosaurus war Veganer und aß wohl täglich eine Tonne Grünzeug, und damit er das schaffte, hatte er einen extralangen Hals, mit dem er sich direkt in den Baumkronen bedienen konnte. Nach der Ausgrabung mussten die vielen tausend Einzelteile des Dinosauriers von den afrikanischen Grabungshelfern tagelang unter der glühenden Sonne zu Fuß unglaubliche 60 Kilometer weit bis an die Küste zum Seehafen Lindi getragen werden. Das nennt man Knochenarbeit. Von Lindi aus gingen sie per Schiff mit Zwischenstation in Daressalam erst nach Hamburg und dann per Bahn nach Berlin, wo sie im Naturkundemuseum wie ein riesiges Puzzle neu zusammengesetzt werden mussten. Im Jahre 1937 wird man damit fertig sein. Aber was sind schon 24 Jahre bei einem Tier, das seit 150 Millionen Jahren tot ist? In den Berliner Museen hielt man zu zügiges Arbeiten eben einfach schon immer für würdelos.

*

In Paris erscheint in diesem April Guillaume Apollinaires Lyrikband »Alcools«. Er hatte auf jede Interpunktion verzichtet. Aber nicht auf Gefühl und Provokation. Die Kritiker tobten. Apollinaire tobte zurück. Die angegriffenen Kritiker forderten ihn zum Duell auf, weil sie ihre Ehre verletzt sahen. Aber Apollinaire hatte keine Zeit dafür. Er musste dichten.

＊

Wassily Kandinsky bekommt Anfang April Besuch von seiner Mama. Sie macht sich Sorgen, seit ihr schöner, stolzer Sohn so abstrakt geworden ist. Das hängt, da ist sie sich sicher, mit dieser neuen Frau zusammen. So kommt sie aus Odessa nach München angereist, um nach dem Rechten zu sehen. Nach einem kurzen Empfang am Bahnhof reisen Kandinsky und Münter mit Mutter Lydia gleich weiter nach Murnau, in ihr kleines Traumhaus am Hügel. Die Mutter sitzt draußen im Sessel, und Kandinsky gräbt in Lederhose und Trachtenwams den Garten mit dem Spaten um. Er pflanzt Blumen, und wenigstens die Sonne lacht. Es gibt Fotos aus diesen Apriltagen, auf denen steht Kandinsky kerzengerade neben der Mutter, die in schwarzem Kleid missmutig auf einem Stuhl hockt, man weiß nicht, ob sie immer so schaut oder ob das daran liegt, dass sie der Fotografin, also Gabriele Münter, der Lebensgefährtin ihres Sohnemanns, in die Augen schauen muss. Als sie in München zurück sind, wird am 12. April gleich weiter fotografiert: Kandinsky mit Bart und ernstem Blick vor Nippes auf der Konsole und einer scheußlichen Wanduhr, dann nimmt Kandinsky die Kamera und fotografiert Münter, die ja immer schaut wie sieben

Tage Regenwetter, und postiert sie neben ein Regal, darauf ein Zweig aus Seidenblumen und eine kitschige Porzellanschale, die Wände dunkel, vollgehängt mit Kreuzen und Volkskunst. Das war die Wohnung in der Ainmillerstraße 36, eng, fast spießig, düster – und genau hier, in diesem Interieur, brach der hellste Morgen der abstrakten Kunst an. Die Mutter hockt auch dazwischen auf den Fotos, immer noch schwarz gekleidet, immer noch ernst blickend, streng, musternd, auf Russisch in sich hineingrummelnd »Was mache ich hier?«. Die Mutter bestand dann auch darauf, nicht nur seine Geliebte, sondern auch Kandinskys geschiedene Ehefrau Anja zu sehen. Und so zogen die drei ein paar Straßen weiter zu Anja, die auch Wassilys Cousine ist (und von der er sich 1904 scheiden ließ). Pikanterweise macht dann also auch dort Gabriele Münter die Fotos: Jetzt gucken alle missmutig und verstört, also die Mama (die auch die Tante ist) und der Sohn. Nur Anja, in der Mitte, fasst sich keck an den Kragen und kichert fast über diese surreale Inszenierung in ihrem Wohnzimmer, sie wirkt sichtbar erleichtert, dass sie dieser Mutter-Sohn-Kombination entkommen ist, und auf die missmutige Fotografin scheint sie auch nicht wirklich eifersüchtig zu sein. Kandinsky fasst sich etwas ratlos und angespannt an seinen Bart. Schnitt.

*

Enrico Caruso, die Stimme des Jahrhunderts, ist sehr, sehr dick geworden, seit seine Frau Ada mit dem Chauffeur durchgebrannt war, dem schmierigen

Cesare Romati. Der Scheidungsprozess im letzten Herbst in Mailand war schrecklich gewesen für Caruso, weltweit berichtete die Presse über die 100 Zeugenaussagen, die an vier Tagen die wildesten Theorien über das Eheleben der Carusos verbreiteten. Ada behauptete steif und fest, sie habe den Chauffeur zum Schutze Carusos verführen müssen, da dieser eigentlich von der Mafia gesandt gewesen sei, um ihn zu ermorden. Nur durch ein intensives Liebesleben habe sie ihn davon abhalten können. Das war so hanebüchen, dass es selbst die italienischen Richter nicht glaubten und Ada und ihren Chauffeur wegen Verleumdung, Falschaussage und Zeugenbeeinflussung zu einem Jahr Haft verurteilten.

Caruso rasierte sich daraufhin seinen Schnurrbart ab, ging mehrfach täglich essen und stürzte sich in unzählige Affären. Etwa mit der blutjungen Elsa Gannelli, einer Verkäuferin aus Mailand, die er – Sigmund Freud hätte seine Freude gehabt – ausgerechnet bei einem Krawattenkauf kennengelernt hatte. Er nimmt sie mit nach Berlin zu einer Konzertreise, lässt sie feudal im Hotel »Bristol« logieren, und eines Abends, nach einer gefeierten Opernaufführung, trinkt er zu viel und verlobt sich mit ihr. Als er zwei Tage später in Bremen auftritt, schickt er ihr ein entsetztes Telegramm: »Heirat unmöglich. Dauerndes Reisen zwingt mich, Verlobung aufzulösen. Vergessen wir alles Vorgefallene.« Na ja, das hätte er gerne so gehabt. Ging natürlich nicht. Auch Elsa Gannelli zerrte ihn vor Gericht und wollte Schadensersatz für ihr gebrochenes Herz. Und Caruso? Er zahlte. Er hatte keine Nerven mehr. Und dann wollten ihn auch noch immer alle ausgerechnet den Canio singen hören! Jenen der Phantasie Leoncavallos entsprungenen verlassenen, alt gewordenen Liebhaber. »Meine Lieblingsrolle«, so sagt Caruso trotzig zum Reporter der »New York Times«, »ist das wirklich nicht.«

In den Wochen seiner New Yorker Gastspielreise wird er immer dicker, er geht ein wenig zu oft ins »Ristorante del Pezzo«, nicht nur wegen des Tiramisu, sondern auch, um einzutauchen in den italienischen Singsang der Köche und Kellner. Natürlich war Caruso als echter Neapolitaner ein grenzenloser Romantiker. Wie ein Verrückter tourt er in diesen Monaten durch die Welt, in panischer Angst, seine Stimme zu verlieren – und sie trotzdem fast jeden Abend aufs Neue maximal strapazierend. Von New York reist er nach London, er wird bejubelt für seine Arien in »Aida«, »Tosca« und »La Bohème«. Und weil es die Engländer immer genau wissen wollen, untersucht ihn der britische Wissenschaftler William Lloyd auf Herz und Nieren. Er will herausfinden, wo das Geheimnis von Carusos Stimme liegt. Das Ergebnis: Seine Knochen vibrieren mehr als die normaler Menschen und der Abstand zwischen seinen Zähnen und seinen Stimmbändern ist besonders groß. Was dadurch möglich war, demonstriert er am 23. Dezember 1913 in Philadelphia. Als seinem Partner in der Oper »La Bohème«, dem Bassisten Andrés de Segurola, wegen einer Erkältung die Stimme versagte, da sprang Caruso im vierten Akt für ihn ein, der Tenor sang den Bass – und das Publikum merkte es nicht, sondern applaudierte frenetisch. Wahrscheinlich war an diesem Abend der Abstand zwischen seinen Zäh-

nen und seinen Stimmbändern noch ein klitzekleines
Stück weitergewachsen.

*

Am 14. April wird in Frankfurt am Main einer der
gestörtesten Geister des Jahres 1913 festgenommen:
Karl Hopf. Monatelang hatte er seiner Ehefrau Wally
mit Arsen versetzte Getränke gegeben und ihre Wä-
sche mit tödlichen Giften bestrichen – um sie daraufhin aufopferungsvoll zu pflegen und ihr Wickel
zu machen, wenn sie sich schweißgebadet im gemeinsamen Ehebett windet. Doch Wally überlebt.
Als Einzige. Zuvor nämlich hatte Karl Hopf auf dieselbe Weise erst seine Eltern, seine Kinder und auch
seine früheren Ehefrauen zur Strecke gebracht. Doch
niemand hatte ihn je in Verdacht. Denn Karl Hopf
war ein angesehener Bürger, ein Futtermittel-Unter-
nehmer, Bernhardiner-Züchter und Meister im Säbelfechten. Und er ist auch ein Wissenschaftler. Weil
immer wieder junge Bernhardiner sterben, entwickelt
er im Labor ein Mittel gegen die Hundestaupe. Er
lässt sich Briefpapier drucken für ein »Bakteriolo-
gisches Laboratorium Hopf«. Das klingt wahnsinnig
seriös. Und er bekommt von einem Institut in Wien
daraufhin hochansteckende Cholera- und Typhus-
Bakterienstämme zugesandt. Hopf beschwert sich
sogar einmal beim Absender über die »sehr mangel-
hafte Wirkung beim Menschen«, aber niemand schöpft
Verdacht. Die Institutsmitarbeiterin hatte »Meer-
schweinchen« gelesen statt »Menschen«. Doch als
auch seine zweite Ehefrau und sein drittes Kind plötz-

lich sterben, kommen erste Zweifel auf, aber der angesehene Bürger Hopf kann alle Zweifel zerstreuen, die Staatsanwaltschaft Wiesbaden stellt das Verfahren ein. Hopf stiftet seine Hundeschädelsammlung dem Frankfurter Senckenberg-Museum und wird dafür in einer Feierstunde geehrt.

Hopf konzentriert sich daraufhin ganz aufs Säbelfechten (die Hunde sind ja alle tot inzwischen, die Frauen und die Kinder auch, er hat also wieder Zeit). Doch das ist keine ganz so gute Geschäftsidee. Er geht pleite. Da ist es praktisch, dass gleich darauf seine Mutter unter zunächst ungeklärten Umständen stirbt und ihm ein großes Vermögen hinterlässt. 1912 dann heiratet Hopf ein drittes Mal, Wally Siewic, eine Österreicherin. Schon bald wird sie natürlich krank. Auch das Dienstmädchen und die Putzfrau und die Pflegeschwester werden von plötzlichen Krämpfen ans Bett gefesselt. Der Hausarzt ist gerührt, wie Hopf sich um all die ihm anvertrauten Frauen kümmert, so aufopferungsvoll und selbstlos. Doch dann wird auch der Arzt krank, eine Vertretung kommt – und weist Wally sofort wegen Vergiftungserscheinungen ins Krankenhaus ein. Der gute böse Hopf bringt ihr natürlich täglich Blumen dorthin – später werden die Gerichtsmediziner an jeder einzelnen Blüte Typhusbazillen nachweisen. Aber Wally übersteht auch diese Attacke. Als der Anwalt der zweiten Ehefrau von Hopf hört, dass nun auch die nächste Ehefrau wegen einer Vergiftung im Krankenhaus liegt, alarmiert er die Polizei. Am 14. April nimmt sie Hopf zu Hause fest. Die Beamten finden ihn mitten in seiner brodelnden Giftküche – und wenig später entdecken die

Gerichtsmediziner dann große Mengen von Arsen in den exhumierten Leichen seines Vaters, seiner Mutter, seiner ersten beiden Frauen und aller seiner Kinder. Karl Hopf wird zum Tode verurteilt. Am Tag der Vollstreckung schickt er den Pfarrer mit Beschimpfungen weg und beschwert sich, dass die Henkersmahlzeit nur lauwarm sei. Dann fällt das Fallbeil in der Justizvollzugsanstalt Frankfurt-Preungesheim. Zack.

*

Am 13. April 1913 sitzt Rainer Maria Rilke an seinem Schreibtisch in Paris in der Rue Campagne. Es geht ihm natürlich auch heute nicht gut. Er blickt sich an in seinem Taschenspiegel, lange, sehr lange. Erschrickt selbst über die Untiefen seiner Augen. Dann nimmt er seinen Füller, tunkt ihn in das Tintenfass und schreibt die letzten Zeilen seines Gedichtes »Narziss«: »Denn, wie ich mich in meinem Blick verliere: ich könnte denken, dass ich tödlich sei.«

*

Zum Glück ergeht in diesen Tagen der Ruf zur Gründung der DLRG.

*

Am 19. April 1913 geschieht dennoch ein schreckliches Unglück: Isadora Duncan, die berühmteste Tänzerin ihrer Zeit, möchte sich etwas ausruhen auf ihrer Chaiselongue (so stellt man sich das zumindest vor) und schickt also ihre Kinder mit dem Kindermädchen zum Spielen in einen Park. Sie müssen alle ihre Jacken anziehen, auch wenn sie maulen, aber Mama möchte nicht, dass sie sich erkälten. Küsschen hier, Küsschen da, au revoir, à plus tard! Und los. Der Chauffeur lädt sie ein, doch als der Motor stottert, steigt er aus, um nach dem Rechten zu schauen. Doch er hat vergessen, die Handbremse zu ziehen. Der Wagen rollt los, durchbricht das Gitter am Seine-Ufer, stürzt in die Fluten, und der fast dreijährige Patrick, Duncans Kind mit dem amerikanischen Nähmaschinen-Erben Paris Singer, und die sechsjährige Deirdre, ihre Tochter mit Edward Gordon Craig, können nicht mehr gerettet werden. An diesem Tag versank Isadora Duncans Leben für immer in Tränen.

*

Alma Mahler und Oskar Kokoschka sind bei ihrer Flucht aus Wien inzwischen in Neapel angekommen. Der einzigen Stadt, die ihrer Beziehung entspricht: Überbordend, sinnlich, chaotisch, am Rande der Legalität. Sie besteigen irgendwann ein Boot und fahren mit der Fähre raus nach Capri, auf die Sehnsuchtsinsel. Zur blauen Grotte. Zu Maxim Gorki, zu dem verrückten Diefenbach und seinem Harem. Sie ziehen in die Villa Monacone, ein seltsames Haus, wo schon immer Phantasten und Revolutionäre wohnten, genau da passen sie hin. Sie lieben sich, und sie gehen über die Insel, pflücken Zitronen und liegen im Gras, über ihnen die Möwen, Kokoschka, dieser grobschlächtige Kerl, isst unten in den Hafentavernen, weil ihm nur da die Portionen groß genug sind, und Alma tanzt halbnackt über die Pfade, wenn die rote Sonne im Meer versinkt. Nachts, wenn Alma schläft, da malt er zu ihrer Überraschung die hellen Räume mit Fresken aus, wilde Phantasien, herrliche Träume, kühne Farben. Alma war immer ganz beglückt, wenn sie morgens im leichten Nachthemd mit dem nackten und stolzen Oskar die Werke seiner Nacht besichtigte. Doch irgendwann endete dieser südliche Traum, sie mussten zurück in den Irrsinn Wiens. Und der Fischer Ciro Spadaro, dem das Haus gehörte, kratzte nach der Abreise des seltsamen Paares aus Österreich alles wieder ab und tünchte es neu in Weiß. Ciro Spadaro stand einfach nicht so auf Expressionismus. Immerhin, Jahrzehnte später, wurde einer der Söhne von Ciro Spadaro, Antonio, der Liebhaber von Thomas Manns Tochter Monika, die dann in der Villa Monacone mit den weißgetünchten Wänden wohnte.

*

Die fünfjährige Astrid Lindgren spielt im Garten hinter ihrem Elternhaus auf dem Hof Näs bei Vimmerby. »Es war schön, dort Kind zu sein, es gab Geborgenheit und Freiheit«, so wird sie sich später erinnern.

*

Mata Hari, die legendäre Tänzerin und Mätresse, die später als Spionin des deutschen Geheimdienstes auch im unbekleideten Zustand wenigstens den irritierend unsinnigen Decknamen H 21 trägt, reist im April 1913 nach Berlin. Sie hat ihre größte Zeit in Paris hinter sich und sucht fieberhaft nach neuen Aufträgen oder Liebhabern. Da sieht sie Unter den Linden den Kronprinzen vorbeireiten und ist auf der Stelle vollkommen vernarrt in ihn. Sie schickt ihm offizielle Schreiben und bittet »Hochwohlgeboren« um die Erlaubnis, für ihn im Berliner Stadtschloss javanische Straßentänze und hinduistische Tempeltänze aufführen zu dürfen. Die Geburtsstunde des Humboldt-Forums schien also zum Greifen nah: Die Kulturen der Welt hätten sich um ein Haar schon 1913 spielerisch kennengelernt! Aber leider wurde der Bitte von Mata Hari nicht entsprochen, und sie reiste unverrichteter Dinge wieder ab.

*

»Nein, so geht es nicht«, sagte Igor Strawinsky und blinzelte durch seine dicken Brillengläser. »Was geht so nicht?«, fragte der heldenhafte Gabriel Astruc, als er ihm voller Stolz den prächtigen Neubau seines Théâtre des Champs-Élysées präsentierte, dessen Bauarbeiten gerade abgeschlossen waren. Strawinsky strich sich mit den Fingern über seine mit Gelatine nach hinten gekämmten Haare und knurrte: »Der Orchestergraben ist zu klein, wenn Sie ihn nicht erweitern, kann es hier keine Uraufführung von ›Le Sacre du Printemps‹ geben, ich brauche Platz für 84 Musiker.« Astruc protestierte kurz, atmete schwer, sprach davon, dass es ein Stahlbetonbau sei, der gerade in diesen Tagen fertig geworden sei, und es gebe doch Platz für 80 Musiker, doch Strawinsky interessierte das nicht. Er brauchte Platz für 84 Musiker. Noch am selben Tag wurden die Arbeiter zurückgeholt, mit Presslufthämmern und Schweißbrenner machten sie sich an die Arbeit, das Unmögliche möglich zu machen, also Platz zu schaffen für 84 Musiker in einem viel zu engen Orchestergraben. Ohrenbetäubender Lärm hallte durch den riesigen Zuschauerraum. Es waren noch vier Wochen bis zur geplanten Premiere am 29. Mai und Strawinsky und Astruc waren schon mit ihren Nerven am Ende.

*

Am 20. April verlässt die Grönland-Expedition von Alfred Wegener ihr Basislager auf dem Gletscher Storstrommen und macht sich an die Durchquerung der Insel. Noch immer tobt der Schneesturm. Doch die vier Forscher, die ihr gesamtes Labor und allen Proviant auf ihre verbliebenen fünf Islandpferde geladen haben (die anderen elf hatten das Weite gesucht oder waren während der Überwinterung getötet worden), ziehen los. Kläffend läuft ein Hund um die kleine Karawane, die sich tapfer die 1200 Kilometer durch das Eis Richtung Westen quält. Am 7. Mai erreichen sie die äußerste Zone des Hocheises. Abends in seinem Zelt, frierend, erschöpft, hundemüde, aber doch ergriffen, wird Alfred Wegener, der große Polarforscher, zum großen Poeten: »Es war unser Einzug in die große, weiße Wüste der vollkommensten, leblosesten Wüste, die die Erde trägt«, schrieb er in sein

Tagebuch. »Weit wie das Meer dehnte sich die weiße Fläche vor uns, fast rings herum den Himmel berührend. Wie die Wogen auf dem Meere reihten sich die vom Wind gemeißelten Furchen in die Schneeoberfläche aneinander in endloser Form. Die langen, federnden Schlitten tanzten auf ihnen wie ein schnell segelndes Boot auf den Wellen. Es gibt nur den blauen Himmel und den weißen Schnee. Andere Sehenswürdigkeiten wie etwa Wolken scheint die hiesige Natur sich nicht leisten zu können.«

Die hiesige Natur scheint vollkommen damit beschäftigt, diese seltsame Expeditionskarawane durch ihr Allerheiligstes ziehen zu lassen. Das war so von den Schneegöttern offenbar nicht vorgesehen. Am 21. Mai zeigt das Thermometer nachts minus 31 Grad, mittags, um 14 Uhr, als die Sonne am höchsten steht, minus 20 Grad. Das ewige Eis. Die Nasenspitzen sind abgefroren, die Gesichtshaut hängt, wie Wegener klagt, in Fetzen herunter. Abends schreibt Wegener vollkommen erschöpft in sein Tagebuch, er könne eigentlich nur darüber nachdenken, wie er mit seiner fernen Verlobten Else zusammenleben werde und was es heute Abend zu essen gebe: »Wohl zu bemerken: Das erste Thema stellt sich vorzugsweise nach, das zweite vor unseren Mahlzeiten ein. Es fehlt mir nur der Mut dazu, sonst könnte ich darüber 2 Abhandlungen schreiben, gegen welche die ›Entstehung der Kontinente‹ einen Sextaneraufsatz darstellt.« Am 28. Mai dann wird der Ton verzweifelter: »Wir wissen immer noch nicht, ob einer von uns lebend die Westküste erreichen wird.« Die Pferde sind zu schwach, immer wieder müssen sie einem von ihnen den Gnadenschuss geben und fortan das Gepäck auf den schweren Schlitten selbst durchs Eis ziehen, zwölf, dreizehn Kilometer am Tag. Alles Überflüssige wird weggeworfen, Werkzeug, Kisten, Reservepfeifen, der Tabak ist ohnehin aufgebraucht. Auf 2700 Höhenmetern wird am 4. Juni dann auch das geliebte Islandpferd »Dame« erschossen, das vor Erschöpfung zusammengebrochen war. Aber, immerhin, wie aus dem Nichts, taucht ein Schneesperling auf, der die müde Karawane zwitschernd umfliegt.

*

1913 ist das Jahr, das das 19. Jahrhundert und das 20. Jahrhundert unauflöslich miteinander verbindet. Kein Wunder, dass deshalb am 29. April 1913 Gideon Sundback das Patent für den Reißverschluss erhält. Zwei biegsame Stoffstreifen mit kleinen Zähnen an der Seite und einem Schieber, der die Zähne ineinander verhakt. Kurt Tucholsky stellt fest: »Kein Mensch kann verstehen, warum ein Reißverschluss funktioniert, aber er funktioniert.«

*

Zu den schönsten und wildesten Frauenfiguren dieses an schönen und wilden Frauen so reichen Jahres 1913 gehört die geheimnisumwitterte Fürstin Eugénie Schakowskoy. Sie ist, ganz genau weiß man es nicht, eine entfernte Cousine von Zar Nikolaus II, vor allem aber ist sie eine Frau, die das Leben liebt und die Gefahr – das zumindest weiß man sehr genau. 1907 verlässt sie, kaum achtzehnjährig, ihren Fürsten und ihre Kinder und schließt sich dem Zirkel um den Liebesguru Rasputin an, getarnt als Krankenschwester. Die Männer fielen bei ihrem Anblick tatsächlich reihenweise in Ohnmacht oder rannten gegen den Türrahmen und hofften auf Wiederbelebungsmaßnahmen. Sie hat kurze, dunkelbraune Locken, furiose Augenbrauen und vor allem glühende Augen, die wie schwarze Punkte aus jedem Schwarzweißfoto herausstechen. Noch in St. Petersburg entdeckt die Fürstin, der selbst das Fahren von Autorennen und das Schießen, das sie exzellent beherrschte, langsam fad geworden waren, das Fliegen für sich. Bald darauf kam sie nach Berlin, erwarb hier am 16. August 1912 in Johannisthal ihre deutsche Fluglizenz, die 274., die überhaupt in Deutschland bis zu diesem Zeitpunkt vergeben worden war, und zog die Stadt und deren Männer in Bann mit ihrer Furchtlosigkeit (und ihrer Lebenslust). Als einmal bei einem Flug der Benzintank der Maschine explodierte und der Motor ausfiel, flog sie den Feuerball, der vorher ein Flugzeug war, trotzdem irgendwie zurück auf die Erde, unverletzt, ein paar Schmauchspuren am Gesicht, das war alles. Anschließend brauchte sie ein paar neue Herausforderungen. Sie bot sich dem italienischen Militär für Spionageflüge im Italienisch-Türkischen Krieg an, aber das war im italienischen Frauenbild um 1913 noch nicht vorgesehen. So verliebte sie sich auf dem Flugplatz in Johannisthal in Wsewolod Michailowitsch Abramowitsch, einen Dreiundzwanzigjährigen aus Odessa mit kurzen Haaren und langem Namen, der Testpilot war für die deutsche Filiale der Gebrüder Wright, der »Flugmaschinen Wright«. Abramo-witsch, ein kühner, melancholischer und schweigsamer Mann, war der ungekürte Flugkönig von Johannisthal. Er baute schnell eigene Flugzeuge zusammen, mit denen er bis nach St. Petersburg flog, und er liebte es, sich immer höher und höher in die Luft zu schrauben. Er stellte zwei neue Rekorde auf – einen Höhenrekord mit 2100 erreichten Metern und einen Langzeitrekord für den Transport von vier Passagieren –, er blieb 46 Minuten und 57 Sekunden in der Luft. Was kann so einem unsinkbaren Mann eigentlich passieren? Dass er sich verliebt.

Am 24. April, frühmorgens um 6.43 Uhr, steigen Abramowitsch und seine Geliebte, die Fürstin Eugé-nie Schakowskoy, in ihr Flugzeug. Die Sonne ist ge-rade aufgegangen. Es wird ein herrlicher, windstiller Frühlingstag. Es darf nur geflogen werden, wenn ein entfaltetes, in die Luft gehaltenes Taschentuch sich beim Fallen nicht bewegt. Und das Taschentuch bleibt still. Und liegt ihnen zu Füßen.

Sie küssen sich, und der Flug beginnt. Sie küssen sich wieder, Abramowitsch überlässt seiner Geliebten das Steuer ihres Zweideckers, er streichelt ihr die Wangen, vielleicht passt sie eine Hundertstelsekunde nicht richtig auf – und schon gerät sie in den Wirbel eines über sie hinwegfliegenden Fliegers. Ihr Flug-zeug beginnt stark zu schwanken, der Fürstin gelingt es nicht mehr, das Gleichgewicht herzustellen, Abra-mowitsch versucht einzugreifen, aber sie stürzen zur Erde. Entsetzte Blicke auf dem Flugplatz verfolgen ihren Himmelsturz. Es gibt einen unglaublichen Auf-prall, die Menschen eilen schreiend herbei. Abramowitsch liegt blutüberströmt in den Trümmern. Er wird seine Verletzungen nicht überleben. Doch die Fürstin ist wieder einmal mit ein paar Schrammen davongekommen. Aber als sie am nächsten Tag vom Tod ihres Geliebten hört, versucht sie, sich umzubringen. Das ist das Einzige, was ihr in ihrem Leben nicht gelingt.

Das Flugzeug über dem Liebespaar übrigens, das den tödlichen Wind aufwirbelte, gehörte der anderen besonderen Frau, die den Flugplatz in Johannisthal unsicher machte: Amélie Beese, frisch verheiratete Boutard, wir erinnern uns. »Ad astra« hieß ihre Fluggesellschaft. »Zu den Sternen«. In diesem Fall war es aber nun der legendäre Michailowitsch Abramowitsch, der erleben musste, dass man als Flieger dorthin nur »per aspera« kommt – also durch einen Absturz.

✳

Am 25. April gründet der junge Reichstagsabgeordnete Gustav Stresemann in Berlin das »Kartell der schaffenden Stände«, einen Zusammenschluss des Zentralverbandes der Industrie und der Mittelstandsvereinigung. In der Berliner Presse heißt der Verband vom ersten Tag an das »Kartell der raffenden Hände«.

An demselben 25. April veröffentlicht Rosa Luxemburg ihre Kampfschrift »Die Akkumulation des Kapitals« im Vorwärts-Verlag. Da sage noch jemand, Gott habe keinen Humor.

✳

Am 30. April verbietet die Zensur in München aus sittlichen Gründen die Aufführung der »Lulu« von Frank Wedekind. Gegen das Verbot des Münchner Zensurbeirates protestiert dessen neues Mitglied Thomas Mann.

*

Egon Schiele, erst 23 Jahre alt, ist weiterhin besessen von Wally Neuzil, seiner rothaarigen Gefährtin, die nun immerhin schon 18 Jahre alt ist. Anfang Mai reisen sie gemeinsam nach Maria Laach am Jauerling und tragen sich gemeinsam in das Gästebuch des Gasthofes »Weiße Rose« ein. Schiele zeichnet schnell mit dem Bleistift ein famoses Selbstporträt. Unter seinem Kopf, da, wo der Körper ist, steht »Wally Neuzil«. Auch eine Art von Liebeserklärung. Wenig später, zurück in Wien, füllt Schiele eigenhändig den Meldeschein für Wally aus: Sie wohnt jetzt, so bestätigt seine Unterschrift, in der Feldmühlgasse 3 im 13. Bezirk. Na ja, da ist sie zumindest gemeldet, denn eigentlich wohnt sie natürlich bei ihm, in der Hietzinger Hauptstraße 101, in seinem Atelier.

*

Und Gott erschuf Eva. Das kann ich auch, dachte sich Picasso, und erschuf immer wieder: seine Eva. Die schöne Dame hieß zuvor zwar Marcelle Humbert, aber Picasso wollte ihr klarmachen, dass sie für ihn die erste Frau war, die er wirklich liebte (obwohl sie in Wahrheit circa die Nummer 101 hätte tragen müssen). Picasso übernahm für sich dann die Rolle von Adam, Schlange und Schöpfer zugleich. Eine neue, sehr ungewöhnliche Dreieinigkeit, die da »Eva« ins Leben (und zugleich auch in die Sünde) gerufen hat. Picasso musste sie aber auch allein schon deswegen umbenennen, da sein ewiger Rivale im kubistischen Wettstreit um die neueste Biegung oder Brechung der Wirklichkeit, Georges Braque, dummerweise zu genau demselben Zeitpunkt sich auch in eine Marcelle verliebt hatte (die natürlich ein paar Jahre vorher schon einmal die Geliebte von Picasso gewesen war). Deshalb also Eva. Und damit sie das nicht wieder vergisst und der Rest der Welt auch nicht, nennt Picasso seine Bilder in diesem heißen Frühling und Sommer des Jahres 1913 so: »J'aime Eva«, »Jolie Eva« oder »Ma jolie Eva«. Nun hatte die gute Eva aber leider das Pech, dass sie zu jener Phase in Picassos Leben trat, als der sich gerade im synthetischen Kubismus versuchte. Das heißt auf Deutsch: von Eva ist nichts zu erkennen auf diesen Bildern. Es ist jene Form des Kubismus, wo die Formen zersplittert sind und dazu noch Zeitungen, Holz und andere Dinge auf die Leinwand geklebt werden, die Collage aus allen Fetzen der Wirklichkeit. Picasso reist mit Eva in die Pyrenäen, nach Céret, wo sie das Frühjahr 1913 über bleiben und wohin sie auch im August noch einmal zurückkehren. Es ist so schön still hier, ein kühler Wind weht von den Bergen herunter, Paris und seine lächerliche Betriebsamkeit sind weit. Doch dann trifft am 2. Mai in Céret, in der Idylle von Pablo und Eva, die Nachricht ein, dass Picassos Vater, dem er seine neue Braut gerade vorgestellt hatte, schwer erkrankt sei. Picasso packt in großer Eile seine Sachen und rast los nach Barcelona, doch er kommt zu spät. Als er am nächsten Tag eintrifft, da liegt Don José bereits auf seinem Totenbett.

Doch da hatte Picasso bereits den Mietvertrag unterschrieben für seine neue Wohnung in der Rue Schoelcher Numero 5 – alle Fenster blickten auf den endlosen Friedhof von Montparnasse. Ein Horror-anblick für seine geliebte Eva, die in Céret schwer und lebensbedrohlich an Tuberkulose erkrankt war. Sie hustete und hustete – und verbarg all die Taschen-tücher voll Blut vor Picasso, sie glaubte, wenn er von ihrer Krankheit wüsste, dann würde er Eva wieder in eine gewöhnliche Marcelle zurückverwandeln und weiterziehen (womit sie vermutlich recht hatte). Aber sie hatte bei ihrem Herrn und Meister gelernt. Sein Credo lautet: »Man muss die Menschen von der Auf-richtigkeit seiner Lügen überzeugen können.« Sie lügt also noch ein paar Wochen weiter. Dann muss sie ins Krankenhaus. Picasso besucht sie täglich. Und hat, wenn er nach Hause kommt, eine Affäre mit Gaby, der Nachbarin. Männer!

*

An den Steilhängen über dem Main bei Lohr lässt der Landesweinbaudirektor August Dern in diesem Frühjahr erstmals in Deutschland dreihundert Reb-stöcke der Sorte Müller-Thurgau anbauen. Er will sehen, ob es warm genug für sie ist. Er weiß da noch nicht, dass der Sommer des Jahrhunderts folgt.

*

Was ist noch mal genau »Ego-Futurismus«? Das ist eine persönliche Erfindung von Iwan Ignatjew aus St. Petersburg, einem der zahllosen russischen Geistesrevolutionäre mit Hang zum schillernden Abgrund und zum gleißenden Morgen. Er war in erster Linie Dandy, in zweiter Linie Dichter. Aber er wusste früh, dass der Höhepunkt seines Schaffens nur in einem formvollendeten Selbstmord liegen würde. Doch leider bot sich 1913 dann doch keine richtige Gelegenheit dafür, erst Anfang des nächsten Jahres findet er eine Braut, die sich traut, er trägt zur Hochzeit seinen schönsten Frack, gibt seiner Frau einen letzten Kuss und schneidet sich dann nebenan im Schlafzimmer mit dem Rasiermesser die Kehle durch. Und so verblutete der Ego-Futurismus elendig.

*

Im April hält Hilma af Klint einen Vortrag vor der Theosophischen Gesellschaft in Stockholm. Während sie spricht, denkt sie an ihre künstlerischen Anfänge, als sie Früchte noch en detail malte, die Adern von Blättern, die Schalen der Äpfel. Und wie es dann für sie weiterging, hinauf zu den Ursprüngen, mit Hilfe der Anthroposophie und Theosophie und dem Universum. Hilma af Klint erzählt von den Botschaften, die sie in ihrer Malerei von »höheren Mächten« empfängt. Und dass es nicht darum gehen könne, die Natur zu malen. Sondern das Wachsen an sich. Und, ganz wichtig: Dass männliche und weibliche Kräfte endlich wieder ins Gleichgewicht kommen. Deshalb beginnt sie 1913 mit ihrer abstrakten Serie zum »Baum der Erkenntnis«. Darin geht es nicht mehr um den Sündenfall. Sondern um ein Fließen der Formen im Schatten des Baumes der Erkenntnis, von Linienbahnen, die zu Vögeln werden und wieder zu Linien oder zu Zweigen. Die Farben leben. Die Formen schwingen. Und alles ist, wie Hilma af Klint betont, ihr eingegeben worden. Die überraschten Zuhörer in Stockholm also lernen: Selbst das Universum steht inzwischen auf Abstraktion. Und: offenbar hat diese resolute Schwedin das schon früher verstanden als Mondrian, als Kandinsky, als Kupka, als Delaunay.

Wenn Revolutionäre entspannen,
dann sammeln sie Blumen:
Rosa Luxemburgs Herbarium
aus dem Mai 1913.

Seine Kaiserliche und Königliche Majestät Kaiser Franz Joseph bekommt am Montag, dem 5. Mai, in Wien zum Mittagessen Leberknödelsuppe, Kalbsfilets, Omelette, Kartoffelpüree und grüne Bohnen serviert. Auch in seinem 83. Lebensjahr und auch trotz der Balkankriege ist ihm noch lange nicht der Appetit vergangen. Dann empfängt er Erzherzog Heinrich Ferdinand, den Sohn des letzten Großherzogs der Toskana aus der habsburgischen Sekundogenitur der Linie Habsburg-Lothringen-Toskana Ferdinand IV. (bitten Sie mich jetzt bitte nicht, das zu erklären). Der will sich bedanken für die Ernennung zum Major im Dragonerregiment Nr. 6. Gleich darauf fährt der junge Major weiter nach Graz, um sich in den Puch-Werken ein neues Auto zu kaufen. Abends aß der Kaiser Gerstenschleimsuppe, gebackene Fleischpasteten, Roastbeef, grünen Spargel, gebratene Schnepfen. Zum Nachtisch verspeiste Franz Joseph dann noch ein Erdbeertortelette und einen Schokoladenkuchen. Serbischer Bohneneintopf steht nicht auf der Karte.

*

Am Vormittag des 9. Mai, draußen jagen die Kastanien und die Flieder ihre Blütenfarben in die Luft, geht die junge Revolutionärin Rosa Luxemburg in die Papierhandlung von Paul Frank in der Steglitzer Straße 28 und kauft ein blaugraues Oktavheft. Ihr Jugendtraum war es gewesen, Botanikerin zu werden. Und nun, in diesem blühenden, duftenden, explodierenden Frühjahr 1913, da packte die große Theoretikern und Kämpferin für eine neue Republik plötzlich das, was sie selbst »den Rappel« nannte. Am 10. Mai ging sie das erste Mal raus auf die Felder und in die Wälder und sammelte Blätter, als Erstes, ganz klassisch, waren es die der roten und der weißen Johannisbeersträucher, am 11. Mai waren es ein Ulmen- und ein Eschenblatt, dann kommen der Holunder, der Flieder, die Buche. Nimmt sie und presst sie, klebt sie auf die Seiten ihres Heftes und beschriftet sie, beschreibt sie, schreibt die lateinischen Namen dazu. Sie habe sich, gesteht sie ihrer besten Freundin, »mit meiner ganzen Glut, mit dem ganzen Ich in das Botanisieren gestürzt, daß mir die Welt, die Partei und die Arbeit verging und nur die eine Leidenschaft mich Tag und Nacht erfüllt: draußen in den Frühlingsfeldern herumstrolchen, die Arme voll Pflanzen zu sammeln und dann zu Hause zu ordnen, zu erkennen, in die Hefte einzutragen«. Schon am 14. Mai ist das erste Heft gefüllt, sie geht erneut zur Papierhandlung in Berlin-Südende und kauft gleich fünf weitere Oktavhefte, das zweite beginnt am 15. Mai mit der prächtigen Blüte und den schlanken Blättern der Japanischen Quitte. Am 20. Mai, mit dem Zusatz »vom eigenen Balkon«, dann: Stiefmütterchen.

*

Die Künstlergruppe »Die Brücke« löst sich am 27. Mai mit großem Knall auf. Ernst Ludwig Kirchner, Erich Heckel, Max Pechstein und Karl Schmidt-Rottluff gehen ab sofort getrennte Wege. Kirchner, erschöpft und erleichtert, fährt mit seiner Lebensgefährtin Erna Schilling nach Fehmarn und springt ins Meer. Die beiden wohnen wieder im blaugetünchten Turmzimmer des Hauses des Leuchtturmwärters auf Staberhuk, unten am Meer sieht man die Segelboote vorbeiziehen. Kirchner sitzt am Tisch, raucht eine Pfeife, trägt eine leichte Hose und ein leichtes Oberhemd, Erna steht vor ihm, nackt, wie Gott sie schuf. Sie unterhalten sich, beiläufig, interessiert, die Zimmerwände sind blau, die Möbel fallen kubistisch durch den Raum, Erna schaut zurück, aus dem Fenster, aufs Meer, Kirchner schaut sie an, immer aufs Neue begeistert von ihrem Körper. Genau diesen Moment hat er gemalt. »Turmzimmer (Selbstbildnis mit Erna)« heißt das Bild, es zeigt einen der friedlichsten Momente im Leben dieses leidenschaftlichen Paares. Expressionismus im Hausgebrauch. Nachmittags, als die Sonne schon ein wenig schräg steht, gehen sie raus an den Strand, Erna zieht sich ein leichtes Sommerkleid über, Kirchner nimmt seine Kamera mit. Er will die Bucht fotografieren, die Wellen und die Dünen. Berlin ist ganz weit weg.

*

Im Führer »Berlin für Kenner« aus dem Jahre 1913 werden die »Zehn Gebote für Berlin« aufgestellt. Am Wichtigsten: »Geh' spät schlafen.« Aber dass man nicht seines nächsten Weib begehren sollte – keine Rede davon.

*

Plötzlich ist Igor Strawinsky der Komponist der Stunde. »Der Feuervogel« war schon zum Triumph geworden, und nun sollte »Le sacre du printemps« zur Krönung werden. Strawinsky zieht mit seiner Familie nach Clarens in die französische Schweiz, ins Châtelard Hotel, direkt neben Maurice Ravel, um das Stück fertig zu schreiben. 8000 Rubel hat ihm Djagilew, der Impresario der »Ballets Russes« für die Komposition bezahlt, eine enorme Summe. Dann findet Ravel für Strawinsky und dessen Familie eine bessere Unterkunft, das Hotel Splendide, zwei Räume, ein Badezimmer, für 52 Francs die Nacht. Strawinsky zieht um. Rosa Luxemburg, die Revolutionärin aus Berlin, wird in diesem Frühling in Clarens Urlaub machen, durch die Wiesen streichen, Blumen sammeln, und durch die geöffneten Fenster des Hotels hört sie immer wieder unglaubliche Töne, Klaviermusik wie von einem anderen Stern. Sie hört Strawinskys revolutionäres »Le sacre de printemps« vor allen anderen.

Strawinsky ist ein seltsamer Geselle, eigentlich unauffällig im strengen Anzug, hinter seiner kleinen Brille hervorblinzelnd, aber wenn es um seine Musik geht, dann wird er zum Berserker. Schon während der Arbeit am »Feuervogel« hatte er die erste Vision von »Le sacre«: »Alte weise Männer sitzen im Kreis und schauen dem Todestanz eines jungen Mädchens zu, das geopfert werden soll.« Arbeitstitel: »Das große

Opfer«. Er sammelte in seiner Heimat Material über das »heidnische Russland«, gemeinsam mit Nicholas Roerich, dem Maler, der in diesem Frühjahr 1913 in Paris an seinen Bühnenbildern für die Premiere des »Frühlingsopfers« sitzt. Anfang April 1913 ist endlich auch die Reinschrift Strawinskys beendet, 49 Seiten reine Kalligraphie, die Proben haben da schon längst begonnen. Wo immer die »Ballets Russes« gerade gastieren, wird geprobt. Oft mit Strawinsky zusammen. In Budapest, erinnert sich eine Tänzerin, »schubste Strawinsky den dicken deutschen Pianisten zur Seite, den Djagilew ›Koloss‹ nannte, und spielte selbst weiter, doppelt so schnell, wie wir es bis dahin kannten und tanzen konnten. Er stampfte mit den Füßen und hieb mit der Faust in die Tasten und sang und schrie, um uns die Rhythmen und die Farben des Orchesters klarzumachen.« Der »sacre« beginnt mit einer verstörenden, sehr hohen Fagottlage und endet, im dreifachen Forte, mit einem finalen dumpfen Schlag. Strawinsky hat sich bei dieser Komposition quasi selbst überholt, als Debussy bei einem Freund auf dem Klavier erste Passagen aus dem neuen Stück Strawinskys hört, ist er erschüttert – und hell begeistert über das vollkommen Neue, das sich hier anbahnt. Das Neue, kommend aus den archaischen Tiefen der Riten und Gesänge und Tänze der Ahnen. Und mit einem neuen Tempo, das dem Rhythmus der Maschinen entspricht, den Propellern der Flugzeuge, den Gedichten der Futuristen. Strawinsky entdeckt mit Tönen, was Sigmund Freud parallel in den Gemütern findet, in seinem bahnbrechenden Buch »Totem und Tabu«, an dem er in diesen Tagen schreibt: »Übereinstimmung im Seelenleben der Wilden und der Neurotiker«.

In Paris proben die »Ballets Russes« die Choreographie von Nijinsky jeden Tag, der göttergleiche Faun und Geliebte Djagilews kommt in Strawinskys kühner Komposition ganz zu sich. Die Stadt ist in heller Aufregung, die Schockwellen dringen aus den Proberäumen des Théâtre des Champs-Élysées in die Salons und die Ateliers. Die Generalprobe am 28. Mai, nur vor Künstlern und Kritikern, verläuft irritierend ruhig. Harry Graf Kessler notiert in sein Tagebuch: »Mit Djagilew, Nijinsky, Strawinsky, Ravel, Werth, Mme Edwards, Gide, Bakst usw. zu Larue, wo allgemein die Ansicht herrschte, dass es morgen Abend bei der Premiere einen Skandal geben werde.«

*

Am 29. Mai dann, also »morgen Abend«, die Premiere einer der kühnsten Erfindungen der Moderne. Die Uraufführung von »Le sacre du printemps«, der »Frühlingsweihe« von Igor Strawinsky, dargestellt von Djagilews »Ballets Russes« in der Choreographie Nijinskys. Im Publikum saßen Coco Chanel, Gabriele D'Annunzio, Jean Cocteau, Marcel Duchamp, Rainer Maria Rilke, Pablo Picasso und: Marcel Proust (er ist im Pelzmantel gekommen, trotz 24 Grad, und er lässt ihn bis zum Ende der Aufführung an, er hat Angst, sich zu erkälten). Und 500 andere, die ganze Pariser Gesellschaft, alle ohne Pelz. Nach dem ersten Takt: Vollkommene Verwirrung, vollkommene Verzückung, vollkommene Überwältigung angesichts der rhythmi-

schen Exorzismen Strawinskys, der rituellen archaischen Bewegungen des vierundzwanzigjährigen
Nijinsky, dem es gelungen war, ein choreographisches
Äquivalent zur atemberaubenden Komposition zu
finden. Abends, nach dem umtosten, tumultuösen
Auftritt, ging Strawinsky mit Djagilew und Nijinsky
essen. Der von den heftigen Reaktionen des Publi-
kums verstörte Nijinsky wurde von Djagilew, als
Strawinsky einmal zur Toilette musste, getröstet: »Le
sacre du printemps«, so hauchte er ihm ins Ohr, sei
doch eigentlich das Kind ihrer Liebe. So also kann
man es auch sehen.

Oder so, wie es der Kritiker von »Le Figaro« am
nächsten Tag beschrieb: »Stellen Sie sich Menschen
vor, die, mit den grellsten Farben angetan, mit spitzen
Mützen und Bademänteln, Pelzen oder purpurnen
Tuniken verkleidet, sich wie Wahnsinnige gebärden,
hundertmal immer wieder dieselbe Geste wiederholen, auf der Stelle treten und treten.« Doch genau
so, im Auf-der-Stelle-treten, sieht offenbar der Fortschritt aus. Das ahnt auch »Le Figaro«: »Man möchte
die Stimmen unparteiischer und unabhängiger Kritiker zum Thema dieses kleinen Experiments zur
Psychologie der zeitgenössischen Menschenmasse
kennenlernen.«

*

An jenem 29. Mai wird in Paris (und in Berlin) ein
zweites großes Ereignis angekündigt: die Hochzeit von
Franz Hessel und Helen Grund. »Einwände«, so formuliert es der Standesbeamte im Aufgebot, »sind bin-

nen 14 Tagen bei dem Standesamt II in Berlin-Schöne-berg anzumelden«. Aber da kam nichts. Das Paar zog in Hessels Wohnung in der Numero 4 in der Rue Schoelcher, die Hessels waren also pikanterweise direkte Nachbarn von Pablo Picasso. Aber um ihn scherten sie sich nicht. Sie waren ganz mit sich beschäftigt. Helen, blond, herb, sportlich, dagegen Franz: kahler Kopf, alles rundlich, abwägend, ein etwas unheimlicher Blick. Doch schon in diesem Frühjahr ist Henri-Pierre Roché, Hessels Busenfreund, stets der Dritte im Bunde, ein Schriftsteller, Übersetzer und Journalist, Epizentrum des Café Dôme, Sammler von Werken Duchamps, Picassos und Braque. Und Roché boxt, ziemlich gut sogar, und sonntagabends heißt sein Gegner oft Georges Braque. Noch aber lässt er seine Finger von der Freundin seines besten Freundes. Noch sind sie nicht »Jules et Jim«.

*

Am 31. Mai wird in der neuerbauten »Jahrhunderthalle« in Breslau Gerhart Hauptmanns »Festspiel in deutschen Reimen« uraufgeführt. Es soll an die Befreiung von Napoleon 1813 bis 1815 erinnern – und wurde ebenfalls zu einem kleinen Experiment zur Psychologie der zeitgenössischen deutschen Menschenmasse. Die Regie hat Max Reinhardt. Besser geht es also eigentlich nicht: Der frischgekürte Nobelpreisträger für Literatur dichtet, der bekannteste Regisseur des Landes inszeniert. Aber es ist ein Desaster. Künstlerisch. Die Idee, deutsche Geschichte als Puppentheater zu erzählen, geht nicht auf. Paul

Ernst schreibt in der »Kölnischen Zeitung« am 1. Juni: »Ein sehr hochstehender Gast mag einmal einen Augenblick lang das Weltgeschehen als ein Puppenspiel empfinden. Wenn er dann ein ganzes Werk darauf aufbaut, ein Bühnenwerk, das für ein Fest bestimmt ist, so begeht er eine Albernheit. Eine Albernheit, das ist denn auch das nicht patriotisch oder politisch erzeugte, sondern das ästhetische Urteil, das man über das Werk fällen muß.«

Eigentlich sollte es 15 Aufführungen geben, die den deutschen Patriotismus beflügeln. Aber nach der elften Vorstellung ist am 18. Juni Schluss. Der deutsche Patriotismus fühlte sich aufs Übelste beleidigt. Es gab heftige Proteste deutscher Kriegervereine, weil Hauptmann in seinem Stück beweisen will, dass Deutschlands Weltgeltung nicht auf seiner militärischen, sondern seiner geistigen Überlegenheit beruhe. Geistig sehr wenig überlegt, verlangte der deutsche Kronprinz Friedrich Wilhelm von Hohenzollern die sofortige Absetzung des Stückes. Er sieht die deutsche Militärmacht durch die unpatriotischen Verse des deutschen Nobelpreisträgers geschwächt.

*

Mata Hari versucht derweil weiterhin den Kronprinzen mit den Waffen der Frau zu überzeugen. Sie reist aus Paris erneut nach Berlin, steigt erneut im Hotel »Bristol« ab und versucht erneut, irgendwie an den deutschen Kronprinzen heranzukommen. Sie geht ins Metropoltheater, weil sie gehört hat, dass er an diesem Abend auch da sein soll. Und er ist da.

In einer besonders rührenden Liebesszene auf der Bühne schaut sie hoch in die königliche Loge. Und da finden sich ihre Blicke. Er schaut sie eine Hundertstelsekunde länger an als nötig. Glaubt sie.

*

Die »Titanic« war 1912 untergegangen und mit ihr die meisten Passagiere. Doch die 22-jährige Dorothy Gibson hatte in der sturmumtosten Nacht des 14. April einen Platz im ersten Rettungsboot bekommen. 1913 wird die Unsinkbare weltberühmt: Sie spielt sich selbst in dem zehnminütigen Stummfilm »Saved from the Titanic«, in denselben Kleidern, die sie am Tag des Untergangs getragen hatte. Auch Richard Norris Williams hat den Untergang der »Titanic« ganz gut weggesteckt. Er überlebte stundenlanges Schwimmen im eiskalten Wasser, entschied sich trotz des dringenden Rates der Ärzte gegen eine Amputation der fast abgefrorenen Beine und gewann dann 1913 leichtfüßig die Tennis-Meisterschaften der Harvard Universität und kurz darauf Wimbledon und die US-Open.

Rainer Maria Rilke hat Schnupfen,
diesmal in Bad Rippoldsau.
Aber hat er eigentlich auch Beine?

Um ein Uhr in der Nacht, gerade hatte der 1. Juni begonnen, klingelt das Telefon von Alfred Stieglitz, dem berühmten Fotografen, Herausgeber der Zeitschrift »Camera Work« und Avantgardegaleristen. Die Feuerwehr teilt ihm mit, dass es in der Wohnung unter seiner Galerie in der 291 Fifth Avenue brenne und das Feuer kurz davor sei, das ganze Haus zu erfassen. Stieglitz ist in heller Aufruhr. Er weiß, dass in der Galerie nicht nur seine gesamten Negative liegen, sondern auch seine spektakuläre Sammlung an Fotografien, also sein ganzes Vermächtnis. Am meisten aber, so sagte er seiner Frau Emmy, die ihm einen Tee gemacht hatte mitten in der Nacht, am meisten quäle ihn der Gedanke an all die verbrannten Bilder der jungen Maler, die er gerade dort ausgestellt habe. Alfred Stieglitz blieb in seiner Wohnung und nahm Abschied, während in der Fifth Avenue das Feuer wütete. Er trauerte. Erst als der Morgen dämmerte, fuhr er los, um sich dem schrecklichen Verlust zu stellen. Doch als er ankam, begrüßte ihn die Feuerwehr mit der erfreulichen Mitteilung, dass seine Räume unbeschadet geblieben seien. Ungläubig ging er ins Treppenhaus, in dem das Wasser stand und der kalte Rauch, öffnete die Tür zur Galerie – und alles hing an den Wänden, wie am Abend zuvor, alle Negative waren unbeschädigt und alle Fotografien. Doch Alfred Stieglitz blieb stumm. Er hatte alle seine Möglichkeiten für Emotion in den Abschiedsstunden der Nacht aufgebraucht.

*

Der Chemiker T. L. Williams konnte es nicht länger mitansehen, dass seine Schwester Mabel unglücklich in ihren Chef verliebt war, der sie keines Blickes würdigte. Also rührte er Kohlenstaub und Vaseline zusammen und erfand die Wimperntusche Mascara. Seine Schwester eroberte ihren Chef. Und er mit seiner Firma Maybelline den Weltmarkt.

*

Auf Capri zieht Maxim Gorki weiter seine Kreise. Die Sonne brennt vom Himmel, doch er sehnt sich nach der ausweglosen Kälte Russlands. Es gibt Gerüchte, dass die Romanows eine Generalamnestie planen, dass er heimkehren darf in das Land, das ihn vertrieben hat. Sein Sohn Maxim Junior will ihn sehen, doch er hat keine Zeit, er muss sich um die Revolution zu Hause kümmern. Er schreibt ihm einen Absagebrief: »Das sind Vaterlandspflichten, frag Mama.« Die, frisch vom Vater verlassen, wird sich bedankt haben.

Gorki pflegt mit Hingabe seinen revolutionären Schnauzbart, sein Markenzeichen. Es würde ihm nie in den Sinn kommen, ihn abzurasieren. Die nach unten hängenden Schnurrbartspitzen geben ihm etwas besonders Grimmiges und Entschlossenes.

Meist schreibt er, Bücher oder Briefe, 12 bis 20 am

Tag. Der Postbote kommt inzwischen zweimal zu ihm: morgens, um Briefe zu bringen, und nachmittags, wenn der Hafen schon im Schatten versunken ist, noch einmal, um neue abzuholen. Als Lenin Gorki in Capri besuchte und sie unter dem großen Feigenbaum Schach spielten, da warnte er ihn: Inmitten der Schönheit der Insel und ihres Lichts werde er die Armut Russlands vergessen. Aber Gorki vergaß nicht. Erst versuchte er die Insel zu einer Kaderschmiede für die Helden der russischen Arbeiterklasse zu machen. Und später schrieb er hier seine revolutionären Hauptwerke. Manchmal reist er mit der Fähre rüber nach Neapel, um sich die neuesten Zeitungen aus Russland zu kaufen. Dann steigt er immer wieder hinauf auf die Terrasse des Grande Albergo Vesuvio, vorne an der Uferpromenade, von wo er das erste Mal die Silhouette Capris im blauen Meer hatte aufblitzen sehen. Nachmittags streift er durch die Antiquitätenläden an der Riviera di Chiaia, er ist immer auf der Suche nach antiken Waffen, nach Schwertern, Pfeilen, Äxten. Die nimmt er dann abends auf der letzten Fähre mit in seine Villa Pierina auf Capri, lässt sie sich von ein paar jungen Burschen, die sich etwas dazuverdienen, hoch auf den Berg tragen. Und umgeben von diesem riesigen Waffenarsenal feilt er dann aus seinem Exil an den Plänen für die friedliche Revolution in der Heimat. »Hier«, so schreibt er 1913, »hier haben die Leute die Glut verloren, aber wir haben geistige Kräfte mehr als genug. In naher Zukunft werden die Russen eine führende Stellung in Europa einnehmen, eine intellektuelle Hegemonie.«

Seit ihn Maria, seine Geliebte, verlassen hatte,

konnte er sich ungehemmt dem Waffensammeln widmen. Und dem Rauchen. Täglich hatte sie ihn gefragt: »Warum rauchst du so viel?«. Irgendwann hatte er sie dann einmal mit einer Gegenfrage vertrieben: »Warum willst du so lange leben?« Vielleicht war das der Moment, als sie merkte, dass sie eventuell doch glücklicher werden könnte im Leben, wenn sie es nicht an seiner Seite verbringen würde.

*

Nach der zweiten Aufführung von »Le sacre«, das die Pariser Kritiker als »Le massacre du printemps« verspotteten, isst Igor Strawinsky im Restaurant Larue wohl eine zu alte Auster. Mit einer akuten Eiweißvergiftung wird er ins Krankenhaus von Neuilly-sur-Seine eingeliefert, er bekommt hohes Fieber, das Thermometer zeigt 41 Grad, und die Ärzte fürchten um sein Leben. Seine Frau Katya, die gerade wieder schwanger war, kommt mit den drei Kindern aus Clarens panisch angereist, und seine Mutter Anna nimmt sogar den Zug aus St. Petersburg, um ihrem Sohn die Hand zu halten. Auch Maurice Ravel und Giacomo Puccini eilen ans Krankenbett. Sollte der größte Komponist seiner Zeit, gerade 31 Jahre jung, wirklich unmittelbar nach der Schöpfung seines Meisterwerkes die Erde verlassen müssen?

Nein. Ende Juni ist Strawinsky zwar noch etwas blass um die Nase, aber ansonsten wieder guter Dinge und darf nach Hause gehen. Dieser Frühling fordert kein Menschenopfer.

*

Am 4. Juni besucht Emily Davison, eine der berühmtesten der englischen Suffragetten, die für ihren Kampf
für das Frauenwahlrecht bereits acht Mal im Gefängnis
saß, das berühmte Galopprennen in Epsom. Während
die Pferde um die letzte Kurve biegen, steigt sie plötzlich über die Absperrungen und wirft sich vor das Pferd
von König Georg V. Sie stirbt kurz darauf an ihren
Schädelverletzungen und wird ab diesem Moment als
Märtyrerin der englischen Frauenrechtsbewegung verehrt. Über die Wirren wird fast vergessen, dass das
Rennen von einem Pferd namens Kenymore gewonnen
wird. Darüber freut sich vor allem Paul Draper, der ein
paar hundert Pfund auf dessen Sieg gewettet hatte.
Draper war ein großer Hallodri, Spieler und Freund
des schönen Lebens, der in seinem mondänen Haus in
London den Pianisten Artur Rubinstein einquartiert
hatte und der sich von dem Preisgeld nicht nur ein paar
weitere Abendessen im Grill des Savoy Hotels leisten
konnte, sondern auch die nächsten beiden Haus-
konzerte von Rubinstein und seinem Kompagnon,
dem Jahrhundertcellisten Pablo Casals.

*

Wozu solche Besuche von russischen Müttern doch
gut sind. Sie heilen ihre Söhne, wie bei Strawinsky.
Und kaum hat Kandinsky seine Mutter wieder zum
Zug nach Odessa gebracht, schneidet er sich am 5. Juni
endlich seinen Bart ab. Er schreibt an August Macke:
»Ich habe mich rasiert und sehe wie ein Pfarrer aus.«

*

In diesem Frühling geht eine der intensivsten Geschwisterbeziehungen der modernen Kunst zu Ende. Gertrude Stein und ihr Bruder Leo entzweien sich. Sie teilen ihre Kunstsammlung auf, Leo zieht nach Italien, sie werden nie wieder ein Wort miteinander wechseln. Gertrude ist froh, endlich mit ihrer Geliebten Alice Toklas alleine samstagabends zum Salon in ihre legendäre Wohnung in der 27 Rue de Fleurus einladen zu können, einem der Epizentren der zeitgenössischen Kunst. Man nimmt den Tee zwischen Gemälden von Cézanne, von Picasso, von Renoir, von Braque, von Matisse. Natürlich können sich Alice und Leo nicht ausstehen. Gertrude wird ihm keine Träne nachweinen. Aber sehr viele den »Fünf Äpfeln« von Cezanne, einem kleinen Stillleben von 1877, das die Geschwister 1907 erwerben konnten und das Leo sich bei der Teilung der Sammlung gesichert hat. Leo war besessen von diesem kleinen Bild, nichts sei an den »puren Ausdruck der Form aus Michelangelos Sixtinischer Kapelle so herangekommen wie diese Äpfel von Cézanne«. Er schrieb an seine Schwester, sie solle jetzt bitte den Verlust des Apfelstilllebens als einen Akt höherer Gewalt akzeptieren. Aber Gertrude Stein gesteht einer Freundin, sie denke viel öfter an Cézannes verlorene Äpfel als an ihren verlorenen Bruder. So sehr trauerte sie, dass ihr Pablo Picasso schließlich ein Bild mit einem einzelnen Apfel malt, als Trost, und hintendrauf schreibt er »Souvenir pour Gertrude und Alice«. Damit sie auch morgen noch kraftvoll zubeißen können.

*

Die große Frage ist natürlich: Hat Rainer Maria Rilke Schnupfen auch in Bad Rippoldsau? Wir dürfen davon ausgehen. Aber es ist diesmal noch schlimmer. »Ich bin wie Gras nach dem Hagel«, so berichtet er vollkommen niedergedrückt seiner Beichtmutter und Mäzenatin, der Fürstin Thurn und Taxis nach Duino aus dem kleinen Schwarzwaldtal, als er am 6. Juni 1913 dort in der »Villa Sommerberg« eintrifft, um sich von sich selbst zu erholen. Er irrt seit Monaten und Jahren kreuz und quer durch Europa, sehnsüchtig nach Ruhe, der Mai war furchtbar, »voller Widerwärtigkeiten, ich erinnere mich nur sprechend, wenn ich zurückdenke, einunddreißig Tage sprechend«, dazu kam ein neues Zerwürfnis mit dem vergötterten Rodin in Paris, dem er zunehmend auf die Nerven geht, und der Selbstmord seines Freundes Jan Nádherný, Bruder seiner geliebten Sidonie. Rilke, der schon die ganze Zeit nur noch auf einem Reifen fuhr, warf das endgültig aus der Bahn, der Siebenunddreißigjährige steckte in seiner größten Krise, in der »Dürre«, wie er klagt, dagegen soll, logisch, die »Wasserkur« helfen in Bad Rippoldsau. Doch erst einmal fängt es zu regnen an, tagelang, »mit einer traurigen und verdrossenen Beharrlichkeit«. Es herrscht also akute Erkältungsgefahr! Rilke bittet den Hotelier um eine Wolldecke, um auch nachts seine Füße einzuhüllen. Rilke will sich »vor der Natur erneuern«, und als Renovierungshelfer hat er Goethe auserkoren, dessen Naturlyrik er in der Tasche trägt bei seinen Spaziergängen durch die endlosen, schweigenden Wälder. Seine Ausgehkleidung: dunkler Anzug mit Weste, weißes Hemd, helle

Strümpfe, heller Hut mit schwarzem Band und der Spazierstock mit silbern geschmiedetem Knauf. So stieg er hinauf in die Fichtenhöhen, zu jener »Pandora-Bank«, auf der ihn Hedwig Bernhard lesend fotografierte. Dreimal las Rilke dort Goethes frühes Pandora-Fragment, und er hoffte wohl, dass sich dadurch auch für ihn Pandoras Büchse nicht öffnen würde, dass er vor Unheil und vor Sünde verschont bliebe. Bei Goethe wird Pandora zur Alles-Schenkenden, sie schenkt die Freude am Schönen, am Träumen: »Wer sich die Schönheit schon gewann auf Erden, darf stets der Himmlischen Gefährte sein«. Das zog Rilke komplett in seinen Bann.

Im Frühjahr 1913 hatte er die Erkenntnis gewonnen, dass ihn die »genereusen Asyle« wie Duino zu viel Anpassungskraft kosteten, »ich möchte lieber nicht ›bei‹ jemandem sein«. Rilke hat panische Angst vor all den lästigen Verpflichtungen als Gast, er will anonymer Reisender sein in einem Hotel, das keinerlei Ansprüche an ihn stellt, außer dass er am Ende die Rechnung zahlt. Man könnte es auch so formulieren: Rilke schätzte den Zustand, in dem er der Einzige sein konnte, der maßlose Ansprüche an sich und seine Umgebung stellt. Schon am 14. Juni kann er an seinen Verleger Anton Kippenberg nach Leipzig berichten, er »sei etwas angegriffen heute und gestern«. Leichtes Kratzen im Hals. Die »Kur greift an und beschäftigt mich vegetativ, bin bis auf den Grund erschöpft«, so sein Fazit nach drei Wochen in Bad Rippoldsau. »Ich bin zu müde um zu schreiben« – sagt's und schreibt am selben Tag noch elf weitere Briefe. Und so geht es dann immer weiter: zu müde, um wach zu bleiben, zu erschöpft, um zu schöpfen, zu verschnupft, um zu atmen. Der Arme.

*

In Amerika erscheint im Juni das Buch »Don'ts for Husbands« von Blanche Ebutt. Ihr wichtigster Rat: »Hören Sie auf, sich die ganze Zeit Gedanken über Ihre Gesundheit zu machen. Wenn Sie wirklich krank sind, suchen Sie bitte einen Arzt auf, anstatt die Frau an Ihrer Seite die ganze Zeit mit Vermutungen darüber verrückt zu machen, was Ihnen eventuell fehlen könnte.«

*

Der einzige Freitag, der 13., des Jahres 1913 ist der 13. Juni 1913. Arnold Schönberg, der Paniker, hat seit Monaten vor diesem Unglückstag Angst. Und was passiert? Nichts.

*

Ende des Jahres werden die Urheberrechte für Richard Wagner enden, genau 30 Jahre nach seinem Tod. Cosima Wagner, seine Witwe, fürchtet vor allem finanzielle Einbußen. So kommt sie auf die dumme Idee, ihrer Tochter Isolde Beidler, geboren 1865, die Unterstützung zu kürzen. Isolde war zwar noch zur Zeit der Ehe von Cosima mit Hans von Bülow geboren worden, aber unbestritten bereits gezeugt von Richard Wagner. Im Juni erreichte sie ein Brief ihrer

Mutter, adressiert an »Frau Isolde Beidler, geborene v. Bülow«. Da half es auch nichts, dass auf der Partitur von »Rheingold« steht: »Am Tage der Geburt meiner Tochter Isolde vollendet«. In der Todesanzeige für Richard Wagner standen die Kinder: Isolde, Eva, Siegfried. Doch das nützt alles nichts, wenn die Angeklagte Ehrenbürgerin der Stadt Bayreuth ist. Sie könne sich, so sagt Cosima, an all das leider nicht erinnern. So musste also Isolde am Bayreuther Landgericht im Frühjahr 1913 einen Erbschaftsprozess gegen ihre Mutter anstrengen. Doch die Mutter verleugnete ihre Tochter, aber dafür kannte sie den Richter sehr gut – und gewann. Isolde musste die Prozesskosten tragen, weil sie nicht zweifelsfrei beweisen konnte, Richard Wagners Tochter zu sein. Denn damals war sie als Kind von Hans und Cosima von Bülow eingetragen worden, und Richard Wagner fungierte in den Papieren nur als Taufzeuge. Das außereheliche Kind Isolde hatte leider auch mit ihrem Mann, dem Komponisten Franz Beidler, nicht das größte Glück: Er zeugte während ihrer Ehe mit zwei Geliebten drei Kinder. Die Wagners, eine Familie voll Wahn und ohne Fried.

*

Am 20. Juni hat in Berlin der Film »Recht auf Glück« Premiere. Er war im Frühjahr in den Vitascope Studios in der Lindenstraße 32–34 entstanden. Der Film war zwar am Ende 695 Meter lang, aber seine Botschaft war trotzdem, dass das Glück in der Regel kurz ist.

*

Marcel Proust verliert keine Zeit. Er kümmert sich bei seinem Buch, das vielleicht irgendwann unter dem Titel »Auf der Suche nach der verlorenen Zeit« erscheinen soll, um alles: also Umfang, Papiersorte, Schriftgröße, Satzspiegel, Preis. Er quält weiterhin den Verleger und den Setzer mit seinen Anmerkungen auf den Druckfahnen, die eigentlich keine Anmerkungen sind, sondern ein neues Buch. Vorsorglich schreibt er schon mal an seinen Verlag: »Ich habe eine Seite mehr pro Seite vorgeschlagen, weil ich beim Korrigieren der Fahnen, besonders jener des Anfangs, möglicherweise gewisse Änderungen anbringe, die den Text leicht verlängern.« Leicht verlängern! Dass ich nicht lache. Am Ende wird er den Umfang des Buches ungefähr verdoppeln. Kommen frische Druckfahnen an, streicht er durch, korrigiert, klebt überall kleine Zettelchen dran mit neuen Sätzen und Formulierungen. Im Juni erhält Proust die letzte der 95 Fahnen des ersten Laufs. Noch im Mai hatte er die ersten 45 korrigierten Fahnen zurückgeschickt. Er ahnt, dass er den ursprünglich vereinbarten Preis mit seinem Verleger Grasset (ja, natürlich bezahlt Proust sein Buch quasi selbst) nicht mehr halten kann, und fragt den Verleger, wie viel teurer denn das Buch mit jeder neuen Seite werde. Für den Titel des Buches, so schreibt er an seine Freunde und seinen Verleger, schwanke er momentan zwischen neun verschiedenen Varianten. »Verzichten muss ich auf ›Les intermittences du coeur‹«, schreibt er, obwohl »Die Arrhythmien des Herzens« natürlich auch kein schlechter Titel gewesen wäre. Nun denkt er an »Les Colombes poignardées«, also »Die Dolchstichtauben« oder an »L'Adora-

tion Perpetuelle«, »Die ewige Anbetung«. Zu den Titel-
gedanken kommen ab Juni neue Verwirrungen: Proust
sieht sich in dem Chaos seiner Zettel und Entwürfe
mit zwei zu korrigierenden Stapeln konfrontiert, einem
Stapel mit Druckfahnen und einem mit Korrektur-
abzügen. Zugleich verteilt er Kopien der Korrektur-
läufe an Freunde, die diese zurückschicken, und er
trägt deren Anmerkungen irrtümlich in die ersten
Druckfahnen ein. Es ist das pure Chaos. Keiner blickt
mehr durch. Keiner glaubt mehr, dass Proust dieses
Werk je abschließen wird.

∗

Die »New York Times« würdigt den deutschen Kaiser
Wilhelm II. anlässlich seines fünfundzwanzigjährigen
Regierungsjubiläums am 15. Juni als »den großen Frie-
densfürsten der Welt«.

∗

Solcherart geschmeichelt, veröffentlicht am nächsten
Morgen, am Montag, dem 16. Juni, Kaiser Wilhelm II.
einen »Gnadenerlass« – und zwar für »alle Straftaten,
die aus Not, Leichtsinn, Unbesonnenheit oder durch
Verführung begangen wurden«. Kann man es schöner, liebevoller, nachsichtiger formulieren? Ist der
deutsche Kaiser eventuell doch Gott?

∗

Pierre Bonnard, der große französische Maler, besucht
nachmittags oft einen noch größeren französischen

Maler, und er muss dafür nur sehr kurz gehen. Bonnard hatte im Frühjahr ein Landhaus bei Vernon mit Blick ins Flusstal bezogen – und von hier ist es nur ein Katzensprung bis zum legendären Giverny, wo Monet lebt und seinen Garten in ein Gesamtkunstwerk verwandelt hat. Sechs Gärtner pflegen die Beete und Seerosenteiche, und wenn Monet gefrühstückt hat, geht er raus und malt und malt, bis die Sonne untergeht, dann legt er sich bald schlafen, »denn was soll ich tun, wenn die Sonne gegangen ist«, so fragt er entgeistert.

*

Es ist warm in Berlin, noch am späten Abend steht die Hitze in den neugebauten Straßenzügen im Prenzlauer Berg, die Straßenbäume sind erst mannshoch, draußen stehen die Tische vor den Eckkneipen, Gläserklirren, Gelächter, eine unermüdliche Amsel singt dem aufgehenden Mond ein süßes Lied. Felice Bauer sitzt da gerade in ihrem Zimmer in der Immanuelkirchstraße und träumt vom gemeinsamen Leben oder wenigstens einer gemeinsamen Nacht mit ihrem fernen Verlobten Franz Kafka. Sie wagt ihm das zu schreiben. Doch seine Nächte (und sein Leben) stellt er sich anders vor: »Ich brauche«, so heißt es in seinem Brief vom 26. Juni 1913, »zu meinem Schreiben Abgeschiedenheit wie ein Toter. Schreiben in diesem Sinne ist ein tieferer Schlaf, also Tod, und so wie man einen Toten nicht aus seinem Grabe ziehen wird und kann, so auch mich nicht vom Schreibtisch in der Nacht.«

*

Ernst Ludwig Kirchner? Kandinsky? Picasso? Duchamp? »Ich finde die Expressionisten einfach talentlos«, schreibt der Maler Max Liebermann am 26. Juni 1913, »ebenso wie die Kubisten und Futuristen und ich glaube, daß die törichte Mode bald abgewirtschaftet haben wird: was mir eigentlich gleichgültig ist. Mögen sie machen, was sie wollen, ich mache, was ich will.«

*

Die diesjährige Tour de France beginnt am 28. Juni. Es gehen 140 Radfahrer an den Start. Nach 5388 Kilometern erreichen nur 25 von ihnen das Ziel. Einer von ihnen war Eugène Christophe, der bei der Abfahrt vom Col du Tourmalet einen Gabelbruch an seinem Rad hatte. Er lief daraufhin 14 Kilometer auf der Strecke zu Fuß weiter, das Rad auf dem Rücken, um dann in der nächsten Schmiede mit dem Hammer sein Gefährt wieder auf Vordermann zu bringen. Trotz dieser Verzögerung wurde er im Gesamtklassement am Ende noch siebter.

*

Nachdem am 30. Mai der »Erste Balkankrieg« offiziell beendet wurde, beginnt am Sonntag, dem 29. Juni, der »Zweite Balkankrieg«. Zu einem dritten kommt es später leider auch noch, aber der erhält dann einen Namen, der statt des regionalen leider eher einen globalen Bezugsrahmen hat.

*

Am 30. Juni beschließt der deutsche Reichstag mit der »Heeresvorlage« die größte Steigerung der Militärausgaben in seiner Geschichte: eine Aufstockung des Heeres um 135 000 Mann. Russland und Frankreich beschließen daraufhin ebenfalls erhebliche Vergrößerungen ihrer stehenden Streitkräfte.

DER SOMMER

Marcel Proust verliebt sich in seinen Chauffeur und brennt mit ihm durch. Auch Nijinsky, das Genie des Tanzes, ergreift die Flucht, aber überraschenderweise mit einer Frau. Ernest Hemingway fängt an zu boxen, er bittet seine Mutter, ihm größere Hemden zu schicken, die nicht so über dem Brustkorb spannen. Bertolt Brecht hat Herzbeschwerden. Und Ernst Ludwig Kirchner geht baden. Aber immerhin wird in Graz der erste Lügendetektor erfunden.

Das Bild des Jahre 1913:
Diese Lokomotive hängt am 25. Juli über der Ems
und über dem Abgrund.

Artur Rubinstein, größter Pianist des Jahres 1913, geboren 1887 im polnischen Lodz, sitzt in diesem Juli abends in der Oper in London, um die »Ballets Russes« zu erleben, die ihren Triumphzug durch Europa fortsetzen. Er sieht Strawinskys »Le sacre du printemps«, das vier Wochen zuvor in Paris die Musikwelt in Aufruhr versetzt hat, und schreibt zornig in sein Tagebuch: »Die lärmige Eintönigkeit der Partitur und die unverständlichen Vorgänge auf der Bühne ärgern mich.«

*

Helena Rubinstein, größte Kosmetik-Unternehmerin des Jahres 1913, geboren 1870 im polnischen Krakau (und nicht mit Artur Rubinstein verwandt oder verschwägert), hatte mit ihren aus Polen importierten Cremes aus Kräutern, Mandelöl und Rinderfett erst die Frauen in Australien, dann in Amerika und nun, also 1913, sogar in Paris und London davon überzeugt, dass man wirklich feine Gesichtshaut nur in ihren Schönheitssalons erlangen könne – und nur mit Tinkturen by Helena Rubinstein.

*

Akiwa Rubinstein, größter Schachspieler des Jahres 1913, geboren 1880 im polnischen Stawiski (und weder mit Artur Rubinstein noch mit Helena Rubinstein verwandt oder verschwägert), erreichte im Juli 1913 mit 2789 seine beste historische Elo-Zahl. Damit übertraf er sogar den deutschen Schachweltmeister Emanuel Lasker, doch es kam nicht zum Kampf, da Rubinstein finanziell schachmatt war und das erforderliche Antrittsgeld nicht aufbringen konnte. Lasker, leicht gelangweilt von den anderen Gegnern, versuchte sich daraufhin als Landwirt bei Trebbin in Brandenburg, was in die Hose ging, und als Philosoph (er veröffentlichte im Sommer 1913 sein Buch »Über das Begreifen der Welt«), das aber niemand begriff. So blieb er hauptberuflich Schachweltmeister. Er wird es am Ende unglaubliche 27 Jahre geblieben sein, von 1894 bis 1921. Akiwa Rubinstein aber hat nach 1913 nie wieder gewagt, ihn herauszufordern, und wurde leider etwas verrückt. Aber immerhin wird eine seiner legendären Schachpartien als »Rubinsteins Unsterbliche« dennoch überleben.

*

Gemeinsam mit seiner Frau Mama ist der fünfzehnjährige Bertolt Brecht Anfang Juli nach Bad Steben in Oberfranken zur Kur gereist, der junge Mann leidet unter Herzschmerzen. Erst später merkt er, dass das bei einem Lyriker dazugehört. In Bad Steben notiert er noch wie ein junger Rilke minutiös alle Veränderungen des Blutdrucks und der Nervosität beflissen und ängstlich in sein Tagebuch. Noch kann ihn seine Lyrik nicht erlösen. Noch dichtet er so: »Gestern, 7 Stunden vor Mitternacht, sind wir hier angekommen – der Himmel war heiter, die Sonn hat gelacht.« Doch dann beginnt es in Bad Steben wie auch in Bad Rippoldsau und überall im weiten deutschen Reich in diesem Sommer zu regnen und zu regnen und zu regnen. Und Brecht? »Man ißt und langweilt sich.« Aber immerhin: die ersten Barthaare wachsen.

*

Genau wie bei Rilke. Der berichtet stolz aus Bad Rippoldsau, dass er »Tag und Nacht den Bart wachsen lassen kann«. Das ist aber nicht seine Hauptbeschäftigung. Die bleibt das Singen von Klageliedern. In den ersten Julitagen beschenkt er seine gesamte weibliche Jüngerschar mit Schilderungen seiner schwierigen Lage, seiner Müdigkeit, seiner Erschöpfung: Jeden Nachmittag, um 17 Uhr, wenn die Kurkapelle von Kapellmeister Lotz endlich verstummt ist und er sich wieder aus dem Haus traut, trägt er von der schmucken Villa Sommerberg einen kleinen Stapel Briefe zur Post – an die Baronin Sidonie Nádherný, an die Fürstin Marie von Thurn und Taxis im Schloss Duino, an Katharina Kippenberg in Leipzig, an Eva Cassirer, an die Contessa Agapia Valmarana in Venedig, an Lou Andreas-Salomé, an Helene von Nostitz, an alle seine Mäzenatinnen, Seelenfreundinnen, Musen. Wenn er sich der täglichen Berichtspflicht an die fernen Damen entledigt und seine trübsinnigen Gesundheitsbulletins versandt hatte, dann widmet sich Rilke aber, plötzlich genesen und quicklebendig,

der sehr realen Hedwig Bernhard, einer jungen Schauspielerin aus Berlin, die zufällig im Nachbarzimmer
Rilkes in der Villa Sommerberg wohnt. Schon am
28. Juni schreibt sie in ihr Tagebuch: »Mein Gemüt ist
erfüllt von dem Wesen eines neuen mir so köstlichen
Menschen: Rainer Maria Rilke, der Dichter, ist hier.«
Ob sie diesen köstlichen Menschen bald darauf ver-
speisen durfte? Wir wissen es nicht. Wir wissen nur,
dass sie nachmittags zusammen den kurzen Waldweg
hinter dem Hotel hinaufgehen, allein, schweigend zunächst, dann im intensiven Austausch, sie lauschend,
er sprechend, und er erzählt ihr, während es leise nieselt, von den Schönheiten des Sommers in Capri und
Duino. Hedwig Bernhard schwärmt: »Sein Sinn ist fest
und stark, seine Stimme hoch und fein, die Augen zwei
große klare blaue Seen, und keine Falte, weder hier
noch dort in seinem Antlitz.« Und Rilke, eigentlich nur
ins eigene Leiden verliebt, verliebt sich auch in diese
junge Frau. Sie gehen durch die Täler und die Wiesen,
sie hört ihm hingebungsvoll zu, er spricht, und sie
hängt an seinen Lippen. Als sie am frühen Morgen
des 5. Juli abreist, schenkt Rilke ihr sein »Buch der
Bilder«, vorne hinein schreibt er: »Nicht, wie du ihn
nennst, wird er dem Herzen gewaltig. Liebende: wie
du dich rührst, bildest du dringend ihn aus. Rainer,
Rippoldsau, Nacht des 4. July 1913«. Was auch immer
das bedeuten mag, sie schmolz dahin. Und schon am
8. Juli schreibt er ihr nach Berlin: »Hedwig, wie fehlst
Du mir. Sind wirklich alle unsere Wege noch da, dort
hinten im Regen? Hast Du sie mit Dir hinweg-
genommen? Aber wenn ich hinsehe, wo wir gingen:
gingen wir denn? Wars nicht Fliegen, Stürmen, Strö-

men?« So verdanken wir also Hedwig Bernhard, dass sie den Leidenden wieder zum Dichter machte. Und: Wir verdanken ihr eine einzigartige Serie von Fotografien, die Rilke in jenen Tagen in Bad Rippoldsau auf ihren gemeinsamen Spaziergängen zeigen, zwar bis oben zugeknöpft, aber doch zugewandt, er sitzt auf einer Bank und liest Goethe, er steht an einem kleinen Bach, immer tadellos in Anzug und Krawatte, aber doch, das spürt man, irritiert und beflügelt von jenem schönen kleinen Sommerflirt, der ihn hier in diesem friedlichen Schwarzwaldtal aus seinem Trübsinn herausgewirbelt hatte.

*

Es erscheint Max Schelers Buch mit dem hübschen Titel »Zur Phänomenologie und Theorie der Sympathiegefühle und von Liebe und Hass«. Darin schreibt er: »Die Liebe lässt den Wert des geliebten Menschen, seinen Personenkern, aufblitzen. Die Liebe ist der sehend machende Akt. Je mehr man liebt, umso wertvoller wird die Welt.« Ist das nicht schön?

*

Am 8. Juli schreibt Max Reger aus Meiningen, bevor er zu einer Konzertreise aufbricht: »Ferner bitte ich Sie betreffend meiner Person so drucken zu lassen: Unter Leitung von Generalmusikdirektor Dr. Max Reger (Ich muß den Generalmusikdirektor führen).« Vor allem aber musste jedes Konzerthaus ihm einen Flügel von Ibach auf die Bühne stellen. Nur darauf könne er spielen, schrieb er. Die Wahrheit war: Rudolf Ibach, der Flügelproduzent, versorgte ihn wöchentlich mit russischen Papyrossi-Zigaretten und verlangte dafür strikten Markengehorsam. Und der tabaksüchtige Reger gehorchte. Wir sind alle käuflich.

*

Madame Matisse muss weinen. Sie kommt in das Atelier ihres Mannes und sieht, wie er das hübsche Porträt von ihr vollkommen übermalt hat, statt ihrer feinen Züge trägt sie nur noch eine graue Maske, ihre Augen, ihr Mund sind nur noch schwarze Linien. Abstraktion ist hart, vor allem für die, die abstrahiert werden. Madame Matisse weint bitterlich, als sie das fertige Bild sieht. Picasso staunt hingegen ritterlich, als er das Bild sieht, und ist ganz hingerissen von dem »Bildnis Madame Matisse«. Darauf startet er sein eigenes Frauenbildnis. »Sitzende Frau im Hemd in einem Sessel« nennt er es. Doch man sieht nichts von Eva. Man sieht nur ihre Geschlechtsteile. Evas spitz zulaufende Brüste, die an Stammesplastiken erinnern, verdoppelt er. Und so weinte dann auch Eva. Auch sie war auf den Studien anfangs noch zu sehen gewesen, doch nun quasi verschwunden. Es ist keine Freude, Frau eines kubistischen Malers zu sein.

*

1913 ist eben doch der Sommer des Jahrhunderts. Am 10. Juli wird im Death Valley in Kalifornien der höchste

Wert gemessen, den jemals eine Wetterstation auf der Welt registriert hat: 56,7 Grad zeigte das Thermometer auf der Greenland Ranch in Furnace Creek an.

*

Am frühen Samstagabend des 12. Juli, die Kühe sind gerade gemolken, doch die Sonne versteckt sich weiter hinter einer weißen milchigen Wolkenwand, fällt auf dem Hof Wellie in Mawicke bei Soest in Westfalen ein dumpfer Schuss. Als die Sanitäter kommen und die Polizei, liegt im ersten Stock des Bauernhofes Landwirt Theo Wellie inmitten einer Blutlache. Unten in der Stube die verstörte Frau. Theo Wellie stirbt auf dem Weg ins Krankenhaus. Der »Soester Anzeiger« berichtet am 16. Juli: »Wie W. die Schußverletzung erhalten hat, darüber schweben noch die Ermittlungen. Ärztlicherseits soll festgestellt sein, dass ein Selbstmord ausgeschlossen ist.« Und das konnte offenbar schnell ausgeschlossen werden, denn am 18. Juli vermeldet die Zeitung: »Die Ehefrau des am vorigen Sonnabend auf seinen Hofe angeschossenen und der Verletzung erlegenen Landwirts Wellie in Mawicke ist gestern auf Veranlassung der Staatsanwaltschaft verhaftet worden.« Die neunundzwanzigjährige Therese Wellie kam in Untersuchungshaft. Ihr Anwalt stellte Antrag auf Haftentlassung, doch leider war inzwischen bekannt geworden, dass gegen sie bereits mehrere Verfahren wegen gezielter Schüsse auf vorbeifahrende Motorradfahrer eingeleitet worden waren. So musste sie ein halbes Jahr im Gefängnis bleiben. Aber sie war dort nicht ganz allein. Am 28. Dezember kann der »Soester Anzeiger« dann doch von einer Haftentlassung berichten: »Gegen Stellung einer hohen Kaution ist die ihrer Entbindung entgegensehende Ehefrau des Landwirt Wellie einstweilen aus der Untersuchungshaft entlassen worden. Das gegen sie eingeleitete gerichtliche Verfahren wegen Tötung ihres Ehemannes durch einen Gewehrschuß nimmt seinen Fortgang.« Nachdem bei ihrem kurzen Ausflug in die Freiheit am 3. Januar ihr dritter Sohn Franz geboren wurde, begann wenig später der Prozess. Die Zeitung fasst es folgendermaßen zusammen: »Die Verhandlung ergab, dass das Familienleben nicht das allerbeste war.« Auf Deutsch: tägliche Schläge, Misshandlungen, Prügeleien durch den stets betrunkenen Ehemann. Genau so war es auch am 12. Juli 1913. Der Pater familias rastete aus, weil sich Therese weigerte, mit ihm zum Schützenfest zu gehen. Sie gab an, er habe sich aus Wut und im Alkoholwahn selbst erschossen. Die Gutachten ergaben, dass der Schuss mindestens aus drei Metern Entfernung abgegeben wurde. Ein Selbstmord von so langer Hand konnte anatomisch ausgeschlossen werden. Therese Wellie atmet tief ein und bleibt dennoch bei ihrer Version.

*

Es geht eigentlich immer nur ums Atmen. Das sagt nicht der Erfinder der Achtsamkeit, sondern der Erfinder des Lügendetektors, Vittorio Benussi. Benussi war ein zerrissenes Genie, Wissenschaftler und Künstler, hochsensibel und ein Tüftler zugleich, der mit immer neuen Maschinen der Seele auf den Grund gehen wollte. Er wollte verstehen, wie das menschliche Zeitgefühl ist und wie wir Farben bewerten und das Gewicht von Dingen einschätzen. Vor allem aber interessierte ihn, wie wir uns verraten. Der blitzgescheite Philosoph und Psychologe aus Triest arbeitete in Graz im – wie es so schön heißt – »Psychologischen Laboratorium«. Dort entwickelte Benussi im Juli 1913 einen ersten Vorläufer des Lügendetektors, einen Apparat, der Kriterien wie Puls oder Blutdruck außer Acht ließ und sich nur auf die Atmung der Testpersonen konzentrierte. In seinem Aufsatz mit dem schönen Romantitel »Die Atmungssyptome der Lüge« konnte er dann belegen, dass lügende Menschen vor ihrer Lüge verhältnismäßig lange ausatmen. So entwickelte er das sogenannte Benussi-Kriterium: Der Nachhall der Wahrheit ist demnach eine verlängerte Ausatmung, das Vorspiel der Lüge eine verlängerte Einatmung. Das sollte man sich merken.

*

Fast hätten sich in diesen ersten Julitagen zwei der bedeutendsten Schriftsteller englischer Sprache, Joseph Conrad und der Amerikaner Henry James, in der Nähe von London getroffen. Conrad, der die Traumata seiner Jahre im Dschungel mit schönen Autos zu kompensieren versuchte, hatte sich gerade einen neuen Cadillac gekauft. Ende Juni schreibt Henry James an Conrad, der nur wenige Meilen entfernt in seinem Landhaus lebte, er habe von dem neuen Auto gehört, dem »not life-saving but literally life-making miraculous car«. Ob er wohl an einem schönen Julinachmittag, diesen Wagen einmal zu seinem Anwesen, dem Lamb House, lenken wolle, damit sie gemeinsam einen Tee trinken könnten? Und Conrad fährt tatsächlich ein paar Tage später vor, klingelt, lässt sich melden. Aber der Diener richtet aus, Henry James sei leider ausgegangen. So braust Joseph Conrad unverrichteter Dinge zurück und versinkt weiter in seiner Schwermut. Weihnachten wird er sich dann ein neues, größeres Auto schenken, einen Humber mit vier Sitzen. Aber auch den wird er immer nur alleine fahren.

*

Am 13. Juli muss Albert Einstein sich entscheiden. Am Bahnhof in Zürich empfängt er in Sonntagskleidung Max Planck und Walther Nernst, die aus Berlin mit dem Zug gekommen sind, um ihn nach Deutschland zu locken. Sie bieten ihm einen Professorentitel ohne Lehrverpflichtung an der Preußischen Akademie der Wissenschaften. Und Einstein atmet tief ein und sagt ja – in einem Nachhall der Wahrheit und der Lüge. Denn er sagte nicht nur ja, weil er dort frei von allen Pflichten an der Relativitätstheorie feilen und die Quantenphysik vorantreiben kann. Sondern weil in Berlin auch seine Cousine und Geliebte Elsa Löwenthal lebt.

*

Am 13. Juli beginnt in der Schweiz ein zweiter Höhenflug. Um 4 Uhr und 7 Minuten am frühen Morgen, die Sonne geht gerade auf, steigt Oskar Bider in Bern in seinen Flugapparat aus Eschenholz, um als erster Mensch fliegend die Alpen zu überqueren. Er will ohne Unterbrechung von Bern bis nach Mailand fliegen. Er nimmt mit seinem Einsitzer Kurs auf das 3500 Meter hohe Jungfrauenjoch. Genau zwei Stunden später, um 6.07 Uhr, gelingt es Bider, die Bergspitze zu überfliegen. Als er am späten Morgen in Mailand landet, wird er triumphal empfangen. Das war, technisch gesehen, die bedeutendste Alpenüberquerung seit Hannibal.

*

Am 13. Juli will Arthur Schnitzler in der Mittagspause eine junge Dame besuchen, die er ein paar Tage zuvor in einem Kaffeehaus kennengelernt hat. Sie hatte so ein schelmisches Lächeln. Er klingelt. Niemand macht auf. Er nimmt seine Visitenkarte und zückt einen Stift, um einen kurzen Gruß zu verfassen. »Dr. Arthur Schnitzler«, so darf die Dame dann abends lesen, als sie nach Hause kommt, »hat einige Male vergeblich geklingelt und wird sich erlauben den heutigen Besuch bei nächster Gelegenheit zu wiederholen.«

*

Alfred Wegeners Grönlanddurchquerung entwickelt sich zu einer unendlichen Geschichte, noch weiß niemand, ob sie bedeutend wird oder katastrophal. Der Expedition bläst der Eiswind ins Gesicht, alle sind vollkommen erschöpft, sie schaffen nur noch wenige

Meilen am Tag und müssen immer öfter Ruhepausen einlegen. Anfang Juli schließlich müssen sie auch »Grauni« erschießen, das letzte Islandpferd, das die Strapazen bis dahin noch überstanden hatte. Und zwar, was das Ganze besonders tragisch macht, drei Stunden entfernt von dem ersten grünen Grashalm nach einem halben Jahr Eiswüste. »Es war ein ganz eigentümliches Gefühl nach all dem Schnee einmal wieder Land, richtiges Land unter den Füßen, Blumen in Fülle im Wind wiegen zu sehen, Hummeln und Schmetterlinge zu beobachten und dem Gezwitscher der Vögel zu lauschen. Wie ein Paradies kam uns diese (von normalen Menschen sicher für recht trostlos angesehene) Moränenlandschaft am Eisrand vor«, schreibt Wegener. Aber dann wird es wieder kalt und es schneit, die Expedition hat nichts mehr zu essen, und Alfred Wegener schreibt in sein Tagebuch: »Man kann doch wohl nicht vor Kälte sterben Anfang Juli!« Am 11. Juli schlachten die vier Männer den Hund und essen ihn auf. Sie bauen sich an der Küste einen Verschlag, Eisregen von oben, sie verzweifeln, Blasen überall, Entzündungen, keine Menschenseele in Sicht und auch nichts mehr, das sie schlachten können. Alfred Wegener hat Todesangst. Doch dann, am 15. Juli, sehen sie plötzlich ein Segelboot an der vergessenen Küste vorbeikommen, es ist der Pfarrer Chemnitz aus Upernavik, der mit seinem Boot Konfirmanden zum Konfirmationsunterricht aus dem ewigen Eis abholen will. Sie schreien um Hilfe und rufen und rennen zum Ufer – und werden gerettet.

*

In denselben Minuten am Abend des 15. Juli gehen in Paris Franz Hessel, seine frisch angetraute Ehefrau Helen und Franzens engster Freund Henri-Pierre Roché, der versprochen hat, seine Finger von Helen zu lassen, in ein kleines Restaurant im 7. Arrondissement. Am Tisch redet Franz, wie in den sieben Jahren seiner Freundschaft zuvor auch, nur mit Pierre, seine Ehefrau beachtet er nicht weiter, einmal, kurz vor Schluss, fragt er sie, ob sie noch eine Nachspeise wolle, das ist alles. Sie sagt nein und entscheidet sich für einen eigenen Abschluss dieses demütigenden Essens. Als sie auf ihrem Heimweg gegen halb elf an der Schleuse Ecluse de la Monnaie an der Seine vorbeikommen und die beiden Männer weiterhin plaudern, als wären sie allein, findet Helen Hessel, geborene Grund, den Absprung. Mit dem Kopf zuerst überwindet sie das Eisengitter und taucht ein in die Fluten der Seine. Die Männer schreien entsetzt, rennen zum Ufer, doch da treibt nur noch Helens Hut, ein prächtiges, verziertes Exemplar, ein Geschenk der Schwiegermutter. Doch von Helen keine Spur. Da gerät auch Franz in Panik. Doch Helen taucht weiter, bis zu einer Leiter am Rande der Schleuse. Dort kommt sie aus dem Wasser, nicht Franz, sondern Roché reicht ihr seinen Mantel herunter und zieht sie damit hoch. Sie bibbert, das Wasser tropft ihr aus den Haaren, alle sind etwas verwirrt von der Situation, von der neuen Dynamik. Sie fahren in die Rue Schoelcher, und Franz setzt Wasser für einen Tee auf, das hält er für seine eheliche Pflicht. Auch sonst legt er seine neue Rolle eher ungewöhnlich aus. Auf die Hochzeitsreise nach Südfrankreich, die er mit Helen wenig später unternimmt, lädt er einen weiteren Gast ein: seine Mutter Fanny. Zu dritt erleben sie Wochen des Missvergnügens. Statt mit Roché spricht Franz nun ausschließlich mit seiner Mutter – und Helen lässt er links liegen in den Flitterwochen. In ihrem Tagebuch berichtet sie davon, wie sie ihren Mann das erste Mal betrog: mit einer Büste des römischen Kaisers Lucius Verus im Museum in Toulouse. Ein feister, strammer, maskuliner Kerl. Während Franz Hessel und seine Mutter im Saal nebenan die Gemälde begutachten, flüstert Helen Hessel dem steinernen Lucius Verus ein »Ich liebe dich« ins Ohr.

Als Truffaut später den Roman, den Roché über Franz und Helen und sich selbst geschrieben hat, verfilmen wird und ihn »Jules et Jim« nennt, da lässt er das mit der Schwiegermutter lieber weg und konzentriert sich auf den Sprung in die Seine. Und natürlich darauf, dass Roché, der, alleingelassen in Paris, in diesen Sommertagen seine Autobiographie unter dem schönen Titel »Don Juan« beginnt, sich natürlich nicht ewig an sein Gelübde halten wird, die wilde Helen unberührt zu lassen. Aber Franz wird ihm das dann auch nicht wirklich übelnehmen. Sie hatten zu oft ihre Lieben geteilt. Zuerst war Franziska von Reventlow, die schöne Gräfin inmitten der Münchner Bohème, von Franz auf Roché übergegangen, dann in Paris die Malerin Marie Laurencin von Roché auf Franz, ehe sie zum Dichter Apollinaire weiterzog. Später, in New York, wird Roché dieses Prinzip der Menage à trois mit einem anderen Freund weiterspinnen, mit Marcel Duchamp. Wie passend also, dass Helen Hessel dann Duchamps Schachbuch ins

Deutsche übertragen sollte (und übrigens auch Nabokovs »Lolita«).

*

Piet Mondrian malt in Paris in diesem Juli seine beiden bedeutenden »Gemälde 1« und »Gemälde 2«. Eine neue Zeitrechnung beginnt für ihn: Die Abstraktion. Die Bäume, die er noch im Winter gemalt hatte, lösten sich in kubistisch verschachtelte Formationen auf. Mondrian war ganz bei sich angekommen.

Für die Zeitschrift »Teosofia« schreibt er einen Artikel über »Art and Theosophy«, in dem er klar darlegte, dass die Evolution in der Kunst genauso vor sich gehe wie in der Theosophie. Leider hat die Redaktion den Text als »zu revolutionär« abgelehnt, und er ist verschollen.

*

In Berlin gibt es im Sommer 1913 zwei Millionen Einwohner, 7900 Personenkraftwagen, 3300 Pferdedroschken und 1200 Kraftdroschken. Aber nur einen Kaiser.

*

Robert Frost denkt am 17. Juli in Beaconsfield bei London darüber nach, welchen Weg er einschlagen soll und welchen nicht. Er ist jetzt 39 Jahre alt. Er ist aus Amerika übergesiedelt, mit Frau und vier kleinen Kindern, er lernt Ezra Pound kennen, doch der macht ihm

Angst. Er war Farmer gewesen, doch das klappte nicht, er hat das Lehren aufgegeben, aber er traut sich noch nicht, sich Dichter zu nennen. Aber in seinem Kopf sind da schon die magischen Zeilen von »The Road Not Taken«, dieses »Two roads diverged in a wood, and I – I took the one less traveled by, and that has made all the difference.« Ganz ungläubig also schreibt er am 17. Juli an einen Freund: »I think I have made poetry.«

*

Ultima hieß die Frau des schwedischen Arztes Axel Munthe, die Letzte, auch wenn sie eigentlich die erste Frau dieses Mannes war. Und Ultima liebte den Regen. Denn wenn es regnete und das Wasser in Strömen sich durch die Straßen ergoss, dann war es auch den edlen Damen auf den Pariser Boulevards erlaubt, ihren Rock zu lüpfen. Ultima liebte es, ihre Fesseln zu zeigen, auch wenn durch das Gehen im Wasser immer wieder ihre schönsten Schuhe ruiniert wurden. Doch Ultima hieß auch irgendwie zu Recht die Letzte, denn es war Axel Munthes letzter Versuch, sich der bürgerlichen Konvention zu ergeben. In Wahrheit wurde diese Ehe nie vollzogen – es war, wie er schrieb, »nur der Schein einer ehelichen Gemeinschaft, der sich meine ganze Natur unwiderruflich widersetzt, was nebenbei bemerkt, bedeutet, dass die Natur keuscher ist als das Gesetz«. Munthe zog von Paris weiter nach Capri, das er nie wieder verließ. Immer blies hier ein leichter Wind, selbst im Juli, der ihm die strohblonden Haare ins Gesicht fallen ließ, die er, mit einer hunderttausendfach wiederholten Geste, hinter seine Ohren strich. Eine Frau zu lieben, mit Haut und Haar, und deshalb sogar so etwas wie eheliche Pflichten zu haben, das sah die Selbstinszenierung von Dr. Axel Munthe nicht vor. Munthe las lieber wieder und wieder Arthur Schopenhauer und dessen »Die Welt als Wille und Vorstellung«, das war ganz nach seinem Geschmack, etwa diese Worte hier: »Wenn man nun die wichtige Rolle betrachtet, welche die Geschlechtsliebe in allen ihren Abstufungen und Nüancen spielt, da wird man veranlaßt auszurufen: Wozu der Lerm? Wozu das Drängen, Toben, die Angst und die Noth? Es handelt sich ja bloß darum, daß jeder Hans seine Grethe findet.« Axel Munthe fand stattdessen Capri. Er brauche, gestand er, nichts als ein weißgetünchtes Zimmer mit einem Bett, einem Tisch, ein paar Stühlen und einem Klavier, Vogelgezwitscher vor den Fenstern und – das ist die einzige Bedingung – »aus der Ferne das Rauschen des Meeres«, so schrieb er, als er sich auf der kleinen Insel vor Neapel niederließ. Oben, in Anacapri, entdeckte er die Trümmer einer Villa des Kaisers Tiberius, er legte die Mosaiken frei, über die einst die müden Füße des finsteren alten Kaisers geschritten waren, und errichtete darüber seine Villa San Michele, hell und weiß, mit Blicken über das unendliche Blau des Meeres, mit ewigem Vogelgezwitscher, so wie er sich gewünscht hatte, auch im Winter. Munthe wird Leibarzt der schwedischen Kronprinzessin Viktoria aus dem Hause Baden und pendelt fortan zwischen London, Schweden, Rom und Capri hin und her. Er ist dabei die meiste Zeit allein, manchmal ist ein Hund dabei (sein Dackel hieß »Waldmann«), manchmal zwei oder drei, zuweilen sein Affe. Munthe besaß im Laufe seines langen Lebens Doggen, Hirtenhunde, Collies, Terrier und Mischlinge, in Capri wurden es immer mehr, die bei ihm lebten, sie waren die einzigen Lebewesen, die er dauerhaft aushielt. Menschen konnte er nur in Form von Patienten ertragen, die er nach der Konsultation wieder nach Hause schicken konnte. Seine Praxis in Anacapri und seine Villa San Michele werden zum Mekka der kränkelnden europäischen Upper Class: Kronprinz Rudolf von Österreich wird hier kuriert, Kaiserin Eugénie, Henry James, Oscar Wilde, die Duse, Rainer Maria Rilke, natürlich der Aga Khan, dessen Yacht an der Marina Grande ankerte und der sich an alten Muscheln den Magen verdorben hatte. Munthe praktiziert sechs Tage die Woche, und sonntags spielt er in der kleinen Kirche auf Capri die Orgel. Und irgendwann wird Munthe dann auch Curzio Malaparte auf die Insel locken, einen Dandy der Selbstvergessenheit und Selbstbezüglichkeit wie er, der der Insel mit seiner Villa Malaparte dann nach Munthes Villa San Michele das zweite Bauwerk der Insel schenken wird, das das 20. Jahrhundert ästhetisch zu überdauern vermag.

＊

Nie waren Oskar Kokoschka und Alma Mahler so glücklich wie im April in Capri. Sie hatten keine Konsultation bei Dr. Axel Munthe nötig. Und jetzt, am 19. Juli, wollen sie eigentlich heiraten, im Rathaus von Döbling, das Aufgebot ist bestellt. Aber Alma mag nicht mehr. Sie nennt Kokoschka in ihren Briefen plötzlich immer öfter »Schlappschwanz«. Der Hochzeitstermin verstreicht. Und Alma fragt ein paar Tage später vorsorglich bei Walter Gropius in Berlin in der Kaiserin-Augusta-Straße 68 an, ihrem Liebhaber von einst, ob er sie eigentlich noch liebe. Sie hatten sich kennengelernt, als Alma eine Kur von Gustav Mahler brauchte und der hellsichtige Kurarzt ihr Tanzen verordnet hatte. Unter den Tänzern war ein, wie sie schreibt, »ungewöhnlich gutaussehender Deutscher, der gut als Modell für Walther von Stolzing aus den ›Meistersingern‹ dienen könnte«. Sie verliebt sich. Mahler, verzweifelt, geht zu Sigmund Freud. Doch der kann auch nicht helfen. Stellt aber eine saftige Rechnung. Dann stirbt Mahler. Dann trauert Alma kurz. Und dann rauscht Kokoschka in ihr Leben. Und nun, im Juli 1913 in Franzensbad, wohin sie vor Kokoschka geflüchtet ist, erinnert sich Alma plötzlich leicht wehmütig ihres deutschen Meistersingers. Ihr stand nach all dem Wahnsinn mit Kokoschka nun wieder der Sinn nach etwas Nüchternheit. Und so schreitet sie voran in ihrem Jungmädchentraum, »meinen Garten mit Genies zu bepflanzen«. Gropius wird es wirklich mit ihr zum Standesamt schaffen, anders als Kokoschka. Aber auch Gropius gelingt es nicht, Teil ihres Namens zu werden. Das gelingt dann erst Franz Werfel. Der, gerade 23 Jahre alt geworden, veröffentlicht, als sich im Sommer 1913 Alma Mahler gerade von Kokoschka ab- und zu Gropius hinwendet, im Leipziger Kurt Wolff Verlag seinen ersten Gedichtband mit dem verheißungsvollen Titel »Wir sind«.

*

Am 21. Juli endet in Monte Carlo das Leben einer der ungewöhnlichsten Frauen ihrer Zeit: Emma Forsayth-Coe, genannt »Queen Emma«. Wie sie starb, ist unklar, sehr glaubhafte Zeitungsartikel aus diesen Tagen berichten von einem tragischen Autounfall. Andere schreiben genauso überzeugend davon, dass sie an einem Herzinfarkt gestorben sei. Und dritte Quellen wissen zu berichten, dass sie erschossen wurde, genau wie ihr Mann, der deutsche Kaufmann Carl Paul Kolbe, der genau sieben Tage zuvor ebenfalls in Monte Carlo völlig überraschend das Zeitliche segnete. Es war alles ein riesiger Skandal. Und klar ist eigentlich nur, dass eine junge Schauspielerin aus Berlin irgendetwas mit dem plötzlichen Tod zumindest von Queen Emmas Ehemann zu tun hat. Denn der bekam im Hotel Monaco kurz vor seinem Ableben plötzlich Besuch von einer Dame, die glaubhaft versicherte, dass sie eigentlich die Verlobte von Carl Paul Kolbe sei, beziehungsweise eigentlich sogar die Ehefrau. Sie hatte in einer Zeitschrift ein Foto ihres Angetrauten Kolbe gesehen, von dem es eigentlich geheißen hatte, er sei in der Südsee verschollen. Die junge Frau und Kolbe trafen sich erst an der Hotelbar, dann wurden sie gesehen, wie sie in ein wartendes Automobil stiegen und zur Küste fuhren. Und kurz darauf war er tot und sie weg. Und Queen Emma also starb sieben Tage später. Herrlich mysteriös das Ganze. Erst ein Jahr zuvor hatten die beiden in Berlin geheiratet, und erst im Mai waren sie an die Côte d'Azur gereist, um in Nizza, Cannes und Monte Carlo das Leben zu genießen. Die europäische Klatschpresse war voll von ihren mondänen Auftritten, denn Queen Emma war eine legendäre Erscheinung, offenbar eine der schönsten Frauen des ausgehenden 19. Jahrhunderts und mit Sicherheit eine der gerissensten Unternehmerinnen.

Sie war als Tochter einer samoaischen Prinzessin und eines amerikanischen Walfängers in der Südsee geboren worden. Seit sie zwölf Jahre alt war, galt sie als sagenhafte Schönheit – und nachdem sie in San Francisco zur Schule gegangen war, galt sie als intelligente, international versierte sagenhafte Schönheit. Nach ihrer Rückkehr arbeitete sie im Handelsunternehmen ihres Vaters und reiste dann mit ihrem ersten Mann auf die kleine Insel Myoko, Teil der Duke-of-York-Inselgruppe bei Papua-Neuguinea. Es gab dort nur noch elf Siedler, nachdem gerade die beiden anderen von einem Kannibalenstamm verspeist worden waren. Auch Emma wurde einmal von den Kannibalen gefesselt und zum Abtransport vorbereitet, doch da kam ihr Ehemann mit seinen Leibwachen dazwischen. Fortan zogen sich die Eingeborenen in die unzugänglichen Bergregionen zurück, und Emma und ihr Mann kultivierten das Land. Gekocht wurde nur fleischlos. Als das Inselchen fünf Jahre später plötzlich Teil des deutschen Kolonialreiches wurde und »Neulauenburg« hieß, stellte der deutsche Bevollmächtigte Gustav von Oertzen erstaunt fest, dass der größte Teil des fruchtbaren Landes im Besitz einer gewissen Emma Forsayth-Coe war, also unserer »Queen Emma«, wie sie wegen ihres präsidialen Auftretens von den Insulanern auf Neuguinea genannt wurde. Sie kaufte immer weiter Land, betrieb Kokosnussplantagen, verkaufte diese wieder gewinnbringend und wurde immer schöner und reicher und einflussreicher. Nachdem sie sich in der Nähe der deutschen Verwaltungshochburg Herbertshöhe ein stattliches Anwesen gebaut hatte, wo sie mondäne Feste feierte, galt sie als die heimliche Königin der Südsee. Sie rauchte so viel und so genussreich wie ein Mann, trank täglich ihre zwei Flaschen Champagner, spielte Klavier, rezitierte Goethe und nahm sich jeden Mann, den sie wollte. Als sie 1912 den 15 Jahre jüngeren, bildhübschen Paul Kolbe heiratete, den großen blonden leitenden Angestellten der deutschen Neuguinea-Kompagnie, und mit ihm nach Berlin zog, verkaufte sie ihre Ländereien an die »Hamburgische Südsee Aktien Gesellschaft« und strich dafür ein Vermögen ein. Damit kaufte sie ihre Wohnung in Monte Carlo, wo das Reich der Königin Emma und ihres Königs Paul dann aber im schwülen heißen Juli 1913 abrupt zu Ende ging.

*

Am 26. Juli meldet das »Volksblatt« aus Meßkirch im Schwarzwald das Folgende: »Von Freiburg ist am Samstag eine hocherfreuliche Nachricht eingetroffen. Martin Heidegger, der Sohn des Mesners Heidegger hier, hat in Philosophie und Mathematik den Doktor gemacht und zwar mit Auszeichnung. Wie wir hören, beabsichtigt, Herr Heidegger in nächster Zeit sich mit der Herausgabe eines größeren wissenschaftlichen Werkes zu befassen, Glück auf.«

*

Natürlich haben sich alle sehr angestrengt, das Bild des Jahres zu schaffen: Picasso mit seinen Collagen voll aufgeklebter Wirklichkeit, Matisse mit seinen Sehnsuchtsfarben. Macke mit seinen Bildern des ewigen Friedens, Marc mit seinen gestapelten Pferden, Mondrian, Kupka, Malewitsch mit ihren Abstraktionen. Aber das Bild des Jahres 1913 schuf dann doch die Wirklichkeit. Und das kam so: In der Nacht vom 26. auf den 27. Juli verließ der letzte Personenzug auf der Strecke Ihrhove-Neuschanz den Haltepunkt Hilkenborg im Emsland, obwohl die stählerne Friesenbrücke, eine Drehbrücke über die Ems, nach einer Schiffsdurchfahrt noch geöffnet war und das Signal auf einem lauten und deutlichen »Halt« stand. Der Lokführer merkte etwa 100 Meter vor dem Abgrund den Irrtum – er sah den gähnenden Abgrund und den Brückenteil vor ihm, der ins Nichts führte. Er bremste und bremste und bremste – und tatsächlich rutschten nur die Dampflok und die erste Treibachse in die klaffende Öffnung über der Ems. Der Rest des Zuges hing noch auf der Brücke fest, doch da die Kupplung zwischen Lok und dem Tender eine deutsche Wertarbeit war und deshalb hielt, wurde der Sturz in den Fluss verhindert. Lokführer und Heizer sprangen von der Lok auf den Waggon dahinter. Die Lokomotive, schwebend über dem Abgrund – das ungestüm Vorwärtsstürmende auf schwankendem Boden, das surreale Verkeiltsein zwischen sicherem Gleis und sicherem Tod einer fortschrittsgläubigen und technikgläubigen Gegenwart: das ist das Bild des Jahres 1913.

*»Frauenhellbraun taumelt an Männerdunkelbraun«
– so dichtet Gottfried Benn.
Ernst Ludwig Kirchners Foto zeigt,
wie er das meint.*

Nach den rauschenden Erfolgen der »Ballets Russes« in Paris und London reisen Djagilew und sein junger Star Nijinsky Ende Juli zur Erholung nach Baden-Baden ins Hotel Stéphanie les bains, das sich heute Brenners Park-Hotel nennt. Sie wollen sich kurz erholen, bevor die »Ballets Russes« am 15. August mit dem Schiff zu einer Tournee nach Südamerika aufbrechen werden. Der russische Impresario und sein junger Irrwisch liegen auf den Sofas, flanieren durch den Kurpark, rauchen, trinken, entspannen. Und was entdecken sie dort in Baden-Baden? Johann Sebastian Bach. Und sie überlegen sich ein Ballett zu Bach, mit der Pracht der Rokoko-Hoffeste. Auf einem Flügel muss ein alter deutscher Pianist den beiden den ganzen Tag über im Salon des Hotels Bach vorspielen. Nach einer Woche wissen die beiden, was sie wollen: Etwas aus dem »Wohltemperierten Klavier«, etwas aus der c-moll-Fuge, und vieles mehr. Um den Geist der Zeit besser zu verstehen, reisen sie in Schlösser und Kirchen des Barock und des Rokoko, sie besuchen Vierzehnheiligen, Bruchsal und die Residenz in Würzburg. Als letztes Kunstwerk, bevor er den Atlantik überquert, sieht Nijinsky Ende Juli Tiepolos Fresken in der Würzburger Residenz und also die Hochzeitsszene zwischen Friedrich Barbarossa und

Beatrix von Burgund. Er weiß zu diesem Zeitpunkt noch nicht, was das bedeuten soll. Und Djagilew und Nijinsky wissen in diesem Moment noch nicht, dass sie sich hier in Würzburg und Baden-Baden das letzte Mal in ihrem Leben sehen werden.

*

Die Sonne steht hoch und golden, es geht immer ein leichter Wind, Ernst Ludwig Kirchners sehniger Oberkörper ist tiefgebräunt. Manchmal trägt er eine leichte Sommerhose und ein aufgeknöpftes Leinenhemd, wenn er am Strand von Fehmarn sitzt und malt, manchmal nicht. Erna Schilling, seine Geliebte, sein Modell, ist meist ganz nackt, sie spielt mit den Füßen im warmen Sand, selbstvergessen, merkt gar nicht mehr, wenn Kirchner sie malt, weil er das ohnehin die ganze Zeit tut. Kirchner ist in diesem Sommer wieder ganz bei sich. Er hat Berlin hinter sich gelassen. Dieses große, irre, laute, vorwärtsstürmende Berlin. Hier am Strand gibt es nirgendwo das Quietschen der Trambahn, wenn sich in einer Kurve ihre Reifen an den Eisenschienen reiben. Hier gibt es keine Menschen, die über die Bürgersteige eilen, als ginge es um ihr Leben, hier gibt es keine Zeitungen, die dreimal am Tag erscheinen, hier gibt es abends weder Varieté noch eine Uraufführung von Gerhart Hauptmann oder Frank Wedekind oder ein Varieté mit Mata Hari, hier gibt es abends nur ein Glas Wein, liegend, im Sand, hinten in der Ferne geht die Sonne langsam unter. Erna liegt schnurrend in seinem Arm. Und er hat eigentlich schon wieder Lust auf sie, obwohl sie gerade erst aus dem Bett gekommen sind in ihrem Gästezimmer bei Leuchtturmwärter Lüthmann in Staberhuk. Kirchner geht dann aber noch einmal tauchen, denn vor der Küste war ein Schiff gestrandet, zerborsten nun, und er holt sich ein paar herrliche Planken, um in den nächsten Tagen damit Skulpturen bauen zu können.

Denn am nächsten Morgen wird Besuch aus Berlin kommen, sein Freund, der Maler Otto Mueller, und dessen Maschka. Im Mai war ja die Künstlergruppe »Brücke« zerbrochen, aber jetzt, in diesem Sommer, weint ihr Kirchner keine Träne nach, er spürt, dass die Fliehkräfte Berlins, wohin die Brücke-Maler aus dem sinnlich-zeitentrückten Dresden gezogen waren, zu viel waren für sie, weil diese verdammte Stadt einfach alles auseinanderbringt, was nicht im Innersten miteinander verschweißt ist. Erich Heckel und Karl Schmidt-Rottluff leiden unter der Trennung, sie halten Kirchners Egotrips für den Grund des Scheiterns. Otto Mueller interessiert das nicht. Er freut sich, mit Kirchner am Meer zu sein, mit ihm zu baden, mit ihm zu malen. Maschka und Erna verstehen sich gut, nackt laufen sie, kaum sind die Muellers angekommen, fast einen Kilometer am endlosen Strand entlang, spritzen mit den Füßen durch das flache Wasser. Dann holt Kirchner seine Kamera und er fotografiert Mueller zwischen Erna und Maschka, wie sie in die Fluten steigen, wie sie hochhüpfen, wenn die Wellen kommen, wie sie eintauchen, Sommerkörper, auf denen das trocknende Salz schöne weiße Flecken hinterlässt und die Haare so steif macht. »Fleisch, das nackt ging/bis in den Mund gebräunt vom Meer«, so wird Gottfried Benn dichten über diesen Sommer an der Ostsee. Kirchner fotografiert diesen Sommer. Und malt ihn. Und genießt ihn. Wahrscheinlich war Ernst Ludwig Kirchner nie so glücklich wie im August 1913 in Fehmarn. Er malt in kurzer Zeit 68 Gemälde und er macht unzählige Zeichnungen. Dann nimmt er ein Blatt Papier und schreibt seinem Freund, ergriffen von sich selbst und dem Erlebten: »Hier lerne ich die letzte Einheit von Mensch und Natur gestalten und vollenden.«

*

Am 2. August ist die Menschheit endlich am Olymp angelangt. Der Schweizer Fotograf Fred Boissonnas, sein Freund Daniel Baud-Boy und der griechische Hirte Christos Kakalos besteigen erstmals den mythen-umwitterten Berg des antiken Griechenlands. Noch am Vorabend hatte Kakalos, der Hirte, die beiden Schweizer angefleht, nicht auf den 2917 Meter hohen Gipfel zu steigen, dort dürften nur Adler hinauf, nicht Menschen. Aber es war dann halb so schlimm.

*

Im August fährt Josef Kohler, Deutschlands bekann-tester und produktivster Jurist, aus Berlin zur Sommer-frische an die Ostsee. Aber natürlich kann er auch dort nicht nur einfach so aufs Wasser schauen. Gerade war sein Buch »Moderne Rechtsprobleme« erschienen – und darin ging Kohler der Frage nach, ob der Mensch nun einen freien Willen habe oder nicht. Wie auch immer, so sein Fazit, niemand dürfe sich rausreden. Menschenpflicht sei es, an »seinem eigenen Charakter zu arbeiten«. Er selbst arbeitete in diesem Sommer lieber an einem alten juristischen Problem: Zwei Schiffbrüchige klammern sich an eine Planke, die nur einem von beiden das Überleben sichert. In Heiligendamm, mit Blick aufs müde, stille Wasser, das behaglich ans Ufer schwappt und jedem Schiffbruch eine Höllenphantasie voraussetzt, da kam Josef Kohler eine Idee, die er sogleich in einem Aufsatz für das »Archiv für Rechts- und Wirtschaftsgeschichte« zusammenfasste: »Sollte man nicht einen Goethe retten dürfen, wenn sein Leben mit dem eines Indianers in Kollision tritt?« Tja. Da hat man also das krude deutsche Selbstverständnis, gebündelt in einem Satz. Natürlich konnte Kohler solchen kolonialen Unsinn nur mit dem Brustton der Überzeugung verkünden, weil Karl May gerade ein Jahr zuvor verstorben war. Karl May, erstmals im Alter von 22 Jahren wegen »Hochstapelei« steckbrieflich gesucht, hatte in seinen letzten Lebensjahren auf seinen Lesungen sehr glaubhaft verkündet, dass er Nachfahre eines Häuptlings der Apachen sei. Karl May hat aus den ewigen Jagdgründen den Berliner Juristen Josef Kohler sicherlich für seine Blasphemie verflucht: Erstens war er selbst natürlich bedeutender als Goethe und zweitens die Indianer bedeutender als die Preußen.

*

Wenn Gerhart Hauptmann in seinem Haus in Agnetendorf ist, dann reitet er jeden Morgen aus. Er genießt die Kühle des Morgens, gerade in diesen heißen Augusttagen, erst langsam steigt die Glut aus den Tälern herauf. Doch am 11. August, plötzlich auf einer Lichtung, greift ein großer Bernhardiner sein Pferd an. Es kommen die beiden Damen angerannt, denen der Hund gehört, doch sie sind machtlos. »Mein Pferd und ich auch«, kommentiert Hauptmann abends im Tagebuch. Der Bernhardiner knurrt wild und beißt, obwohl er einen Maulkorb trägt, dem Pferd in die Beine. Doch Gerhart Hauptmann, mit der Gelassenheit des amtierenden Nobelpreisträgers, lässt kulturgeschichtliche und gattungsspezifische Milde walten: »Es war der Instinct gegen das Pferd als jagdbares Wild wie er in den assyrischen Reliefs zum Ausdruck kommt wo Könige mit solchen Hunden ähnliche Pferde jagen, wie ich eins ritt.«

*

Der »Blaue Reiter« Franz Marc vollendet in Sindelsdorf bei München in diesen Tagen sein Bild »Der Turm der Blauen Pferde«. August Macke schreibt ihm: »Gib Deiner Zeit Tiere, vor denen man noch lange steht. Die Hufschläge Deiner Pferde mögen hallen bis in die fernsten Jahrhunderte.« Doch in diesem Sommer zeichnet auch Macke plötzlich Pferde – und zwar solche, auf denen Soldaten sitzen. Ein Manöver, Pferde als Mittel zum Zweck, in ihren Sätteln Männer in deutscher Uniform. Bei Marc hingegen: das Pferd als das Beste und Reinste, was ein Mensch sich denken kann. Es ist eine absurde Ironie des Schicksals, dass genau dieser Franz Marc, dieser

»Blaue Reiter« und Schöpfer der traumverlorenen Blauen Pferde im Ersten Weltkrieg fallen wird, als er ausgerechnet bei einem Erkundungsritt von einer Granate getroffen wird. Und: Am folgenden Tag sollte der Sechsunddreißigjährige als »einer der bedeutendsten Maler Deutschlands« eigentlich vom Militär freigestellt werden, um sich ganz seiner Kunst widmen zu können. Doch da war er bereits im Himmel.

*

August Bebel, beruflich zunächst Hersteller von Türklinken, also dem Kommen und Gehen durchaus zugeneigt und demzufolge ein erstklassiger Kandidat für jedes hohes Amt in der deutschen Sozialdemokratie zu allen Zeiten, saß im Jahre 1913 als SPD-Abgeordneter für den Wahlkreis Hamburg I im deutschen Reichstag. Vor allem aber war er die Stimme der Sozialdemokratie, geachtet und verehrt. Aber am 13. August 1913 musste er endgültig gehen: Er stirbt in Passugg in der Schweiz während eines Sanatoriumsaufenthaltes an Herzversagen. Sein Tod sorgt europaweit für Erschütterung. Rosa Luxemburg, Sommergast bei Clara Zetkin in Sillenbuch in der Nähe von Stuttgart, findet an seinem Todesmorgen im Nieselregen ein Schleierkraut in den Wiesen hinterm Haus und trocknet es in ihrem Herbarium, sie beginnt damit ihr zehntes Heft und schreibt den lateinischen Namen dazu: Gypsophila paniculata. Am Tag nach seinem Tod findet sie in Sillenbuch das, was sie am dringendsten braucht: Baldrian. Sofort nimmt sie die Pflanze mit, macht sich einen Tee daraus, klebt einen

Stiel mit Blättern in ihr Buch und beruhigt ihre Trauer mit den lateinischen Worten »Valeriana officinalis«. Soll sie, so überlegt sie in diesen verregneten Sommertagen, vielleicht doch lieber Botanikerin werden als Revolutionärin?

*

Im Hafen von Southampton legt am 15. August die »Avon« ab: ein riesiges Schiff von 11 073 Bruttoregistertonnen mit einer kostbaren Fracht: den gesamten »Ballets Russes«. Die russischen Tänzer wollten nach Europa nun auch Südamerika erobern. Aber die junge ungarische Tänzerin Romola de Pulszky stellt besorgt fest, dass sowohl Djagilew als auch Nijinsky fehlen. Doch Nijinsky steigt mit sechs Koffern und seinem Diener Wassili am 16. August im französischen Cherbourg zu, Djagilew aber fehlt. Er hat in Baden-Baden entschieden, sich zu schonen, er hat panische Angst vor Schiffreisen, seit ihm eine Wahrsagerin prophezeit hatte, er werde dort ein großes Unglück erleben, er hat außerdem kein Interesse an Südamerika, er will sich lieber in Venedig ausruhen und er schickt seine Truppe zum Geldverdienen los, ohne den Cheftrainer.

Für die Tänzerinnen und Tänzer waren die 20 Tage auf See ein langer Urlaub, die Sonne schien, sie waren umsorgt und versorgt, sie konnten sich erholen von ihrer exzessiven Tournee durch Europa, nur morgens und abends trafen sich die Tänzer, für Gymnastik, leichte Lockerungsübungen, Gewichtstraining. Die Stammbesetzung von »Le sacre du printemps« war an Bord, nur drei der jungen Tänzerinnen fehlten, sie waren bei den Proben in Paris schwanger geworden. Die dreiundzwanzigjährige Romola de Pulszky hatte einen verwegenen Plan. Sie wollte den homosexuellen Nijinsky aus den Armen Djagilews im Besonderen und aus denen der Männer im Allgemeinen befreien. Und diese Bootsreise, auf der der vierundzwanzigjährige Tänzer ohne seinen älteren Liebhaber und Aufpasser und Förderer und Halbgott unterwegs war, schien ihr dafür die einmalige Gelegenheit. Romola ließ ihre Zofe Anna in ihrem Zweite-Klasse-Abteil wohnen und buchte sich selbst ein Erste-Klasse-Abteil schräg gegenüber von Nijinsky, dessen Tür sie so überwachen konnte. Tagsüber lief sie immer wieder in langen, langen Runden über das Deck, um dem Objekt ihrer Begierde irgendwie näher zu kommen. Nijinsky war ein edles Gemüt, zurückhaltend, verschlossen, saß oft auf seinem Deckstuhl und las im warmen Wind, Tolstoi und Dostojewski, meist im hellen Anzug oder mit blauem Blazer und weißer Hose. Er blickte über das weite, weite Meer, blinzelte in die Sonne, döste ein. Nachmittags arbeitete er unter Deck weiter an seinem Ballett zu Johann Sebastian Bach, das er in Baden-Baden begonnen hatte, Romola kam vorbei und lauschte ihm. Als sie ein Stewart vertreiben wollte, damit der Meister in Ruhe tanzen konnte, erlaubte ihr Nijinsky mit einer kleinen Handbewegung zu bleiben. So fängt alles an. Mit der Erlaubnis, bleiben zu dürfen. Dann, eines Abends, der Mond schien helle, stand Nijinsky an der Reling, im Smoking, und hielt einen kleinen schwarzen Fächer, der mit einer goldenen Rose geschmückt war, und fächelte sich zu. Da näherte sich

Chavez, ein französisch-argentinischer Modeschöpfer, und als er Nijinsky dort so melancholisch stehen sah und links die junge Romola, da sagte er: »Monsieur Nijinsky, permettez-moi de vous présenter Mademoiselle de Pulszky?« Ob er ihm, auf gut Deutsch, die junge Dame vorstellen dürfe. Er durfte. Doch Nijinsky neigt nur seinen Kopf, ganz leicht, sieht genau aus wie auf den Plakaten für »Nachmittag eines Fauns«. Keiner sagt etwas. Da stammelt Romola: »Sie haben den Tanz auf die Stufe der anderen Künste gehoben.« Chavez übersetzte. Danach: Wieder Schweigen. Nijinsky schaut kurz in die Augen der jungen schönen Frau, dann auf ihren kleinen Ring. Sie zieht ihn ab und sagt ihm, dass es ein Talisman sei, ein Geschenk ihrer Mutter vor der Abreise mit dem »Russischen Ballett«, damit er ihr Glück bringen möge. Da nimmt Nijinsky den Ring, betrachtet ihn lange, und dann steckt er ihn Romola zärtlich an den Finger und spricht: »Er wird Ihnen Glück bringen, ganz gewiss.« Darf man das schon eine Verlobung nennen?

Die drei gingen weiter übers Deck, das Meer leuchtete in dunklem Licht, eine unendliche Friedlichkeit lag über allem, gerade hatte das Schiff den Äquator überquert, Romola und Nijinsky schauten hoch in die Sterne, auf die neuen Sterne, die man in der nördlichen Hemisphäre nicht sehen kann. Er konnte eigentlich kein Französisch, sie kein Polnisch und kein Russisch. Aber irgendwie verständigten sie sich. Und nachdem sie lange schweigend das Kreuz des Südens über sich angeblickt hatten, verabschiedeten sie sich vorsichtig und gingen zu Bett.

Und zwei Tage später kommt der Vortänzer der »Ballets Russes«, Gunzburg, zu Romola und bittet sie um ein dringendes Gespräch: Sie hat Angst, nicht gut genug zu sein, um bei den Auftritten in Südamerika teilzunehmen. Aber ihr wird etwas ganz anderes eröffnet: »Romola Karlowna, da Nijinsky nicht mit Ihnen sprechen kann, hat er mich gebeten, Sie zu fragen, ob Sie ihn heiraten wollen?« Romola wird rot, die Tränen brechen aus ihr heraus, und sie rennt in ihre Kabine, wo ihre Zofe Anna sie in den Arm nimmt und ihr stundenlang behutsam die langen, langen Haare kämmt. Da klopft plötzlich Nijinsky, und mit allen französischen Worten, die er beherrscht, fragt er erregt: »Mademoiselle, voulez-vous, vous et moi?« Und Romola stammelt nur noch: »Oui, oui, oui.« Da nimmt er ihre Hand, sie gehen an Deck, es ist Abend geworden, sie setzen sich in zwei Stühlen auf die Kommandobrücke und blicken abermals in den unendlichen Sternenhimmel. Sie schweigen und sind glücklich in dieser Tropennacht. Am nächsten Morgen, dem 31. August, legte ihr Schiff im Hafen von Rio de Janeiro an. Nijinsky und Romola können beide ihr Glück nicht fassen. Sie gehen zum Juwelier, der ihre Ringe gravieren soll, abends steigen sie wieder an Bord und dürfen am Kapitänstisch essen. Das ganze Boot ist in heller Aufruhr. Nijinsky, der Liebling der Götter und Djagilews, ist doch nicht schwul? Und wie war es dieser jungen, mäßig begabten ungarischen Tänzerin nur gelungen, ihn zu becircen, obwohl sie gar nicht miteinander reden konnten?

*

Eigentlich müsste sich Marcel Proust um seine Druckfahnen kümmern. Eigentlich. Aber er wird liebes-
krank. Überstürzt war er aus dem heißen Paris geflohen nach Cabourg, an die Küste der Normandie,
ins Grand Hotel direkt am Strand, Zimmer 414, wie
immer. Am 3. August meldet »Le Figaro« unter der
Rubrik »Rencontré sur la plage« Prousts Ankunft.
Nicht gemeldet wird dort die Ankunft von Alfred
Agostinelli, denn der war offiziell nur Prousts Chauffeur. In Cabourg hatte Proust ihn 1907 als Taxifahrer
kennengelernt und gleich in einem Artikel verewigt
als »einen Pilger oder eher eine Nonne der Geschwindigkeit«. Mit diesen Vergleichen versuchte er
offenbar seine eigenen unkeuschen Gedanken einzu-
hegen. Aber natürlich erfolglos. Als sich Agostinelli
im Frühjahr 1913 bei Proust meldet, weil er arbeitslos
geworden ist, stellt dieser ihn gleich ein. Dummerweise hat er bereits einen Chauffeur, Odilon Albaret,
den er wiederum nicht einfach so entlassen kann, aber
er will sich die einmalige Chance, Agostinelli in seiner
Nähe zu wissen, nicht entgehen lassen. Also macht er
den gelernten Kfz-Mechaniker zu seinem Sekretär.
Maschine ist Maschine, mag er sich gedacht haben,
und bittet ihn also, seine unleserlichen, unverständlichen Manuskriptberge und Fahnenkorrekturen zu
»Auf der Suche nach der verlorenen Zeit« in eine
neue, ordentliche Form zu bringen. Er lässt Agostinelli
und dessen Frau Anna in seine große Wohnung am
Boulevard Haussmann 102 einziehen. Und als Proust
Anfang August nach Cabourg aufbrechen will, da gibt
er einfach seinem eigentlichen Chauffeur Urlaub und
fährt mit Agostinelli. Kaum an der Küste an-

gekommen, beschließt er bei einem Ausflug nach Houlgate, direkt von dort wieder mit seinem angeschmachteten Chauffeur in die nunmehr leere Wohnung nach Paris zurückzufahren. Sturmfreie Bude. Proust steht, das zeigen die Briefe an seine Freunde, wo er »à propos Agostinelli« leicht verschlüsselt seinen ganzen Schlamassel offenbart, in diesen Tagen kurz vor einem Nervenzusammenbruch. Seine Liebe macht ihn rasend, und tragischerweise hat er sich schon wieder in einen Mann verguckt, der eigentlich Frauen liebt. Er bittet in ständig neuen Briefen seine Freunde, gegenüber niemandem von seinem Sekretär zu sprechen und so zu tun, als gäbe es diesen Mann nicht. Proust verliert vollkommen den Kopf: »Ich habe mir den Bart schneiden lassen«, so schreibt er an seinen Vertrauten Vicomte d'Alton, »um zu versuchen, mein Gesicht etwas zu verändern und der Person, die ich wiedergefunden habe, zu gefallen.« Ob es gereicht hat, dass Agostinelli ihn in sein Bett lässt? Auf jeden Fall nehmen die Geldgeschenke an ihn und seine Frau ein bedrohliches Ausmaß an, so dass Proust die Hälfte seiner Royal Dutch-Aktien verkaufen muss.

*

Am 18. August geschieht im berühmten Spielcasino von Monte Carlo etwas Ungeheuerliches: Es fällt die Kugel am Roulettetisch 26 Mal hintereinander auf die Farbe Schwarz. Sehr viele Menschen im Frack verloren an diesem Abend sehr viel Geld, weil sie ab dem 16., 17., 18. Mal immer mehr Geld auf Rot setzten, in dem festen Glauben, dass es nach den Gesetzen der Wahrscheinlichkeit nun einfach dran sei. Diese Nacht ging in die Geschichte der Spieltheorie ein als »Gambler's Fallacy«. Denn auch in der 26. Runde liegt, auch wenn es alle, die dabei sind, nicht glauben wollen, die Wahrscheinlichkeit, dass Rot kommt, genau bei 50 Prozent. Die Kugel hat kein Gedächtnis. Und es gibt keine ausgleichende Gerechtigkeit. Aber die Wahrscheinlichkeit, dass die Kugel 26 Mal hintereinander auf Schwarz fällt, liegt trotzdem bei eins zu 136,8 Millionen.

*

Jack London, der Autor des »Seewolfs«, war im Jahr zuvor erstmals seit Urzeiten wieder nüchtern gewesen, ein paar Monate sogar, weil auf der langen Schiffsreise entlang der ganzen amerikanischen Westküste der Alkohol ausgegangen war, und auch Drogen waren nicht zu bekommen. Er reiste mit seiner zweiten Ehefrau Charmian, sie waren auf der Rückkreise zu ihrer geliebten Farm, ihrer »Beauty Ranch« und seinem »Wolfshaus«, das er dort am Bauen war. Zu seiner unbändigen Freude hatte er auf der Überfahrt ein Kind gezeugt, sein Traum von einem Stammhalter, der seine Ranch übernehmen würde, schien zum Greifen nah. Doch als sie wieder in Kalifornien waren, verlor Charmian das Kind und Jack London seinen Halt. Er begann wieder zu trinken und Drogen, Opium, Heroin, zu nehmen und sich vollkommen gehenzulassen. Auch Charmian verzweifelte darüber, dass sie wohl nie wieder ein Kind bekommen könne.

Umso intensiver kümmerten sich die beiden nun darum, den Boden, ihr Land fruchtbar zu machen. Jack London hoffte, hier auf seiner Ranch seinem Leben doch noch einen Sinn zu geben, mit der Schriftstellerei wollte er seine Landwirtschaft finanzieren, nicht umgekehrt. Ausgerechnet nach der Fehlgeburt kaufte Jack London einen Zuchtstier und eine preisgekrönte Kuh und schuf sich die Basis für eine große Herde von Jerseykühen. Er liebte die Tiere, und er liebte es zu züchten, er wollte die Tiere und die Erde ein Stück besser machen. Auch mit den Pflanzen ging er sehr viel sorgsamer um als mit seinem eigenen Körper: »Kurz gesagt versuche ich das zu tun, was die Chinesen seit 40 Jahrhunderten tun, nämlich Felder zu bestellen ohne kommerzielle Düngemittel. Ich baue ausgelaugtes Hügelland wieder auf, das von unseren verschwenderisch wirtschaftenden Pionieren in Kalifornien zerstört wurde.« So schuf Jack London 1913 den weltweit vielleicht ersten Betrieb für ökologische Landwirtschaft (von den nackten Gemüsebauern auf dem Monte Verità mal abgesehen). Gekrönt werden sollte Jack Londons Paradies durch ein Haus, das gänzlich in die Natur eingebettet war, das sogenannte »Wolfshaus«. Mit aller Kraft arbeiteten Jack und Charmian im Frühjahr und Sommer 1913 daran, den zwei Jahre zuvor begonnenen Bau zu vollenden, 23 Räume, nur aus Holz gebaut. Zwei Tage vor dem geplanten Einzug, am 22. August, brannte das gesamte Haus nieder. Die Holzböden waren gerade mit Terpentin gereinigt worden, so dass das Haus und der Lebenstraum, als Jack London nachts herbeieilte, um zu löschen, in einer hellblauen Stichflamme zerbarsten.

Wenig später musste London der Blinddarm in einer blutigen Operation entfernt werden, der Arzt teilte ihm bei dieser Gelegenheit mit, dass seine Nieren aufgrund der Alkoholexzesse nicht mehr lange lebensfähig seien. Zwei Wochen später entfernte ihm sein Zahnarzt alle oberen Zähne, um der Parodontose Einhalt zu gebieten, die in seinem Zahnfleisch wütete. 1913 war für Jack London also ein Annus horribilis. Der Brand des Hauses hatte ihn finanziell vollkommen ruiniert, sein Einkommen war inzwischen auf 18 Monate im Voraus gepfändet. Er musste dringend neues Geld verdienen und schrieb weiter, auch wenn es ihm gesundheitlich elend ging. Die Filmrechte an sieben Erzählungen verkaufte London an die Hollywood-Firma Bosworth Inc, die Stummfilme nach berühmten Erzählungen von ihm realisierte, die aber keinen Erfolg hatten. So musste er dringend neue Erzählungen veröffentlichen. »The Little Lady of the Big House« schreibt er in den verzweifelten Nächten dieses heißen Sommers, als sein Leben vollkommen in Flammen aufzugehen scheint. Das Buch sollte ein Lobgesang sein auf das Wolfshaus, die wissenschaftlich betriebene Landwirtschaft und den Sex. »Der Roman ist ganz Sex, vom Anfang bis zum Ende«, schrieb er in seiner vertrauten maskulinen Verschwitztheit dem Herausgeber der Zeitschrift »Cosmopolitan«, mit der er einen Exklusivvertrag hatte. »In ihm wird zwar kein sexuelles Abenteuer wirklich dargestellt, nicht im Entferntesten, in ihm steckt aber dennoch die ganze Gefräßigkeit des Sex, gepaart mit Kraft.« In Wahrheit aber steckt in dem Roman eine große Kraftlosigkeit, eine Mutlosigkeit, die Paula, die Heldin des Romans, und den Helden Dick Forrest (was für ein Name!) befällt, weil sie unfruchtbar sind. Kaum hat er das Buch vollendet, muss er wieder zu seinem Arzt Dr. Porter gehen, der ihm gegen die unerträglichen Schmerzen in Niere und Blase neue Narkotika verschreibt, dazu Mixturen aus Morphium und Belladonna und aus Heroin und Strychnin. Die Wirkung von Morphium und Heroin war kurzzeitig günstig – er fing nämlich an, viel weniger zu trinken. Und begann sofort ein Buch über das Saufen zu schreiben: »John Barleycorn«, das in Deutschland etwas zutreffender als »König Alkohol« erschien, in dem er seine eigene Trunksucht zum Thema machte. Die »New York Times« urteilte, dies sei »das vielleicht lebendigste Buch, das London je geschrieben hat«. Na ja, auf jeden Fall das ehrlichste. Er behauptete darin, Zeit seines Lebens zwar in großen Mengen Alkohol getrunken zu haben, jedoch ohne jeden Genuss. Die Hauptthese ist: Der Alkohol ist ein Dämon, der qua Konvention Männern erlaubt, gesellig zu sein, sie letztlich aber in der Sucht vernichtet. Von den Frauen hingegen erhoffte sich Jack London mit Hilfe des Frauenwahlrechtes ein Verbot des Alkohols. Hmmm.

In den Nächten der Drogenrausche begann sich Jack London immer mehr in andere Sphären fortzudenken, weit weg von seinem zerrütteten Körper, seiner traurigen Ehe, seinem niedergebrannten Haus, seinen horrenden Schulden. Der »Seewolf« wollte zum Adler werden. Er wollte endlich die Vogelperspektive einnehmen auf sein Leben und die ganze Welt. Zumindest dabei half ihm das Morphium. Er nahm ein neues schwarzes liniertes Notizbuch. Auf den Titel schrieb er »The Last Novel of All«. Und auf die erste Seite diesen ungeheuren Abschiedssatz: »Weit jenseits des fernsten Sterns rotierte einst die Erde.«

*

An jenem 22. August, als Jack Londons »Wolfshaus« zerstört wird, zerstört Franz Kafka mit ein paar Worten den Lebenstraum seiner Verlobten Felice Bauer. Die hatte ihm gerade aus Sylt geschrieben, wo sie die Paare am Strand beobachtet und davon träumt, bald die Ehefrau Kafkas zu werden. Kafka, in Panik, stellt klar: Wer ihn heiraten wolle, der müsse sich einstellen auf »ein klösterliches Leben an der Seite eines verdrossenen, traurigen, schweigsamen, unzufriedenen, kränklichen Menschen«. Sehr vernünftig eigentlich von Felices Vater Carl, dass er schon einen Tag später an Kafka schreibt, er behalte sich eine Entscheidung über dessen Eheantrag vor, bis er mit seiner Tochter gesprochen habe. Doch die Tochter will sich tatsächlich auf diesen verdrossenen, traurigen, schweigsamen, unzufriedenen, kränklichen Menschen einlassen, und so bleibt dem Vater nichts anderes übrig, als am 27. August Kafkas Heiratsantrag zuzustimmen. Doch der antwortet Felice drei Tage später voller Flehen: »Stoße mich fort, alles andere ist unser beider Untergang.« Was soll man da noch sagen?

*

Am 23. August glaubt Oscar Schmitz endlich zu wissen, wie man mit dieser unheimlichen Spezies Frau umgehen muss. Schmitz, einer der größten Schwerenöter dieses Jahres, in der sexuell dokumentierten Frequenz und Varianz eigentlich nur von Erich Mühsam übertroffen, von dem nun wiederum dummerweise ausgerechnet das Tagebuch aus 1913 nicht erhalten ist, dieser Schmitz also, der sich die gesamte erste Jahreshälfte 1913 herumquält mit einer Psychoanalyse bei einem Freud-Schüler in Berlin und der Lösung vom mütterlichen Typus und dem Verstehen der väterlichen Verdauungsprobleme, besteigt am 20. August in Stettin ausnahmsweise nur einen Dampfer und bricht auf ins Baltikum. Im Leben von Schmitz scheinen sich die individuelle und die kollektive Neurose seiner Zeit aufs schönste zu vermengen, kein Wunder, dass er etwas Urlaub braucht.

In Helsinki auf der Strandpromenade macht er, die Sonne will natürlich gar nicht untergehen, die Bekanntschaft mit einer schönen Estin, Olga Tilga, mit der er bis fünf Uhr in der Frühe spazieren geht, damit sie ja nicht den Eindruck gewinnt, er wolle sie ins Bett kriegen. »Rührend ihr Kampf zwischen Hingabe & Mißtrauen«, so notiert Schmitz und reportiert an seinen Therapeuten in Berlin: in der »Morgenmüdigkeit glaubte ich dann, alles sei verfahren, verschwatzt«. Doch Olga will plötzlich noch den nächsten Tag mit ihm verbringen, doch da sagt Oscar kühl: »Nein danke.« Als ordentlicher Freudianer träumt er sodann, dass er ihr einen Brief schreiben wird, und das tut er dann auch brav, kaum erwacht. Die Antwort fällt positiv aus. Zwei Stunden später nehmen

sie als Monsieur und Madame Schmitz ein blau-
getünchtes Zimmer mit Bad im Hotel Afallo, sie
macht sich nur schnell frisch. Dann Souper im Hotel,
Krebse, Veuve Cliquot, Musik von Bach, das volle
Programm. Und dann? »Und dann ein paar rauschhafte Stunden von seltener Vollkommenheit.«

Und dann erklärt der Erotomane Oscar A. H.
Schmitz der Welt in seinem Tagebuch, wie es läuft:
»1.) eine Frau durch plötzliches Abwenden zum ›ja‹
zu entscheiden. 2.) NICHT aus Mitleid ihrem Flehen
nachgeben. 3.) als durch mein ›Nein‹ wieder alles
ungewiß geworden war, nach 2 Stunden ihr ›ja‹ zu
erbitten, so daß sie sich nicht erniedrigt, sondern
wieder als Schenkerin fühlte, in mir aber wieder das
Verlangen erwacht war.« Das sind die Minima amora-
lia von Oscar A. H. Schmitz. Dr. Freud, bitte übernehmen Sie!

✳

Doch Dr. Sigmund Freud, Berggasse 19, Wien, hat
gerade andere Sorgen. Er bereitet sich auf den
Psychoanalytischen Kongress in München vor, wo er
auf seinen Widersacher C. G. Jung treffen wird.
Freud hat Angst. Und er weiß nicht, wie er sie ver-
drängen soll, was für eine verdammte Déformation
professionelle.

✳

Und wie ist, ganz grob gefragt, der Beziehungsstatus
zwischen den Männern und den Frauen 1913? Grob

geantwortet: kompliziert. Beide wissen nicht, was sie wollen. So etwa schreibt Heinrich Kühn, der Fotograf des Titelbildes dieses Buches, an seinen Freund, den großen amerikanischen Fotografen Alfred Stieglitz, der gerade seinen ersten Kandinsky gekauft hat: »Frauen, die wirklich ein innerliches Verständnis für künstlerische Dinge haben, kümmern sich um das Hauswesen und die normalen Küchendinge so wenig, dass der Mann sich dann wieder nach einer Landpomeranze, die um Himmelswillen nichts von Kunst und Literatur versteht, sehnt.«

Als seine Frau noch lebte, so klagt Kühn gegenüber seinem Vertrauten Stieglitz, habe er immer nur seine Kinder fotografieren dürfen, weil ihm seine Frau keine anderen Modelle erlaubt hatte. Selber schuld. So wurde dann das Kindermädchen Mary, das die Kinder immer auf den Fotoausflügen begleitete, Kühns Geliebte. Und später, nach dem Tod seiner Frau, seine zweite Ehefrau. Aber auch sie wollte offenbar unbedingt verhindern, dass ihr Mann andere Frauen nackt fotografierte, und wurde so zu seinem einzigen Aktmodell. Und sie interpretierte die Rolle der Landpomeranze auf sehr vielfältige Weise: Sie ist auf Kühns Fotografien das verführerische Aktmodell und die fesche Wanderin im Dirndl, die liebevolle Mutter, die sich zu ihren Kindern beugt, und die selbstbewusste Frau im Ausgehkostüm. Sie ist einfach alles selbst. So musste sich der Mann nicht mehr nach etwas anderem sehnen. Auch ein Rezept für eine glückliche Beziehung.

*

Genau in diesen Tagen schafft Egon Schiele in Wien einige seiner irritierendsten Frauendarstellungen: Er verzichtet ganz auf den Kopf und zeigt nur die Körper, oben am Hals endet immer das Papier. Es sind bodenlos im Raum stehende Torsi, geköpft, mit leichtem Tuch umweht, ansonsten splitternackt, aquarellierter Fleischton, zarte Umrisslinie. Ein Weib ohne störenden Kopf. Kein Rezept für eine glückliche Beziehung.

*

Am 23. August wird die von Edvard Eriksen ausgeführte »Kleine Meerjungfrau« im Hafen von Kopenhagen enthüllt. Originellerweise hatte Eriksen den Kopf seiner Geliebten Ellen Price, der Primaballerina am dänischen Staatsballett, nachgebildet, den Körper aber seiner Ehefrau Eline. Auch eine Lösung.

Da war das Leben noch schön:
Djagilew, der Impresario der »Ballets Russes«,
fährt mit Misia Sert nach Venedig.
Dann kommt ein Telegramm.

Wie groß ist die Kulturszene des Jahres 1913? Gottfried Benn hat es genau ausgerechnet. Am Dienstag, dem 2. September schreibt er an seinen Freund und Verleger Paul Zech: »Kunst ist eine Sache von 50 Leuten, davon noch 30 nicht normal sind.«

*

Einer dieser 50 Leute, und vermutlich einer der normalen, der Bankdirektor Carl Steinbart aus Berlin, fährt am 2. September zu dem norwegischen Maler Edvard Munch nach Moss. Er hat Nummer 51 mit, seine Tochter Irmgard, die Munch porträtieren soll. Zunächst kauft Steingart für die ungeheure Summe von 34 500 Mark spontan bei Munch diverse Gemälde ein. Doch schon auf der Rückfahrt beschleichen ihn Zweifel. Und dann lässt Steinbart, als er am Stettiner Bahnhof in sein Auto steigt, das Gemälde »Ein Morgen am Ostseestrand«, für das er drei Tage zuvor über 6000 Mark bezahlt hat, auf dem Verdeck liegen und fährt los. Als er in Lichterfelde ankommt, ist das Bild weg. Am 8. September meldet das »Berliner Tagblatt«: »Ein sehr wertvolles Ölgemälde, für dessen Wiederbeschaffung eine Belohnung von 200 Mark zugesichert wird, wurde gestern abend in der neunten

Stunde von einem Herrn auf einer Automobilfahrt vom Stettiner Bahnhof über Steglitz nach Lichterfelde verloren. Das Bild stellt eine Wasserlandschaft dar. Unterzeichnet ist es mit ›Munch 1902‹.« Doch das half alles nichts, das Bild ist weg, und es ist es bis zum heutigen Tag, statt 6000 Mark würde es wohl inzwischen sechs Millionen Euro kosten. Aber damit endet die unglückliche Beziehung zwischen Munch und seinem deutschen Sammler noch lange nicht. Als wenige Wochen später Munchs Porträt von Irmgard in Berlin eintrifft, herrscht im Hause Steinbart großes Entsetzen. Sofort schreibt der Sammler an den Maler, er wolle das Bild zurückgeben, es gefalle weder ihm noch seiner Frau noch seiner Tochter. Und bringt es flugs wieder zur Post. Und dann berechnet Steinbart dem armen Munch sogar noch 15 Mark für Fracht und Versicherung. Munch, ein höflicher, erschöpfter Mann, der sich selbst in diesem Sommer nur noch als »verblichenen Klassiker« erlebt, wird es nur so kommentieren. »Steinbart macht sehr viele Umstände.«

Die Konsequenz: Munch wird ab Oktober 1913 keine Porträtaufträge von deutschen Querulanten mehr annehmen.

*

Am 8. September erscheint in der »Irish Times« das Gedicht »September 1913« von W. B. Yeats. Es ist ein Gedicht über das Ende der Romantik und den Beginn des Materialismus. Anlass war die Ablehnung der Stadt Dublin, eine Sammlung moderner und impressionistischer Kunst als Geschenk anzunehmen.

Aber er nahm das zum Anlass für einen grundsätzlichen Abschied: »Romantic Ireland's dead and gone«. So läutet er in seinem Refrain der Vergangenheit die Totenglocke.

*

Am 8. September sind Karl Kraus und Sidonie Nádherný im Café Imperial in Wien aufeinandergestoßen wie zwei Kometen. Sie werden sich ein Leben lang umkreisen. Aber schon am 19. September notiert Sidonie in ihr Tagebuch: »Es ist erniedrigend, durch Unerreichbarkeit die Begierde des Mannes groß zu ziehen. Er soll mich besitzen, um zu erkennen, wie unerreichbar ich ihm bin. Dann erst soll seine Sehnsucht wachsen, dann erst gilt sie mir, dann erst darf ich mich ihm entziehen.« Und weiter: »Wie niedrig ist die Frau, die mit dem Kuss was anderes meint als mit dem Körper und mit ihren Lippen Sehnsucht entfacht, die sie dann nicht stillt.« Was für eine interessante Theorie. Sidonie scheint sich wirklich langsam aus dem lebenslähmenden Bannkreis Rilkes herauszuarbeiten.

*

Der vierzehnjährige Ernest Hemingway schreibt Anfang September aus der Oak Park and River Forest High School einen Brief an seine Mutter. Er bittet sie um lange Hosen. Und, ganz wichtig, um neue Hemden, denn durch das ständige Boxen ist sein Brustkorb gewachsen: »Ich sprenge jedes Mal meine Hemdknöpfe, wenn ich voll ausatme.« Hemingways stolze

Mutter Grace Hall schickt ihm ein Paket mit neuen Sachen. Sie hat schon immer gewusst, dass ihr Sohn alle Normen sprengen würde, und klebt jeden seiner Briefe und Zettel in ein großes ledergebundenes Buch. Vielen Dank.

*

Am 8. September kommt es im »Bayerischen Hof« in München zum Showdown zwischen Sigmund Freud und C. G. Jung, in dem Freud einst seinen »Sohn und Erben« gesehen hatte. Offiziell ist es der »4. Kongreß der Internationalen Psychoanalytischen Vereinigung«, und es stehen 87 Mitglieder und Gäste auf der Teilnehmerliste, darunter ein ergriffener Rainer Maria Rilke, der sich gerade wieder in den Bannkreis von Lou Andreas-Salomé hineinarbeitet. Aber eigentlich geht es nur um zwei der 87 Anwesenden: Es geht um den Machtkampf zwischen Freud und Jung. Und schon nach wenigen Minuten macht ein Bonmot die Runde: »Die Jungs glauben nicht länger an Freud.« Freud war, sehr kurzgefasst, nach Jungs Einschätzung bei der Neurosenbildung und bei der Traumdeutung viel zu obsessiv auf die Sexualität fixiert. Am Ende treten die Zürcher Analytiker um Jung aus der Vereinigung aus, die zunächst in einer Kampfabstimmung Jungs Wiederwahl zum Präsidenten durchgesetzt hatten. Doch das Porzellan war nicht mehr zu kitten. Freud damals über Jung: »Seine schlechten Theorien entschädigen mich eben nicht für seinen unangenehmen Charakter.« Jung über Freud: »Sosehr ich die Kühnheit seines Versuchs bewundere, sowenig stimme ich mit seiner Methode und ihren Resultaten überein.« Der Meister und sein ungelehriger Schüler werden sich nach dem 8. September 1913 nie mehr wiedersehen.

*

Alle Freiheitssucher und Freiluftfanatiker zieht es magisch nach Ascona, an den Monte Verità, in die erste deutsche Aussteigerkolonie. Erich Mühsam beschrieb, wie nach und nach aus dem Refugium einiger Individual-Ethiker ein ethisches Kollektiv-Etablissement hervorwuchs, »die Heil- und Erholungsanstalt ›Monte Verità‹, für die ich, da man dort mit nichts als rohem Obst und ungekochtem Gemüse gefüttert wurde, den Namen ›Salatorium‹ in Umlauf brachte. Über die Gäste habe ich mich recht missmutig geäußert; ich nannte sie die ›ethischen Wegelagerer mit ihren spiritistischen, theosophischen, okkultistischen oder potenziert vegetarischen Sparren‹.« Die Veganer, die Sex-Gurus, die Tänzer, die FKKler, die Buddhisten, die Hermann Hesses und die Dandys der Schwabinger Bohème, sie alle hatten hier auf diesem 321 Meter hohen Hügel voller Feigenbäume und verfallener Hütten, den der belgische Industriellensohn Henri Oedenkoven zusammen mit seiner Lebensgefährtin Ida Hofmann und einigen Gleichgesinnten gekauft hatte, gemerkt, dass der Glaube Berge versetzen kann. Denn der Berg hatte eigentlich gar keinen Namen. Sie tauften ihn einfach »Berg der Wahrheit«, keiner widersprach, und die Tessiner Behörden, überwältigt von dem teutonischen Gestaltungswillen, trugen brav »Monte Verità« ins Grundbuch ein.

Karoline Sophie Marie Wiegmann, Nähmaschinen-händlertochter aus Hannover, machte die gleiche Erfahrung: Sie taufte sich um in »Mary Wigman«, und von dem Moment an war sie ein neuer Mensch. In Dresden-Hellerau bei Émile Jaques-Dalcroze hatte sie »Rhythmische Gymnastik« studiert, im Sommer 1913 reist sie nach Ascona, um bei dem großen Tanztheoretiker Rudolf von Laban, der erstmals seine Tanzschule von München hierher verlegt hatte, den Ausdruckstanz ohne Musik zu erlernen. Emil Nolde, der es liebte, Tänzerinnen zu malen, hatte Mary Wigman von Laban erzählt. Und auch wenn der Monte Verità zuvor so vieles andere war: also Außenstelle der Schwabinger Bohème, Experimentierstätte von Drogen und Psychoanalyse, Ort der freien Liebe und Ziel alleinerziehender junger Frauen wie Fanny zu Reventlow, Modell einer besseren Welt mit Menschen, die nur von Luft und Liebe und Gemüse leben – wirklich berühmt wird der Berg erst, als die Menschen dort anfangen, nackt zu tanzen. Und durch all die Fotos, die die nackten Frauen zeigen, hinter denen man die Berge und den Lago Maggiore schimmern sieht. Es war, als sei der Körper befreit – und zwar wieder zu jener Körperlichkeit, die er hatte vor dem Sündenfall. Denn, so Mary Wigman, der Körper sei das Instrument, das die Menschen wieder lernen müssten, neu zu stimmen. Sie reist an, mit dem Zug aus München, landet in Locarno. Geht erst zu Fuß nach Ascona und von dort den Berg hinauf. Hinter dem kleinen Waldstück, beim Damenluftbad, trifft sie die Tänzer. Labans klare Ansage:

»Da zieh'n Sie sich da hinterm Busch aus und kommen Sie her.« Und schon ging es los. Sie schrieb in Ascona in ihr Tagebuch: »Frei werden von der Musik! Das müssen sie alle! Erst dann kann sich die Bewegung zu dem entwickeln, was alle von ihr erhoffen: zum freien Tanz, zur reinen Kunst.« Und es gelang ihr. Was Kandinsky auf dem Gebiet der Abstraktion in die Malerei einbringt, was Schönberg in der Musik erreicht, das gelingt Mary Wigman im Reich des Tanzes. Als Oskar Kokoschka sie das erste Mal tanzen sieht, sagt er ergriffen: »Sie setzt Expressionismus in Bewegung um.« Wie also entsteht Avantgarde? Durch Bewegung.

*

Wie entsteht Avantgarde? Durch Abschottung. František Kupka jedenfalls, neben Malewitsch, Kandinsky und Mondrian die Hauptfigur der Abstraktion um 1913, lebte zwar in Paris, direkt neben Matisse und Picasso, aber er erklärte seinem Freund Arthur Roessler in einem Brief: »Natürlich kenne ich alle Künstler hier in Paris, aber ich habe nicht das Gefühl, dass ich mich mit ihnen verbinden müsste, ich habe nicht das Gefühl, ihre Ateliers besuchen zu müssen, und sie wollen nicht zu mir. In Wahrheit also führe ich das Leben eines Eremiten.« Oder, um es mit den Worten von Gottfried Benn aus seinem Gedicht »D-Zug« zu sagen: »O! Und dann wieder dieses Bei-Sich-Selbst-Sein«. Beziehungsweise, noch poetischer und mit noch ein paar Jahren Lebenserfahrung mehr: »Nur wer allein ist, ist auch im Geheimnis.«

*

Man kann das natürlich auch anders sehen. Ein Berliner Vermieter hatte gegen eine junge Schauspielerin geklagt, die ungern allein war und in ihrer Wohnung deshalb häufiger Herrenbesuch empfing. Das fand er nicht sehr geheimnisvoll, sondern unzulässig. Das Berliner Reichsgericht allerdings sieht das anders und fällt am 9. September 1913 ein revolutionäres Urteil: »Das strikte Verbot von Herrenbesuchen ist eine Beschränkung der Persönlichkeit, zu der ein bloßes Mietsverhältnis keinen Anlass bietet. Es muss der einzelnen Person überlassen bleiben, inwiefern sie sich den Gesetzen der Sitte unterwerfen will. Will eine junge Dame Herrenbesuch empfangen und bringt sie nicht gerade durch die Art der Besuche den Charakter des Hauses in Verruf, so kann ihr das Recht darauf in der Wohnung nicht abgesprochen werden.« Und die Begründung des Reichsgerichts wird noch eindeutiger: »Selbst wenn der Herrenbesuch zu unsittlichen Zwecken stattfand, ändert das nichts an der Auffassung des Gerichts. Es geht niemanden etwas an, was hinter verschlossenen Türen vorgeht.« Will sagen: Das Gesetz gilt für alle, die Moral aber für jeden allein. So weit ist die Gesellschaft also schon anno 1913.

*

Am 9. September versucht sich Virginia Woolf in Sussex mit einer Überdosis Schlaftabletten umzubringen.

*

In diesen Tagen unternimmt der junge Max Ernst, eigentlich schon Maler, aber uneigentlich Student der Kunstgeschichte an der Universität Bonn, mit seinem Professor Paul Clemen eine Exkursion nach Paris. Die jungen Studenten besuchen den großen Rodin in seinem Atelier. Der arbeitet zur Freude von Alma Mahler (nicht mehr Kokoschka noch nicht Gropius und noch nicht Werfel) gerade an einer Büste von Gustav Mahler und erzählt ausführlich von den Unterschieden von Gips, Bronze und Marmor. Max Ernst wird das nie vergessen.

*

Am 9. September gehen in Buenos Aires Romola de Pulszky und Nijinsky zur Beichte, denn am nächsten Tag wollen die beiden Tänzer der »Ballets Russes« heiraten. Nijinsky redete lange auf einen argentinischen Priester ein, der zwar kein Wort Polnisch oder Russisch versteht, aber ihm trotzdem die Absolution erteilt. Romola jedoch muss dem Priester versprechen, dass sie alles dafür tun wird, ihren künftigen Mann davon abzuhalten, diese unmoralischen Tänze in der »Scheherazade« aufzuführen, von denen der Priester gehört hat. Versprochen! Zur Trauung um ein Uhr Ortszeit im Standesamt von Buenos Aires trägt Romola ein dunkelblaues plissiertes Taftkleid mit einem Strauß rosa Moosrosen an der Taille und einen schwarzen Hut mit geschwungener Krempe und blauem Band. Sie sieht hinreißend aus. Abends die kirchliche Hochzeit, dann die Generalprobe für die »Scheherazade«, natürlich tanzt Nijinsky wieder die unmoralischen Tänze. Danach essen sie vollkommen erschöpft in ihrer Suite im Hotel Majestic zu Abend. Beide sind sehr verlegen und aufgeregt. Bislang haben sie sich nur geküsst. Aber bereits in der Hochzeitsnacht wird Romola schwanger.

Es ist die Entfernung, die manchmal Raum gibt für neue Gedanken und neue Wege, die einen frei fühlen lässt, frei von den Zwängen und den Ritualen des Bekannten. Vier Wochen zuvor war Nijinsky noch mit Djagilew, seinem Entdecker, Förderer und wohl doch auch Lebenspartner, in Würzburg gewesen, um Tiepolos Hochzeitsmalereien anzuschauen. Und nun, nur eine Schiffreise später, war Nijinsky, der zuvor noch nie eine Frau geküsst hatte, plötzlich verheiratet mit einer jungen ungarischen Tänzerin? Nijinsky war vielleicht der größte Tänzer der Geschichte. Der größte Psychologe war er nicht. Er sandte Djagilew ein Telegramm nach Venedig, wo dieser Urlaub machte. An genau diesem 11. September hatte Djagilew gerade Misia Sert, die Pariser Mäzenatin und Salondame, in sein Zimmer bestellt, um ihr eine Partitur vorzuspielen. Es war sehr heiß in Venedig, drückend schwül, und sie kam mit einem Sonnenschirm ins Zimmer. Djagilew vollführte ausgelassen ein paar Tanzschritte im Zimmer und öffnete dazu rhythmisch den Sonnenschirm. Misia Sert, panisch abergläubisch, bat ihn, den Schirm zu schließen, ein geöffneter Schirm in einem Zimmer bringe großes Unglück. Doch es war schon zu spät. Ein Page klopfte an die Tür und brachte Djagilew ein Telegramm, Nijinskys Telegramm. Und Djagilew brach zusammen. Kurz wollte er telegraphisch die Hochzeit in Buenos Aires verbieten, wollte ein letztes Mal seinen

Besitzanspruch an diesem russischen Wunderknaben anmelden, der ihm so jäh aus den Armen gerissen wurde, ohne dass es irgendwelche Vorzeichen dafür gab. Doch dann fehlte ihm selbst dazu die Kraft. Djagilew tobte und wütete und weinte und schrie. Alles brach in diesen Minuten in Venedig für ihn zusammen: Nicht nur sein Ego als Liebhaber und Mann, sondern eben auch seine Vision der »Ballets Russes«, alles vorbei, weil ihn eine 23-jährige Tänzerin ausgetrickst und er verfluchterweise diese Schiffreise ausgelassen hatte. Djagilew steht vor den Trümmern seines Lebens: Er, der Pygmalion, der Nijinsky mit seinen dicken Fingern zu der von Rodin gepriesenen Vollkommenheit geformt hatte, fühlte, wie ihm sein Geschöpf entglitt. Misia Sert versuchte ihren untröstlichen Freund zu trösten, Léon Bakst wurde gerufen, Hugo von Hofmannsthal, eigentlich wollten sie die Inszenierung der »Josephslegende« besprechen, doch nun gab es Wichtigeres zu tun. Bakst, der Nijinsky für alle Zeiten zu einer Ikone gemacht hat in seinem Plakat für »Nachmittag eines Fauns«, dieser Bakst wollte von dem verzweifelten Djagilew vor allem eine Frage beantwortet wissen: Ob Nijinsky in Baden-Baden, vor der Abreise zur Südamerikatour, sich neue Unterhosen gekauft habe? Denn dann habe er von Anfang an vorgehabt durchzubrennen, so Baksts Argumentation. Irgendwann platzte Djagilew der Kragen: Man solle ihn bitteschön mit dieser Unterhosengeschichte in Ruhe lassen, er sei in großer Verzweiflung und könne sich nicht mit solchem Unsinn beschäftigen. Auch habe ja ganz offensichtlich die Wahrsagerin recht behalten, die ihm einst prophezeite, eine Schiffreise werde ihn ins Unglück stürzen.

Misia Sert, diese fürsorgliche Dame mit Sinn für Aberglauben und menschliche Untiefen, nahm den Verlassenen, schleppte ihn in den nächsten Zug und fuhr mit ihm nach Neapel. Wer so traurig ist, so realisierte sie rasch, darf nicht in Venedig, der Hauptstadt der Melancholie, seine schwülen Spätsommertage verbringen, der muss ins Leben, ins Chaos, der muss nach Neapel. Und dort sorgte sie dafür, dass Djagilew Tag und Nacht von sehr vielen jungen glutäugigen Burschen abgelenkt wurde, sie hoffte ihn so ein wenig zu kurieren von seiner Demütigung. Es half natürlich nichts, denn die Kränkung ist eine der größten Mächte auf Erden. Sie ist verantwortlich für die größten Schweinereien, die größten Intrigen, die größten Heldentaten, aber auch für die größten Zerwürfnisse.

*

Am 15. September 1913 schreibt Walter Benjamin, gerade so der »Berliner Kindheit um Neunzehnhundert« entwachsen, an seine Freundin Carla Seligson aus der Delbrückstraße 23 in Berlin: »Dies ständige vibrierende Gefühl für die Abstraktheit des reinen Geistes möchte ich Jugend nennen. Dann nämlich (wenn wir uns nicht zum bloßen Arbeiter einer Bewegung machen), wenn wir uns den Blick frei halten, den Geist wo immer zu schauen, werden wir die sein, die ihn verwirklichen. Fast alle vergessen, dass sie selbst der Ort sind, wo Geist sich verwirklicht.« Das ist also die »Berliner Jugend um 1913«.

*

Am 18. September wird Jack Londons größter Wunsch erhört: Die Frauen beginnen den Kampf gegen den Alkoholismus. Aber bevor sie sich den Männern zuwenden, fangen sie erst einmal bei sich selber an. Noch im Winter war der Versuch der Freifrau Gustl von Blücher auf Spott gestoßen, direkt neben das neue Völkerschlachtdenkmal in Leipzig ein Haus für nüchterne Damen zu stellen.

Doch die Vorsitzende des Deutschen Bundes abstinenter Frauen ließ einfach nicht locker. Ihre Logik ging so: Wenn das Denkmal an die Befreiung der Deutschen von dem äußeren Tyrannen, also Napoleon, erinnern sollte, dann brauche es auch dringend ein Symbol für die Befreiung vom inneren Tyrannen, dem Alkohol. Am 11. März war Baubeginn für das »Königin Luise Haus«, das »Haus abstinenter Frauen« – und schon am 18. September stand das schmucke Gebäude im Leipziger Stadtteil Stötteritz. Es war direkt gegenüber dem Haupteingang zum Südfriedhof gebaut worden, offenbar um den alkoholkranken Damen auch damit noch einmal zu sagen, dass es höchste Eisenbahn sei. Drinnen gab es Wasser und Tee. Draußen nur Kännchen.

*

Als die Berliner von ihrer Sommerfrische an der See in die Reichshauptstadt zurückkehren, erwartet sie eine Sensation: Am 19. September eröffnet der »1. Deutsche Herbstsalon« auf 1200 Quadratmetern im dritten Stock des neuen Gebäudes Potsdamer Straße 75, Ecke Pallasstraße, in dem das Auktionshaus Rudolf Lepke residiert. Initiiert von Franz Marc und August Macke und organisiert vom »Sturm«-Erzeuger Herwarth Walden als Impresario werden 366 Bilder in 19 Abteilungen gezeigt, Werke russischer, französischer, italienischer, belgischer und deutscher Künstler. Natürlich Macke und Marc und Paul Klee und Kandinsky, aber eben auch die beiden Delaunays aus Paris, Chagall, Piet Mondrian und Max Ernst. Begeistert schreibt Franz Marc an Kandinsky, beim Gehen durch die Ausstellung spüre man, dass die abstrakte Kunst nun wirklich die Vorherrschaft übernommen habe. Es ist eigentlich der Urknall der modernen Malerei in Deutschland. Jedoch kaum einer merkt es. Aber Willi Baumeister spürt es. Der junge Künstler, der selbst stolz war, mit zwei Bildern im Herbstsalon vertreten zu sein, entdeckte am 25. September bei seinem Rundgang durch die Ausstellung plötzlich Franz Marc, der ergriffen vor einem riesigen Bild von Léger stand. »Ein großer, schwarzhaariger, eleganter Mensch«, so erinnert sich Baumeister, »er war vor Erregung geladen.« Es brauchte noch eine Weile, aber dann erfasste diese Welle der Erregung auch den Rest der Welt.

*

Unsere schöne geheimnisvolle russische Fürstin Eugénie Schakowskoy, die Cousine von Zar Nikolaus II., die am 24. April in Berlin-Johannisthal so spektakulär mit ihrem Geliebten abgestürzt war, scheint sich relativ schnell wieder erholt zu haben von diesem Schock und ist in ihr gewohntes Schema zurückgekehrt: Sie macht die Männer verrückt. Am 21. September jedenfalls, spätabends in Berlin, gibt es ein Diner bei der Familie Stern, da trifft sie auf Gerhart Hauptmann, der das Jahr 1913 der Fürstin Schakowskoy so bilanziert: »Die romantische junge Fürstin Schakowskoy. Fliegerin. Sie steuerte ihren Geliebten Abramowitsch in den Tod. Selber vom schweren Fall schwer erholt hat sie den jungen deutschen Marineoffizier um sich und Eros liegt in der Luft. Hans Schiller heißt der Seemann. Vom Fliegen sagt die Fürstin, es sei ganz unromantisch für den, der fliege.« Gut, dass es dann also wenigstens auf der Erde noch ein bisschen Raum für Romantik gibt. Ihr Neuer, Hans Schiller, hatte allerdings auch schon angefangen, die See gegen die Luft zu tauschen und seine eigene Flugprüfung am 5. Mai bestanden, kaum zehn Tage nach Abramowitschs Tod.

*

Am 23. September, einem Dienstag, überfliegt Roland Garros als erster Mensch das Mittelmeer. Von Fréjus in Südfrankreich nach Bizerte in Tunesien braucht seine Morane-Saulnier G knapp acht Stunden.

*

Kafka ist sich bewusst, in welch besonderem Jahr er lebt. Er schickt am 24. September aus Riva am Gardasee, wo er eine Art Urlaub zu machen versucht, eine Postkarte an seine Schwester Ottla und bittet sie, ihm den Prospekt für das Buch »Das Jahr 1913« zu besorgen.

*

Das Buch »Das Jahr 1913« von Daniel Sarason erscheint. Es beginnt mit der lapidaren Feststellung: »Die Zeit, in der wir leben, ist wohl die anregendste und erregendste, die je dagewesen ist.« Dann schreibt Ernst Troeltsch: »Die Intensität des modernen Lebenskampfes lässt es zu der Ruhe und Stille nicht kommen, die die Voraussetzung für religiöses Leben ist und die erschöpften Sinne suchen andere Erholungsmittel. Es ist die alte Geschichte, die wir alle kennen, die man eine Zeitlang den Fortschritt genannt hat und dann die Dekadenz, und in der man heute gern die Vorbereitung eines neuen Idealismus sieht.« Ganz meine Rede, wird sich Kafka gedacht haben.

*

Am 26. September kann Rosa Luxemburg keine Pflanzen sammeln. Sie hält eine Rede in der »Liederhalle« in Frankfurt-Bockenheim. Der Saal ist gefüllt. Es ist heiß. Sie appelliert an die Arbeiter, nicht zu den Waffen zu greifen, wenn es zum Krieg kommt. »Wenn uns zugemutet wird, die Mordwaffen gegen unsere französischen Brüder zu erheben, dann rufen wir: Das tun wir nicht.« Es wird eine Rede mit Folgen. Schon am 30. September leitet der Frankfurter Oberstaatsanwalt gegen Rosa Luxemburg ein Verfahren wegen »Aufwiegelung zum Ungehorsam gegen die Obrigkeit« ein, weshalb sie wenig später zu einem Jahr Gefängnis verurteilt wird.

*

Ende September schreibt Auguste Rodin aus Paris an Vita Sackville nach London. Sie hatte den sonderbaren Wunsch, ihn gegen Honorar um eine Porträtbüste des deutschen Kaisers Wilhelm II. zu bitten. Rodin antwortete empört, er würde es natürlich auf alle Zeiten ablehnen, eine Skulptur jenes Mannes zu machen, der der »natürliche Feind Frankreichs« ist.

*

Sein erstes Patent bekam er für das Abfüllen von Klareis in Flaschen, aber das führte noch zu nichts. Rudolf Diesel wollte etwas Richtiges erfinden, etwas, das die Menschheit weiterbringt. So erfand der den Dieselmotor oder auf Amtsdeutsch das »Patent Nr. 67 207 Arbeitsverfahren und Ausführung für Verbrennungskraftmaschinen«. Dieser Motor hieß dann zwar schnell nach ihm, also Diesel, aber weil er als Finanzmann und als Verhandler nicht ganz so genial war wie als Erfinder, luchsten ihm immer wieder große Firmen seine Patente ab, und sein Reichtum zerrann ihm zwischen den Fingern. So auch im Herbst 1913. Am 1. Oktober mussten zahlreiche Kredite bedient werden, doch Diesel wusste nicht wie. Er hatte über 300 000 Reichsmark Schulden. Er war weltberühmt, aber pleite. Im Sommer musste er das Familienauto verkaufen. In dieser angespannten Stimmung bestieg er am 29. September in Antwerpen den Postdampfer »Dresden«, um über den Ärmelkanal zu fahren und am nächsten Tag in Harwich mit den Vorständen der »Consolidated Diesel Manufacturing Ltd« zusammenzutreffen und über finanzielle Entlastung zu beraten. Diesel isst im Bordrestaurant und scheint guter Dinge zu sein. Er bittet den Steward, ihn am nächsten Morgen rechtzeitig zu wecken. Und ab diesem Moment verliert sich seine Spur. Als das Dampfschiff am nächsten Morgen in England anlegt, war der berühmte Erfinder nicht mehr an Bord. Nahe der Reling findet man seinen Hut und seinen Überzieher, und in seinem Zimmer fotografieren die Zeitungen die zurückgeschlagene Bettdecke und den noch zusammengefalteten Schlafanzug. Der Koffer steht unausgepackt daneben. Am nächsten Tag war über sein Verschwinden auf der Titelseite der »New York Times« und der Londoner »Times« zu lesen und in allen deutschen Zeitungen natürlich genauso. Rudolf Diesel war einfach weg. Schnell wurde spekuliert, er sei wegen des Kampfes um seine Patente ermordet worden. Auch von Selbstmord war die Rede. Oder war es vielleicht nur ein Unglück? Am 10. Oktober jedenfalls zog die Besatzung des Lotsenbootes »Coertsen« die Pillendose und das Brillenetui von Rudolf Diesel aus dem Wasser des Ärmelkanals. That's it. Bis heute ist dieser erste Diesel-Skandal der Geschichte ungelöst.

*

In der Nacht, als Rudolf Diesel starb, feierte in Berlin Walter Rathenau mit einem rauschenden Fest seinen 46. Geburtstag. Alle Anwesenden haben also ein perfektes Alibi.

*

Die »Münchner Neuesten Nachrichten« melden am 30. September in ihrem »Witterungsbericht« Kopfschmerzwetter: »Föhneinfluss unter einem sich verstärkenden südeuropäischen Hochdruckgebiet«. Das stört unsere feinnervigen wetterfühligen Geister natürlich. Und so schreibt Hugo von Hofmannsthal aus dem Münchner Hotel Marienbad erst an Ottonie von Degenfeld, dass sich »heute morgen der Wind gewendet habe«, und an die große Salondame Elsa Bruckmann nach Starnberg: »Ich war schon gestern im Begriffe, an Ihrem Starnberger Häuschen anzuklopfen, hatte schon den Fahrplan in der Tasche, da zog das abscheuliche Scirocco Wetter wieder herauf und ich ließ es sein.« Da bekommt man schon beim Lesen Kopfschmerzen. Und so zieht Hugo von Hofmannsthal sich lieber wieder zurück in sein Schattenreich und schreibt im Hotel, passend, weiter an seinem sehnsüchtigen Libretto für die »Frau ohne Schatten«. Im gleichen Hotel Marienbad wie Hugo von Hofmannsthal wohnt übrigens Rainer Maria Rilke – er wiederum ließ sich am 18. September nicht vom Föhn abschrecken und reiste mit Frau und Tochter zur Fürstin Bruckmann an den Starnberger See.

*

Klabund aber singt genau diesem Föhn ein Lied. Im Frühjahr hatte der sonderbare junge Dichter in Alfred Kerrs »Pan« seine ersten Gedichte veröffentlichen können, ein hochsensibler junger Mann, der in Frankfurt/Oder mit Gottfried Benn ins Gymnasium gegangen war, wo sie sich gegenseitig ihre ersten lyrischen Versuche vorlasen. Doch wo sich Benn züchtigt in seinen Versen, da lässt sich Klabund gehen. Nun, im September 1913, also erscheint sein »Föhnlied«: »Der Sturm schweißt uns zu einem Sein / Und mischt uns mit den Wettern. / Im Nächtegraus, im Morgenschein / Wird zwei zu eins und eins zu zwein.« Die Natur, so lehren die Dichter den Menschen anno 1913, ist es, die uns zusammenführt oder zu trennen vermag. Es ist alles eine Frage der Windrichtung.

DER HERBST

*Karl Wilhelm Diefenbach findet die Toteninsel.
Djagilew findet Trost. Marcel Proust muss mal
wieder alles selber machen. Richard Dehmel be-
kommt sein Haus geschenkt – und zwar von der
Crème de la Crème des Jahres 1913. Gerhart
Hauptmann bekommt einen neuen Mercedes und
Isidora Duncan ein Kind. Ein neuer Komet wird
entdeckt und der Handstaubsauger. Was für ein
Jahr.*

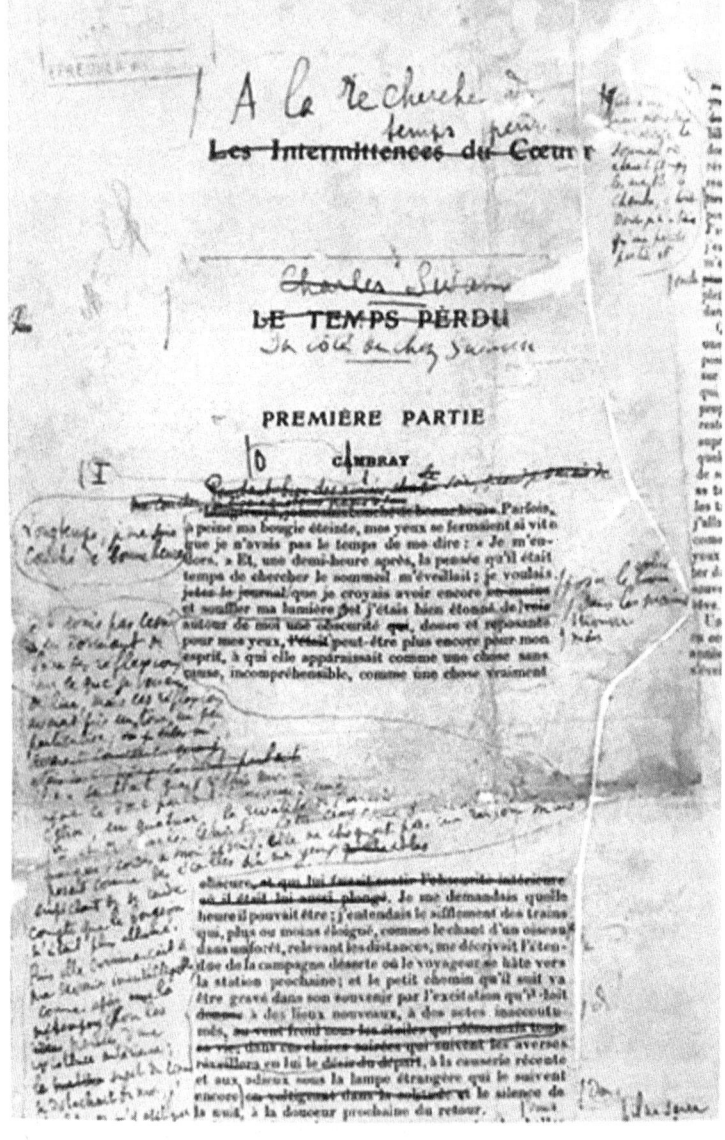

»Auf der Suche nach der verlorenen Zeit« erscheint am 13. November.
Einen Monat vorher sah alles noch sehr verloren aus.

Alfred Lichtenstein, gerade zurück vom Sommer-
urlaub an der Ostsee, promoviert in Erlangen in Jura
und schickt sein Gedicht »Sommerfrische« an Franz
Pfemferts Zeitschrift »Die Aktion« nach Berlin. Dort
erscheint es am 4. Oktober 1913. Der junge Dokto-
rand, so spürt man, sehnt sich nach ein bisschen Apokalypse:

»Die Erde ist ein fetter Sonntagsbraten, / hübsch
eingetunkt in süße Sonnensauce. / Wär doch ein Wind
.. zerriß mit Eisenklauen / die sanfte Welt. Das würde
mich ergötzen. / Wär doch ein Sturm .. der müßt den
schönen blauen / ewigen Himmel tausendfach zer-
fetzen.«

*

Am 7. Oktober 1913 steht mittags Schlag 12 Uhr in
der Hubertusallee in Berlin-Grunewald vor der neuen
Wohnung von Gerhart Hauptmann der Leiter der
Daimler Motoren Gesellschaft, Niederlassung Berlin,
der freundliche Herr Dr. Kroker. Und der neue Chauffeur, Herr Schmidtmann, ist auch schon da. Sie überbringen Gerhart Hauptmann seinen neuen Mercedes.
Man posiert für den Fotografen. Der fünfzigjährige
Hauptmann ist aufgeregt. Er notiert: »Neue Situa
tion, neue Erfahrungen: Auto, Portwein, Berliner
Wohnung«. Sehr glücklich fährt er mit dem Wagen
durch Berlin, »allein in herbstlich kühler Goldglut«
auch zu seinem alten Haus in Erkner im Norden, wo
seine drei älteren Söhne geboren wurden. Er glaubt,
dass sich so die Vergangenheit und die Gegenwart
und die Zukunft zusammenbinden lassen. Er weiß da

nicht, dass sein Mercedes schon am 3. August 1914 vom Staat eingezogen und für militärische Zwecke an der Kriegsfront eingesetzt werden wird. Auch hier also: »Neue Situation, neue Erfahrungen«.

*

An den Litfaßsäulen in Berlin hängt überall ein gelbrotes Plakat, das zum Besuch der »Kolonial-Ausstellung« ins Passage-Panoptikum einlädt, Unter den Linden, Ecke Friedrichstraße: »50 Wilde Kongo Weiber. Männer und Kinder in ihrem aufgebauten Kongodorfe«. Und in Hagenbecks Tierpark in Hamburg läuft parallel die »Völkerschau Nubien«. Zwischen all den afrikanischen Tieren stehen dort in diesen Tagen auch die Schillukkrieger in ihrer charakteristischen Stellung, auf einem Bein nämlich, und lassen sich von den staunenden Hamburgern bewundern. Das einzige Problem der Ausstellung, bei der unter naturwissenschaftlichem Vorwand die fast nackten Körper der afrikanischen Männer betrachtet werden konnten, war deren Attraktivität. Hagenbeck brach die Sonderschauen bald ab – wegen des »krankhaften plötzlichen Verliebens etlicher junger Mädchen und auch Frauen in solche braunen Gesellen«, wie ihm ein Freund es eindrücklich schilderte. »Die Nubier mit ihrem schlanken Wuchs und ihrer bronzenen Haut, nur wenig bekleidet, reizten die jungen Geschöpfe am meisten. Täglich konnte man ein solches verliebtes Mägdelein den Arm oder Hand eines solchen braunen Adonis eine halbe Stunde lang streicheln und befühlen sehen.« Und was würde unser

guter Gerhart Hauptmann wohl sagen zu diesen un-
geplanten Auswirkungen deutscher Kolonialreich-
herrlichkeit? Neue Situation, neue Erfahrungen. Dass
man die Perspektive auch einfach herumdrehen kann,
zeigte die herrliche »Forschungsreise des Afrikaners
Lukanga Mukara ins innerste Deutschland«, die in
diesen Tagen in mehreren Folgen in der Zeitschrift
»Der Vortrupp« erscheint. Darin schildert Hans Paa-
sche sehr lustig deutsche Sitten und Gebräuche aus
der Sicht eines fiktiven Mannes aus Schwarzafrika, all
die seltsamen Trinkrituale der Deutschen, ihr Rauchen
auf der Straße, ihre Besessenheit mit Zahlen und
Welthandel und Bruttosozialprodukt, ihr sinnloses
Rennen durch die Straßen – und ihre Unfähigkeit,
das Leben zu genießen.

*

In Washington drückt am 10. Oktober der amerikanische Präsident Wilson auf einen kleinen Knopf – per
Telegraphenleitung wird diese Botschaft vom Weißen Haus über Kuba und Jamaika nach Panama über-
mittelt, wo im Gamboa-Damm gleichzeitig mehrere
hundert Dynamitstangen detonierten. Julius Meier-
Graefe, der große Gegenwartsdiagnostiker der Kunst,
klebt den Zeitungsausschnitt aus dem »Berliner Tagblatt« dazu in sein Tagebuch und notiert: »Eine moderne Gebärde«. Große Erdbrocken fliegen durch
die Luft, der Dschungel um den gesprengten Kanal
wird erschüttert, doch die Sprengung gelingt, und
gewaltige Wassermassen strömen in den Panamakanal. Erstmals seit 60 Millionen Jahren fließen die

Fluten des Pazifik und des Atlantik nicht erst am Kap Hoorn ineinander.

*

Am 11. Oktober ist Franz Kafka einen Tag in München. Er kommt von Riva am Gardasee und fährt am nächsten Tag weiter nach Prag. Was macht er an diesem langen Tag? Ist er im Technikmuseum wie kurz zuvor Marcel Duchamp? Hat er sich die El-Greco-Ausstellung in der Alten Pinakothek angesehen? War er im Englischen Garten spazieren wie eine Woche zuvor Hugo von Hofmannsthal und Rilke? War er im Kino? Hat er an Felice gedacht oder doch mehr an seinen Sommerflirt aus Riva? Aber vielleicht liegt er auch einfach nur apathisch da auf seinem Bett im Hotel Marienbad und überlegt hin und her, ob er nicht doch noch das Zimmer wechseln sollte, weil man den Aufzug so laut hört. Ein paar Straßen weiter schreibt Thomas Mann an den ersten Seiten des »Zauberberg« und Oswald Spengler am »Untergang des Abendlandes«.

*

Die Siemens AG bekommt das Patent für die Telefonwählscheibe.

*

Das kann ja wohl kein Zufall sein: Die beiden Komponisten Claude Debussy und Maurice Ravel suchten sich im Jahre 1913 beide ein interessantes Thema zur musikalischen Bearbeitung aus – nämlich haargenau dasselbe. Es sitzen 1913 also, ohne voneinander zu wissen, sowohl Ravel als auch Debussy an ihren Klavieren und komponieren Musik zu »Trois poèmes de Stéphane Mallarmé«. Und sie hatten sich verrückterweise bei zwei von drei dieselben Gedichte ausgesucht. Debussy schrieb an einen Freund: »Die Geschichte mit der Mallarmé-Familie und Ravel ist alles andere als lustig. Und ist es nicht außerdem merkwürdig, dass Ravel ausgerechnet dieselben Gedichte ausgewählt hat wie ich? Ist das ein Phänomen von Auto-Suggestion, das es wert wäre, der medizinischen Akademie mitgeteilt zu werden?«

*

Es regnet in Bindfäden aus dichten grauen Wolken an diesem 11. Oktober, fast 3000 junge Frauen und Männer strömen dennoch voll Zuversicht die Hänge des Hohen Meißner hinauf. Der »Erste Freideutsche Jugendtag« wird gefeiert, komme, was wolle, und sei es im Regenmantel. Die jungen Menschen verwandelten die Berghänge bei Kassel für zwei Tage in eine kleine Befreiungsfeier vom wilhelminischen Drill, überall gab es Reigentänze, kleine Wettkämpfe, Reden, mittags wurde in Gruppen am offenen Feuer gekocht, und der Rauch mischte sich mit den aufsteigenden Nebeln über den Tannen. Der Hohe Meißner war ab diesem Tag der höchste Gipfel der Deutschen Jugendbewegung. Die unterschiedlichsten lebensreformerischen und vegetarischen und friedensbewegten und Wandervogel-Gruppen waren friedlich versammelt, ein wilhelminisches Woodstock. Man sprach und trank und aß und redete, und alle gingen beseelt nach Hause, wie im Rausch, ein Tag wie das Wartburgfest 1817 oder das Hambacher Fest von 1832. Die mitreißendste Rede hielt Gustav Wyneken, die Zukunft sei, so sagte er und blickte in die verhangenen traurigen nordhessischen Tannen, »wie durch eine dichte Nebelwand verhüllt«. Aber es sei, als höre man dennoch »durch den Nebel hindurch von einem fernen Zeitenjenseits oder von der Ewigkeit her die Stimme der Gerechtigkeit und der Schönheit«. So macht man aus schlechtem Wetter eine richtig gute Rede. Schließlich forderte Wyneken, die Sonne war immer noch nicht durch die Wolken gedrungen, deshalb einfach seine Zuhörer auf, sich würdig zu erweisen und »Krieger des Lichts« zu werden. Wie man das machen und wofür und wogegen man kämpfen solle, ließ er, wie es sich für einen guten Redner gehört, vollkommen offen. Aber die Jugendlichen jubelten ihm zu. Und kauften als Erinnerung jene legendäre Postkarte des Künstlers Fidus, die das »Lichtgebet« zeigte. Den splitternackten Jüngling, der von oben, vom Licht Weisung für sein Leben auf Erden erhält. Fidus war ein Zentralgestirn der Lebensreform, eng verbunden mit dem Monte Verità und anderen Bewegungen wie der theosophischen Gesellschaft um Rudolf Steiner und den Reformansätzen Jaques-Dalcrozes in Dresden-Hellerau. Allen ging es um ein freieres Leben, einen Schönheitstraum, um weniger enge Kleidung, um etwas asiatische Weisheit und um eine Durchlüftung der Häuser und der Seelen, um mehr Sex – und um mehr Gemüse auf dem Teller. Fidus versuchte von Berlin-Woltersdorf aus die Welt zu missionieren und gründete dafür den St.-Georg-Bund – auf dem »Hohen Meißner« wurden seine Bilder dann legendär, weil er auf das »Lichtgebet« unten die Aufschrift »Freideutscher Jugendtag 1913« aufdruckte. Und die Festschrift verziert er mit weiteren Bildern und beschwört deren Kraft: »Junge Freunde! Die Ihr den Geist deutscher Treue, deutsche Tüchtigkeit und Einfachheit bewahrt habt und die Ihr noch hinzuwollt, was das deutsche Wesen so lange vergaß, die Schönheit der Eigenart und der Wahrhaftigkeit, ja die Schönheit des Leibes.« Und dann, nach einer Aufzählung all der Freuden, die ein schöner Körper bereiten kann, schreibt Fidus: »Trachtet also nach Schönheit und nach Liebe, zum reinen, ja reinlichen Leibe – so wird Euch alles von selber zufallen, Kraft, Güte, Gerechtigkeit, Liebe und Wahrhaftigkeit – alle unsere deutschen Tugenden.« Da vermählt sich dann also die Reformbewegung plötzlich irritierenderweise sehr eng mit den deutschen Tugenden.

*

In Paris arbeitete Mata Hari weiterhin an der allmählichen Einführung der Nacktkultur. Nachdem sich der deutsche Kronprinz ihrem Wunsch nach einem Vortanzen widersetzt hatte, konzentrierte sie sich wieder auf Frankreich. Nur mit kleinem Leibgürtel und Brustpanzer versehen, tanzte sie sich weiter durch ihr Leben, aber leider nicht mehr auf den Bühnen von Paris. Seit die »Ballets Russes« dort den Takt bestimmten, war Mata Hari etwas aus der Zeit gefallen. Doch ihren aufwendigen Lebensstil muss sie ja irgendwie finanzieren, und deshalb bietet sie im Herbst 1913, da sie die Spionage noch nicht als Erwerbsmöglichkeit entdeckt hatte, ihre Dienste in einer »maison de rendez-vous« in der Rue Lord Byron 14 und gleich um die Ecke in der Rue Galilée 5 an, für 1000 Francs die Nacht. Im Garten ihres Landhauses im Vorort Neuilly-Saint James versucht sie zugleich noch ein bisschen den alten Glanz aufrechtzuerhalten. Über die Kronen der Bäume hinweg sieht man den Triumphbogen und die schlanken Umrisse des Eiffelturmes. Und hier, im Schatten der Platanen, tanzt sie in diesem Herbst in ihrem Garten für den Fotografen des »Tatler« ihren berühmten javanischen Schleiertanz. Dazu die Bildunterschrift: »Die Tänze, die sie vorführte, vermittelten einen tiefen Eindruck von religiösen Riten, von Liebe und Leidenschaft und wurden hervorragend dargeboten.« Ach, wenn das der deutsche Kronprinz doch sehen könnte.

*

Die sechzehnjährige Polin Barbara Apolonia Chalupec, die sich vernünftigerweise anders und zwar Pola Negri nannte, feierte mit ihren dunklen tiefen Augen als junge Schauspielerin in Warschau mit Gerhart Hauptmanns Drama »Hanneles Himmelfahrt« ihre ersten Erfolge. Sie taucht wie aus dem Nichts auf und wird dann ganz schnell von Max Reinhardt für Berlin entdeckt. Von da an ging es für sie immer weiter nach oben. Die Welt hatte eine neue Femme fatale. Und sogar der deutsche Kronprinz sitzt in seiner Loge, als sie Hauptmann spielt. Wenn das Mata Hari wüsste.

*

Die Romanows begnadigen anlässlich ihres drei-hundertjährigen Thronjubiläums Maxim Gorki, und er zieht im Oktober 1913 von Capri zurück zu Müt-terchen Russland. Kaum angekommen, protestiert er sogleich gegen eine Aufführung von Dostojewskis »Die Dämonen« im Moskauer Künstlertheater, denn das Stück gebe der »krankhaften Botschaft Dosto-jewskis von Leiden und Demut eine lebensgefähr-liche Durchschlagskraft«. Er könne, sagte Gorki, die gequälten und leidenden Russen in dem Roman nicht länger ertragen. Russland müsse wiederauferstehen: »Wir dürfen das Leiden nicht mehr lieben, sondern müssen es hassen lernen.« Da spricht einer, der auf Capri gelernt hat, dass man das Leben durchaus lie-ben kann.

*

Am 18. Oktober wird in Leipzig das Völkerschlacht-denkmal eingeweiht. Während überall neue U-Bahn-Stationen eröffnet werden, die Futuristen bereits wie-der Geschichte sind, man von St. Petersburg nach Berlin in sieben Stunden fliegen kann und in Detroit Henry Ford das erste Fließband für die Autoproduk-tion in Betrieb nimmt, während also die Moderne erheblich an Fahrt aufnimmt, versucht man sich in Leipzig Kraft zu holen durch die Erinnerung an eine vor 100 Jahren gewonnene Schlacht gegen Napoleon.

Eigentlich verrückt. Aber wenn die Deutschen feiern, dann richtig: »Alle deutschen Stämme werden in Eilbotenlauf dem Kaiser einen Gruß des Volkes in Gestalt eines Eichenzweiges überbringen, der an einem geschichtlich bedeutsamen Ort geschnitten und von Mann zu Mann im Schnelllauf durch Deutschlands Gaue bis an die Stufen des Denkmals getragen wird.« Und so geschah es – generalstabsmäßig vom deutschen Turnerbund organisiert, schnitten im Morgengrauen des 17. Oktober überall im weiten deutschen Reiche junge Sportler kleine Eichenzweige ab, am Grab Bismarcks in Friedrichsruh, am Geburtsort von Turnvater Jahn, am Sitz der Zeppelinwerke in Friedrichshafen. Insgesamt 37835 Turner liefen bis zum 18. Oktober zusammen 7319 Kilometer, um die Eichenzweige zum Kaiser zu tragen.

Der nahm sie entgegen und nickte huldvoll. Abends schon waren die Blätter welk.

*

Zehntausende Menschen, auch ohne Eichenzweig im Mund, drängten in diesen Tagen aus allen Teilen des Landes zu den großen Feierlichkeiten nach Leipzig. An den Frankfurter Wiesen lockte der Zirkus Barum mit seiner spektakulären Vorstellung von zehn wilden Löwen die Massen an. Nach der Abendvorstellung am 19. Oktober wurden die Tiere in einen von Pferden gezogenen Transportwagen gebracht, dem ein Wagen mit Bären folgte, weil sie noch in der Nacht vom Preußischen Freiladebahnhof in Leipzig zur nächsten Station aufbrechen sollten. Es herrschte dichter Nebel. Die beiden Kutscher der Wagen hielten spontan in der Berliner Straße an der Kneipe »Graupeter« an, um sich noch ein Bier zu genehmigen, bevor sie die Tiere abliefern wollten. Doch während die beiden selig vor ihrem frisch gezapften Bier saßen, bekamen draußen die Zugpferde des Bärenwagens Panik, dessen Wagendeichsel zertrümmerte die Rückwand des Löwenwagens, aus dem Loch schaute plötzlich ein fauchender Löwenkopf heraus, da drehten die Pferde des Löwenwagens durch, zogen ihn auf die Straße, wo er von einer Straßenbahn gerammt wurde – und sofort sprangen neun wilde Löwen hinaus in die Freiheit. Großes Geschrei der Passanten, blanke Angst in aller Augen, Verkehrschaos, ein Streifenpolizist, der in der Nähe war, eröffnete sofort das Feuer und orderte Verstärkung aus der achten Polizeiwache. So begann die legendäre Leipziger Löwenjagd 100 Jahre nach der legendären Völkerschlacht. Schon bald lagen fünf tote Raubtiere auf der Berliner Straße. Abdul, der Liebling der Zirkusdirektorin, wurde durch einen Steinwurf gereizt und griff einen Passanten an – daraufhin durchlöcherten ihn unglaubliche 165 Kugeln der Leipziger Polizisten. Und dann lagen also sechs tote Raubtiere auf der Berliner Straße. Der siebte war so verstört von Abduls Hinrichtung, dass er sich apathisch in einen Käfig sperren ließ.

Nun fehlte noch Polly, die schon immer die eigensinnigste Löwin des Rudels war, und einer ihrer Gefährten. Der Zirkusdirektor Arthur Kreiser und der Direktor des Leipziger Zoos, Johannes Gebbing, eilten herbei, um sie lebend zu fangen. Doch Polly ging zunächst seelenruhig durch die nächtlichen Straßen spazieren. In der Blücherstraße begegnete sie einer älteren Dame, die sich später darüber wunderte, dass sie mitten in der Nacht auf dem Bürgersteig ein großes Kalb gesehen habe. Die von anderen, in der Tierbestimmung versierteren Passanten alarmierte Feuerwehr jagte daraufhin Polly mit einem Wasserstrahl, doch vor dem flüchtete sie mit einem großen Sprung durch die Glasscheiben ins Hotel Blücher. Durch die Aufregung spürte Polly offenbar Druck in der Blase, auf jeden Fall suchte sie zielstrebig den Weg zur Toilette im ersten Stock. Dort saß gerade ein Franzose namens François, der die Tür nicht verschlossen hatte – und nun also am stillen Ort von einem sehr lauten Löwen überrascht wurde. Er schrie auf und lief mit heruntergelassenen Hosen die Treppe hinab – Polly jedoch machte es sich auf der Toilette gemütlich. So musste der Zoodirektor, der die Treppe hinaufgestürmt war, nur sanft die Tür von außen schließen, und schon war sie gefangen. Mit einer Kastenfalle wurde Polly schließlich abtransportiert.

Der arme Zirkusdirektor Kreiser aber wurde zu wahlweise zehn Tagen Gefängnis oder einer Geldstrafe von 100 Mark wegen »Unterlassung erforderlicher Vorsichtsmaßregeln zur Verhütung von Beschädigung bei der Haltung bösartiger oder wilder Tiere« verurteilt – das deutsche Recht ist wirklich auf alle Eventualitäten vorbereitet (§ 367 Ziffer 11 StGB). Dazu noch zwei Bemerkungen: Der Löwe war übrigens schon vorher das Wappentier Leipzigs. Und: zu DDR-Zeiten gab es im Interhotel »Zum Löwen« ein Nussparfait mit dem Namen »Polly«.

*

Am 27. Oktober geht Gerhart Hauptmann zum Flugplatz in Berlin-Johannisthal, um den berühmtesten Piloten seiner Zeit beim Fliegen zu sehen: »Pégouds sogenannte Sturzflüge bewundert/wesentlicher Fortschritt/epochaler Art.« Der Sturzflug also als wesentlicher Fortschritt. Kein schlechtes Motto für das Jahr 1913.

*

Im Observatorium im argentinischen La Plata entdeckt am selben 27. Oktober Pablo Delavan einen irrsinnig hellen neuen Kometen im inneren Sonnensystem. Er nennt ihn, er hat gerade keine Zeit, schlicht und ergreifend »1913 f«. Wenig später veröffentlicht er in der »Gazette Astronomique« den dringenden Aufruf an alle Himmelsforscher, »dem prachtvollen Kometen eine besondere Aufmerksamkeit zu widmen«. Denn gewisse Eile ist geboten: Erst in 24 Millionen Jahren wird er wieder sichtbar sein.

*

Es gab zwei Kraftzentren in Paris, Montmartre und Montparnasse, beide seit neuestem durch die Linie A der Metro verbunden, aber doch ganz eigene Welten, und Montparnasse war nicht erst durch Picassos Zuzug im letzten Herbst zum Herzzentrum der Avantgarde geworden. Und es gab zwei Salons, die über die Deutungshoheit der Moderne stritten, auch jeder eine Welt für sich (aber in beiden war Picasso der Kristallisationspunkt). Einerseits der ernsthafte, traditionelle von Gertrude Stein (und ihrem Bruder, bevor sie sich trennten) und dann der verwilderte, exotische, russische Salon von Hélène d'Oettingen und ihrem sogenannten Bruder Serge Férat, der aber in Wahrheit nur der Sohn ihres einstigen Geliebten war. Auch ihre Namen stimmten wohl nicht, sie spielten täglich mit neuen Pseudonymen und Ahnenreihen und Identitäten, nur dass Picasso mit Hélène eine kurze Affäre hatte, das bezweifelte niemand. Während die Steins ihr Geld in Kunst steckten und reihenweise Werke von Cézanne, Picasso, Matisse erwarben, finanzierte Hélène d'Oettingen auch Apollinaires Zeitschrift »Les Soirées de Paris« und machte sie zum Zentralorgan von Montparnasse. In ihrer Wohnung im Boulevard Raspail 229 herrschte ein offenes Haus, Künstler gingen ein und aus, zu allen Tages- und Nachtzeiten gab es Wein und Gebäck, und dazwischen spazierte Hélène in gewagten gelben Moirée-Pyjamas und hochhackigen Schuhen. Erst abends zog sie sich um und setzte sich dann zu den italienischen Futuristen und Modigliani und de Chirico und all den anderen Italienern, und es gab Ravioli und Chianti. Und für die Russen, für Marc Chagall, für Lipchitz und Archipenko natürlich Wodka. Und für die Franzosen Anis. Und für alle ein bisschen Kokain. Im Jahr 1913 standen Seroschka und Ljalesna, wie die beiden geheimnisvollen Salonbetreiber Serge und Helene sich nannten, im Zentrum der Avantgarde von Montparnasse – sie repräsentierten dauerhaft jene barbarische Extravaganz, die mit Djagilew und Nijinsky und den »Ballets Russes« im Frühjahr über Paris hineingebrochen war.

*

Marcel Proust bekommt am 2. Oktober einen vierten Korrekturlauf für »Auf der Suche nach der verlorenen Zeit« zugesandt, einen fünften dann am 27. Oktober. Er sitzt und korrigiert und klebt dazu und schreibt dazu und reicht das alles dann herüber zu Agostinelli, seinem Chauffeur und Liebhaber, der mit einer Schreibmaschine eigentlich nicht umgehen kann und vor allem nicht mit den Korrekturschrullen seines Arbeitgebers. Im Grunde hat Proust seit April ein neues Buch geschrieben, die Menge seiner Korrekturen übertrifft inzwischen die Menge seines ursprünglichen Textes. Agostinelli an seiner Schreibmaschine blickt nicht mehr durch und verzweifelt. Aber dennoch, man glaubt es kaum, wird aus all diesen Korrekturen und Collagen am Ende doch noch: ein Buch. Am 14. November erscheint der erste Band von »Auf der Suche nach der verlorenen Zeit«. Unglaublich. Ein großes Datum der Weltliteraturgeschichte. Wider alle Wahrscheinlichkeit hat Marcel Proust auch die letzten Druckfahnen seiner »Suche nach der verlorenen Zeit« zum Druck freigegeben. Er hat zwar noch ein letztes Mal alles umgestellt, noch ein letztes Mal komplette Passagen gestrichen und andere neu geschrieben, aber dann hat er es doch hinausgehen lassen in die Welt. Als das Jahrhundertbuch dann zur Überraschung des Verlegers im November 1913 erscheint, steht in den ersten 100 Exemplaren dennoch das Erscheinungsdatum »1914« vorne drin. So hatte die Wirklichkeit den Pessimismus des Verlegers überholt, hatte er doch einst im März seinen Drucker angewiesen, schon einmal vorsorglich die 1913 in eine 1914 zu verwandeln, weil er nicht glaubte, dass das

Buch noch in diesem Jahr fertig werden würde. Und es ist auch ein großes Wunder. Aber in Proust wird nun, da alles geschafft ist, der Marketingdirektor geweckt: In seiner Wohnung plant Proust mit viel Raffinesse und kleinen Geldgeschenken für die Rezensenten einen großen Auftritt, 2000 Francs zahlte er für die Platzierung einer lobenden Kritik auf der Titelseite des »Journal des débats« und nur 1000 Francs für eine Hymne auf der ersten Seite des »Figaro«. Und die wiederum wurde verfasst von niemand anderem als Marcel Proust persönlich, unter einem lächerlichen Pseudonym. Dieser Roman, so schrieb also Marcel Proust über Marcel Proust, sei »ein kleines Meisterwerk«. Alles, so mag sich der Dichter gedacht haben, muss man selber machen!

Aber eigentlich dachte Proust doch nur die ganze Zeit an Agostinelli. Er überlegte die ganze Zeit, wie er seinen geliebten Chauffeur und Sekretär weiter becircen und dauerhaft von den Vorzügen der Homosexualität überzeugen konnte. Doch der macht, als die fertigen Fahnen endgültig an den Verlag Grasset geschickt sind, seinem Herrn und Gebieter klar, dass er sich eigentlich mehr für andere Maschinen als Schreibmaschinen interessiere, nämlich solche, die fliegen. Und Proust finanziert daraufhin Agostinelli im November einen Kurs in der Fliegerschule Blériot auf dem Flugplatz Buc. Doch die 800 Francs für die Kursgebühr sind lächerlich im Verhältnis zu den 27 000 Francs, die Marcel Proust bezahlen muss, weil er sich in seinem Liebeswahn dazu hat verleiten lassen, seinem angeschmachteten Agostinelli zur Belohnung gleich ein ganzes leibhaftiges Flugzeug dazu zu schenken. Panisch muss Proust, als er die Rechnung für das Flugzeug erhält, seine restlichen Aktien verkaufen, diesmal die Anteile an den Utah-Copper-Minen und der Spassky AG. Er fasst seinen persönlichen Schlamassel in einem Brief an seinen Freund Albert Nahmias treffend so zusammen: »Ich breche hier ab, ich kann Ihnen gar nicht sagen, wie viel seelischen Kummer, wie viel materielle Schwierigkeiten, wie viele psychische Leiden und literarische Scherereien ich habe.« Und damit hatte Proust, vielleicht zum einzigen Mal in seinem Leben, nicht übertrieben. Denn was macht der gute Agostinelli mit dem geschenkten Flugzeug? Er fliegt davon. Kommentarlos verlässt er mit seiner Ehefrau Anna (er konnte von den Frauen einfach nicht lassen) die Wohnung von Proust am Boulevard Haussmann und reist nach Südfrankreich. Proust engagiert Privatdetektive, die Agostinellis Aufenthaltsort ausfindig machen. Man weiß nicht, ob man es perfide nennen soll oder charmant oder aberwitzig, aber dieser Agostinelli wird sich bei der Flugschule der Gebrüder Garbero in Antibes wenig später mit dem Namen »Marcel Swann« einschreiben. Also mit dem Vornamen seines verlassenen Gönners und dem Nachnamen der Titelfigur aus dessen gerade erschienenem Roman. Nicht schlecht. Doch auch diese Liebe von Swann endet wie die des Romans tödlich: Der kaltblütige Chauffeur wird mit seinem geschenkten Flugzeug, kaum endet das Jahr 1913, ins Mittelmeer stürzen und versinken.

*

Helen Hessel, Schülerin der Expertin für menschliches Leid, Käthe Kollwitz, und danach dennoch Geliebte des problemlosen Blumenmalers George Mosson, will ein Kind von ihrem Ehemann, dem Flaneur und Entziehungskünstler Franz Hessel. Und das, obwohl sie ihre Hochzeitsreise nach Südfrankreich auch mit dessen Mutter verbringen musste, und auch, obwohl sie eigentlich merkt, dass sie mindestens so sehr wie Franz dessen Freund Henri Roché begehrt. Und auch, obwohl sie ihren geliebten Bruder Otto gerade in die Irrenanstalt bringen musste (bei der Hochzeit hatte er noch die Familie von Franz antisemitisch beschimpft). Alles egal. Sie will jetzt ein Kind von Franz. In diesen Oktobertagen, an denen die Sonne die Blätter so wunderbar färbt und so purpurrot aufleuchten lässt. Und damit es klappt mit der Empfängnis, möchte Helen Hessel nichts dem Zufall überlassen. Sie packt den Ehemann ein in Paris und fährt mit ihm ins beschauliche Blankensee in Brandenburg. Dort nämlich hatte die junge Malerin Helen einst sehr schöne rauschhafte Liebesnächte mit George Mosson erlebt. Und offenbar dachte sie sich, wenn sie nur, im Bett mit Franz, die Stimmung von einst im Mai mit Mosson heraufbeschwören könne, dann müsste es doch klappen. Und es klappt. Helen Hessel wird sofort schwanger in diesen goldenen Oktobertagen in Blankensee.

*

Es sind genau jene stillen zeitlosen Tage des warmen Lichts, in denen August Macke in Hilterfingen am Thuner See die schönsten und heitersten und sorglosesten Bilder des ganzen Jahres 1913 malt.

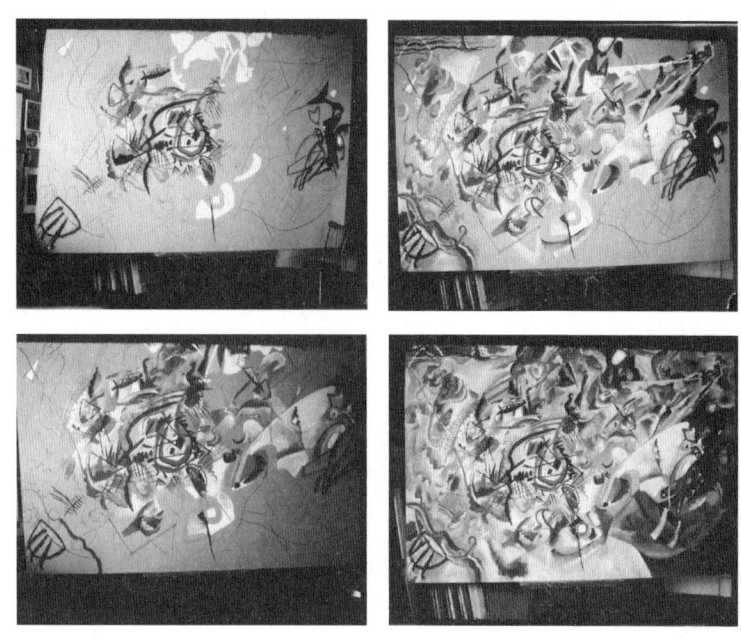

Der Beginn der Abstraktion im Zeitraffer:
Kandinskys »Komposition VII«
am 27. und 28. November 1913,
fotografiert von Gabriele Münter.

In Bayern gehen die Uhren natürlich anders. Deshalb stört sich auch keiner daran, dass es mit der Thronbesteigung von Ludwig von Wittelsbach am 5. November 1913 plötzlich für drei Jahre zwei regierende Könige in Bayern gibt. Numero 1, König Otto, war im Grunde bereits geisteskrank auf den Thron gestiegen, im deutsch-französischen Krieg hatte er 1871 noch vernünftig mitgekämpft, aber wenig später wurde er zunächst im südlichen Pavillon von Schloss Nymphenburg unter Kuratel gestellt, dann im Schloss von Fürstenried, nachdem er einen Gottesdienst mit einem offenherzigen Sündenbekenntnis gestört hatte. Er litt unter religiösen Wahnvorstellungen, und seine dunklen Tage verliefen zwischen apathischer Bewegungslosigkeit und stundenlangem Schlagen seines Kopfes gegen die vorsorglich gut gepolsterten Wände, ohne dass ihm die besten Ärzte des Landes anders als mit Eisbädern und Morphiumspritzen helfen konnten. So regierte dann also nach einer unendlichen Prinzregentenzeit ab dem 5. November offiziell Ludwig III. operativ das schöne Bayern, und der Bayerische Landtag beschloss, dass Otto I. als erster regierender König alle königlichen Rechte verlor. Aus Anstand ließ man dem offiziell als »schwermütig« geltenden armen Mann aber seinen Titel und seine Würden. Dieses monarchische Kuddelmuddel gilt als Hauptgrund, warum dann ein paar Jahre später das Königreich Bayern so überraschend schnell in eine Räterepublik verwandelt werden konnte.

*

Am Samstag, dem 8. November gehen Franz Kafka und seine Angebetete Felice Bauer im Tiergarten in Berlin von 10.15 Uhr bis 11.45 Uhr spazieren, es ist neblig und unangenehm, dann muss Felice weiterfahren zu einer Beerdigung. Ihre Beziehung zu Kafka ist da ebenfalls fast klinisch tot.

*

Wer frei denken will in diesem Jahr, der denkt dabei an Henri Bergson. Der Professor für Philosopie am Collège de France in Paris war sicherlich der einflussreichste Theoretiker der Zeit um 1913. Max Scheler schreibt in der Novemberausgabe der »Weißen Blätter«: »Der Name Bergson durchtönt gegenwärtig in so aufdringlich lauter Weise die Kulturwelt, daß die Eigentümer feinerer Ohren zweifelnd fragen mögen, ob man wohl solchen Philosophen lesen soll. Denn mehr wie je muß heute der Beifall der Bildungs- und Literatenmasse den Weisen erröten machen. Dann mögen sich jene Feinohrigen sagen lassen, daß man Bergson trotzdem lesen soll. Er hat etwas zu sagen.« Bei Misia Sert, der großen Pariser Salondame, bei Marcel Proust, bei Gertrude Stein, da lagen die Einladungen zu seinen Vorträgen am Collège du France neben denen zu den Ausstellungseröffnungen von Picasso, von den Futuristen, von Matisse.

*

Laut der preußischen »Verordnung über den Verkehr mit Kraftfahrzeugen« dürfen Automobile innerhalb geschlossener Ortschaften eine Fahrgeschwindigkeit von 15 Stundenkilometern nicht überschreiten. Das Zeitalter der Beschleunigung begann also 1913 im ersten Gang.

*

Rainer Maria Rilke, zurück in Paris, geht es nicht so gut. Ach, es geht ihm überhaupt nicht gut. Er dichtet: »Tränen, Tränen, die aus mir brechen. Mein Tod, Mohr, Träger meines Herzens, halte mich schräger, daß sie abfließen.«

*

Der Agentenfilm »S1« kommt ins Kino. Gertrud, gespielt von Asta Nielsen, wird von ihrem heimlichen Verlobten ausspioniert, er will von ihr die Pläne für ein »neuartiges Aeroplan« für ausländische Agenten bekommen. Gertrud gesteht das ihrem Vater, dem General, der das Luftschiff fliegt. Darauf er: »Niemals werde ich die Hand meiner Tochter einem geheimen Feinde meines Vaterlandes geben.« Nun muss sich die arme Gertrud entscheiden – zwischen der Liebe und dem Vater, der, die Klischees sind gnädig, eben auch für das Vaterland steht. Und natürlich ist sie eine anständige Deutsche – sie entreißt dem Geliebten die entwendeten Luftschiffpläne, laute Geigenmusik, dann das feierliche Schlusswort: »Das Glück des Vaterlandes ist das Glück aller.« Warum auch immer wurde der Film in Berlin für Jugendliche nicht zugelassen, und die Polizei in München verhängte unter den Prüfnummern 11377, 11378 und 11379 gleich dreimal ein Jugendverbot. So wurde der Film am 15. November im unempfindlichen Essen uraufgeführt, in dem Riesenkino »Schauburg«.

*

Wenn die Gegenwart zu viel verwirrende Gleichzeitigkeit erzeugt, dann muss doch wenigstens die Kunst eine Antwort darauf finden. Kaum jemand kam dabei 1913 so weit wie Sonia Delaunay. Die Pariser Künstlerin hatte im Jahr zuvor mit ihrem Mann Robert den Orphismus begründet, eine Farbtheorie, die die Wirklichkeit in Prismen aufspaltete und neu zusammensetzte, gefeiert von Guillaume Apollinaire und tief verehrt von August Macke und Franz Marc – und von beiden aus dem Französischen ins Deutsche übersetzt. Nun wollte sie die prismatisch gesprungene Wirklichkeit auf noch mehr Ebenen erfassen, und so arbeitet sie mit dem Dichter Blaise Cendrars an der verwegenen Idee des »Simultaneismus«. Sprache und Bild sollten sich unauflöslich vermischen und das Ganze nicht nur für einen Augenblick, sondern am besten bis in die Unendlichkeit: Ihr erstes Simultanbuch wurde »La Prose du Transsibérien et de la petite

Jehanne de France«, das in diesem Herbst die Öffentlichkeit erreicht, es war zwei Meter lang und in Form eines Leporellos gestaltet. Rhythmisch wie das Rattern der transsibirischen Eisenbahn gleitet hier das Auge über Text und Bild hinweg, ein wunderbares Gewoge der Farben und Formen, wie eine Fahrt durchs ganze lange wilde 1913. Und Blaise Cendrars dichtet dazu: »Die Fenster meiner Poesie sind weit geöffnet zur Straße und in ihren Scheiben / leuchten die Juwelen des Lichts / Hörst Du das Geigenkonzert der Limousinen und die Hylophone der Druckmaschinen? / Der Maler macht sich sauber im Handtuch des Himmels, Farbflecken überall / Und die Hüte der Frauen, die vorbeigehen, sind Kometen im Feuerschein dieses Abends.«

*

Umberto Boccioni, Verfasser des Futuristischen Manifestes, schreibt am 25. November erbost, dass nicht Sonia und Robert Delaunay, sondern natürlich die italienischen Futuristen die wahren Erfinder der Simultaneität seien. Und: »Wir sind es gewesen, die als erste erklärt haben, dass das moderne Leben fragmentarisch und schnell ist.« Aber das interessierte da schon kaum einen mehr, das moderne Leben rast einfach zu schnell voran. Der Futurismus, obwohl kaum anderthalb Jahre alt, war bereits Ende 1913 wieder Vergangenheit.

*

Am 18. November 1913 feiert der neben Thomas Mann und Gerhart Hauptmann berühmteste Schriftsteller Deutschlands seinen 50. Geburtstag: Richard Dehmel. Kaum jemand kennt ihn heute mehr. Und doch kannte ihn 1913 jeder.

Seine Lyrik hält Europa in Atem, sein lebensgieriges, mondänes Bohème-Leben mit seiner schönheitstrunkenen Frau Ida im Jugendstilhaus in Hamburg-Blankenese, Westerstraße 5, ist eine der vielbeschworenen Projektionsflächen der bürgerlichen Sehnsüchte um 1913. Alles ist miteinander verschlungen in diesem Haus, nicht nur die Körper von Ida und Richard Dehmel sind es, sondern eben auch die Tapeten mit den Bilderrahmen und den Tischdecken und den Teppichen und den Bildern von Ludwig von Hofmann. Ein einziges Lianengeflecht des Jugendstils, das hier noch immer neue Äste trieb, ein Gesamtkunstwerk aus Kunsthandwerk, Gedanken und Gedichten. Und alles mit Besteck von Henry van de Velde. Am Abendbrottisch der Dehmels und in ihrem Briefkasten versammelten sich 1913 alle gleichzeitigen Ungleichzeitigkeiten des Jahres: Stefan George kam und ebenso Max Brod aus Prag, Else Lasker-Schüler und Arnold Schönberg, Ernst Ludwig Kirchner und Max Liebermann. Und nach dem Essen wurde immer gefeiert und getrunken und getanzt, als gäbe es kein Morgen. Gustav Schiefler etwa, der Hamburger Kunsthistoriker, schreibt nach einer solchen Nacht in sein Tagebuch: »Dehmel tanzte, daß es an die Brunst eines Tieres gemahnte.« Aber trotz einer wilden Affäre, die die wilde Ehe zwischen Ida und Richard Dehmel ausgerechnet in diesem Jahre 1913 erschütterte, blieben die beiden lebenslang vereint (und noch heute liegt ihrer beider Asche in einer Urne in der Westerstraße 5, von wegen »bis dass der Tod euch scheidet«).

Eine ganz besondere Feier fand also zum runden Geburtstag des Hausherrn am 18. November statt. Und die zentrale Rolle, die Dehmel in der geistigen und gesellschaftlichen Welt dieses Jahres spielte, wird deutlich an dem Kreis derer, die ihm an diesem Tag das Haus schenken, in dem er bislang zur Miete wohnte. Stefan Zweig und Thomas Mann gaben Geld, Arthur Schnitzler, Harry Graf Kessler und Hugo von Hofmannsthal, dann die Berliner Verleger Bruno Cassirer und Samuel Fischer, die Industriellen Eduard Arnhold, Walther Rathenau und Eberhard von Bodenhausen. Albert Ballin und Otto Blohm, die Hamburger Reeder, stehen ebenso auf der Liste der Schenker wie der Bankier Max Warburg und der berühmte Kunsthistoriker Aby Warburg. Und so geht es immer weiter: Henry van de Velde, Peter Behrens, Elisabeth Förster-Nietzsche sind unter den Donatoren, Julius Meier-Graefe und Max Liebermann. Das ganze Who-is-who des Jahres 1913 trug den erforderlichen Kaufpreis von 47 194,92 Reichsmark zusammen. Unglaublich. Und hätte er Geld gehabt, wäre sicher auch Arnold Schönberg dabei gewesen. Der nämlich gratulierte Dehmel schriftlich mit den Worten: jede seiner neuen Werkphasen sei durch ein Gedicht Dehmels eingeleitet worden und erst durch ihn habe er den Ton gefunden, »der mein eigner sein sollte«.

Der 18. November wurde, wie es Ida Dehmel beschrieb, »zum erhabensten Feiertag in unserem Leben«. Es kamen viele hundert Glückwunschtelegramme, viele tausend Briefe, um Dehmel zum 50. Geburtstag zu gratulieren, und vor der Tür bildete sich eine lange Schlange von Gratulanten, die aus ganz Deutschland angereist waren. Es erscheint eine Sondernummer der Zeitschrift »Quadriga« – darin die Glückwünsche von Kandinsky, Franz von Stuck, Ferdinand Hodler, Lovis Corinth und Adolf Loos. Es scheint, als habe Dehmels schwärmerische, erdnahe Lyrik um 1913 eine ganz besondere Saite bei den unterschiedlichsten Gemütern zum Klingen gebracht, selbst Benn musste gestehen, dass Dehmel den »frühen Benn« sehr geprägt habe. Am Tisch bei Dehmels saßen Walther Rathenau aus Berlin und Julius Meier-Graefe, man trank Champagner und stieß an auf den Jubilar, immer wieder, bis es abends zu einem feierlichen Festmahl kam, irgendwie fanden sich 50 Stühle in dem eigentlich viel zu kleinen Wohnzimmer. Anschließend wurde auf den Fluren eine Gavotte getanzt, es wurde gesungen und heiß debattiert, ob nun der Jugendstil wirklich zu Ende sei oder eben doch noch lange nicht. Ein Symposium von Schönheit und Geist und gutem Wein. Richard Dehmel brauchte ein wenig, um sich von dem freudigen Schock zu erholen, nicht nur 50 Jahre alt zu sein, sondern vor allem Hauseigentümer: »Ich sitze noch immer recht erschüttert und schmauche zu meiner Beruhigung aus einem geschenkten Meerschaumkopf – dann wieder erhebe ich mich und gehe fast wie auf Zehenspitzen vorsichtig durchs Haus, keine bösen Kobolde zu wecken, denn dies Haus ist ja jetzt mein Eigentum und daran gewöhnt sich ein Wolkenwanderer wie ich es bin nicht von einem Tag auf den anderen!« Im August hatte Dehmel zwar den Montblanc bestiegen und kurz zuvor an seine Frau Ida geschrieben: »Grade in diesem Jahr würde es mir das schönste Geburtstagsgeschenk sein, wenn ich endlich hinaufkäme.« Aber der wahre Gipfel des Jahres kam für den Wolkenwanderer dann eben doch auf Erden, und zwar am 18. November.

*

Niels Bohr, der bedeutendste Physiker seiner Zeit, geht in Kopenhagen nach der Arbeit im Labor gerne ins Kino. Am 20. November schaut er sich einen Western an. Auch dort versucht er, die Wahrscheinlichkeitsrechnung anzuwenden: »Ich glaube ja gerne, dass sich ein Mädchen allein auf eine schwierige Wanderung durch die Rocky Mountains begibt. Ich verstehe auch, dass sie ins Stolpern gerät, fast in eine Schlucht stürzt und dass in genau dem Moment ein hübscher Cowboy des Weges kommt und sein Lasso wirft. Ich halte es nicht für ausgeschlossen, dass ihre Kraft ausreicht, um sich daran festzuhalten und in die rettende Höhe ziehen zu lassen. Was mir nur extrem unwahrscheinlich erscheint, ist die Tatsache, dass zur selben Zeit, in der dies alles passiert, sich zusätzlich ein Kamerateam am Ort des Geschehens eingefunden hat, das die ganze Aufregung auch noch auf Film festhält.«

*

Am demselben 20. November geht Franz Kafka in Prag ins Kino. Er notiert nachher im Tagebuch die legendären Worte: »Im Kino gewesen. Geweint.«

*

Dank des Himmelsforschers Carl Dorno wissen wir, dass »mit dem 21. November eine Periode schöner Morgendämmerungen ohne Purpurlichter beginnt«. Das wird er später in einem Buch mit dem nicht weniger schönen Titel »Beiträge zur Kenntnis der Dämmerungs-Erscheinung und des Alpenglühens. Historisch-chronologische Übersicht der schweizerischen Beobachtungen und Veröffentlichungen über Dämmerungsfärbungen und Alpenglühen« für die Nachwelt bewahren.

*

Am 25. November beginnt Kandinsky in der schönsten Morgendämmerung in der Ainmillerstraße 36 in München die Arbeit an seinem Hauptwerk »Komposition VII«. Nach dem Abendessen spannt er die riesige, 2 x 3 Meter große Leinwand auf den Keilrahmen auf. Am nächsten Morgen um 11 Uhr macht Gabriele Münter ein erstes Foto: Die gesamte Bildanlage hat Kandinsky mit schnellem Pinsel skizziert, das Boot mit den Rudern unten links und die explodierende Kanone als Abstraktionsknäuel in der Mitte und rechts eine Art Reiter, eher apokalyptisch als blau. Am 27. November morgens um 11 Uhr fotografiert Gabriele Münter den grellen Strahl, den Kandinsky über Nacht als Bildöffner von oben rechts eingebaut hat. Und als sie am nächsten Morgen, dem 28. November, ins Atelier kommt und auf die 2 x 3 Meter große Leinwand blickt, da kann sie in ihrem Tagebuch nur notieren: »Bild fertig«. Drei Tage – und ein Quantensprung für die moderne Kunst. Es ist Kandinskys bedeutendstes Werk seiner Münchner Jahre, die Summe seiner Abstraktion, ein Feuerwerk an Farben und Formen, eine gesprengte Welt voll Dynamik und kühnen Verzahnungen. Man braucht aber eben nur drei Tage für so etwas, wenn man zuvor 30 Jahre auf diese Komposition hingedacht und hingemalt hat.

*

Im November bringt die Firma AEG den ersten handlichen Hausstaubsauger auf den Markt. Er trägt die absurde Modellbezeichnung »Dandy«.

*

Was ich unbedingt noch erzählen wollte: Der größte Dandy des Jahres 1913 hat in seinem Leben nie Staub gesaugt – Gabriele D'Annunzio. Der wort- und schönheitstrunkene Nietzsche-Verehrer ist eine der schillerndsten Figuren dieses Jahres. Perfekt gestylt, den Schnurrbart gezwirbelt, der Blick entschlossen wie auf einer ewigen Jagd, so zieht er durch Europa, immer auf der Suche nach der nächsten Eroberung, dem nächsten kulturellen Großereignis oder wenigstens dem nächsten Grandhotel. Ungefähr 3000 Verehrerinnen, mit denen D'Annunzio ins Bett ging, verzeichnet das Tagebuch, das ist selbst für 1913 rekordverdächtig. Die berühmteste Beute des »Raub-vogels« D'Annunzio, wie ihn Romain Rolland nannte, war Eleonora Duse. Oder umgekehrt: Bekannt war er selbst weniger durch seine Lyrik oder seine Dramen, sondern als Geliebter der Duse. Ihn auf die Rolle des Don Juans zu reduzieren erscheint sinnvoll: denn alle seine Schriften sind nur Erzählungen seines eigenen Lebens, und selbst seine zahllosen Liebesbriefe sind eigentlich nur Notizen für zu schreibende Bücher. Als sein Liebesfuror für die bildschöne Römerin Barbara Leoni vergangen war, versuchte er über Umwege, die Liebesbriefe zurückzukaufen, die er ihr geschrieben hatte. Leider hatte er keine Abschriften davon ge-macht, und er brauchte sie gerade dringend für ein neues Buch. Und es gelang. So verwandte er in sei-nem Buch »Lust« dann die schwärmerischen Beschrei-bungen, die er einst über die schlafende Barbara ge-macht hatte, nun 1:1 in seinem Buch, inklusive des Erstaunens über ihre zu großen Füße. Irgendwann wimmelte dann ganz Italien von verlassenen, ge-demütigten, weinenden Geliebten D'Annunzios, und der Dichter musste, vollkommen abgebrannt, von zahllossen Duellforderungen und der Insolvenz ver-folgt, nach Paris fliehen. Dort machte er einfach genau so weiter wie zuvor. Nathalie Barney, die lesbische Salondame und Muse, fasste die Rolle D'Annunzios in Paris im Jahre 1913 so zusammen: »Er war der letzte Schrei. Wer es als halbwegs gutaussehende Frau nicht geschafft hatte, mit ihm ins Bett zu gehen, wurde zum Gespött von Montparnasse.« Relativ dauerhaft und wiederholt landete er in den Armen von Nathalie de Gouloubeff, einer russischen Fürstin, mit der er die Liebe zu den Greyhounds teilte und die sich um die gemeinsamen 60 Tiere kümmerte. Mit einem von ihnen, »Weiße Havanna« genannt, gewann D'Annunzio im August das Windhundrennen von St. Cloud, danach hatte er für ein paar Wochen wieder etwas Geld in der Tasche. Und dann, im Oktober 1913, übernimmt die Kosten für seine Wohnung in der Avenue Kleber und für seine Windhunde und seine sonstigen Eskapaden endlich Luisa, Marchesa Casati Stampa di Soncino und reichste Erbin Italiens. Die war nun so ganz nach dem Geschmack des Dichters: Rotgefärbtes Haar, gebleichte Haut, exzentrisch bis in die Zehenspitzen. Kaum war sie im Pariser Ritz abgestiegen, bestellte sie beim Concierge sechs lebende Kaninchen. Aber nicht zum Spielen, sondern als Abendbrot für ihre Boa Constrictor, die sie immer mit sich führte, sowie für ihre beiden hungrigen Windhunde (ihre beiden Geparden hatte sie für diese Reise in ihrem Palazzo in Venedig gelassen). Sie selbst aß ein paar Austern, obwohl sie sich ja angeblich nur von Champagner und exquisiten Drogen ernährte. Aber zum Dessert gab es im Ritz diesmal einen frischen Gabriele D'Annunzio, endlich, nach sieben Jahren, die sie sich nun kannten, gingen sie miteinander ins Bett. Luisa Casati war nicht besonders hübsch, aber dafür besonders exzentrisch – und deshalb lagen ihr alle zu Füßen. Die italienischen Futuristen betrachteten sie als ihre Verbindungsoffizierin, die »Ballets Russes«, Picasso, Man Ray als ihre Verbündete, ihre Verschwendungssucht, ihre absurden Eskapaden hielten die Hautevolee europaweit in Atem. Sie lebte, um sich zu inszenieren, ihre Maskenbälle im Stile des 18. Jahrhunderts waren die mondänsten und verwegensten Feste: Auf einem bat der größte lebende Tänzer Waslaw Nijinsky die größte lebende Tänzerin Isidora Duncan zum einzigen gemeinsamen Tanz ihres Lebens. Im September 1913 hatte sie gerade den Markusplatz in Venedig für ihren »Grande Ballo Pietro Longi« mit einem 14000 Quadratmeter großen Tanzboden ausgelegt. Irgendwie war es ihr gelungen, den Polizeipräsidenten und den Präfekten zu bestechen. Und so wurde der ganze Markusplatz zu einer Inszenierung ihrer Exzentrik. Um Mitternacht fuhr sie selbst in einer Gondel vor, komplett in Blattgold eingeschlagen, und vom Campanile des Doms schlug jene Uhr, die die »Unheilvolle« hieß. Luisa Casati liebte das Spiel mit der eigenen Bedeutung, die groteske Selbstüberhöhung und das Diabolische. Es war wirklich nur eine Frage der Zeit, bis sie in den Armen Gabriele D'Annunzios landete. Auch wenn man es kaum glaubt: Wenn diese beiden Verrückten nachmittags über die Boulevards rund um das Ritz spazierten, dann führte die Marchesa immer ihr kleines, dressiertes Krokodil bei sich, dessen Geschwindigkeit sie mit einer diamantbesetzten Leine bestimmte. Wo war ich noch mal stehengeblieben? Richtig: beim ersten Staubsauger. Davon bin ich jetzt leider etwas abgekommen.

*

Isadora Duncan reist durch Europa, um ihren Schmerz zu betäuben. Der Tod ihrer beiden Kinder im April hat auch sie selbst fast aus dem Leben gerissen. Die größte Tänzerin ihrer Zeit – unfähig, einen Schritt neben den anderen zu setzen. Selbst auf dem Monte Verità in Ascona, wo sie für ihre Tänze verehrt wird wie eine Göttin, kann sie keine Sekunde ihr Leid vergessen. Doch es gibt eine Frau, die sie zu trösten versteht: Eleonora Duse, »die Duse«, neben Sarah Bernhardt die wohl größte Schauspielerin dieser Zeit. Diese lädt sie im November 1913 ein in ihre Villa Rigatti in Viareggio, nur wenige hundert Meter entfernt von der Villa Giacomo Puccinis, in der dieser sich der Liebe mit der frisch geschiedenen Josephine von Stengel erfreut. Die Duse nimmt Isadora Duncan in den Arm, sie bittet sie ausdrücklich, von ihren verstorbenen Kindern zu erzählen, zu berichten, was sie am meisten vermisst, die Duse will Fotos sehen und Erinnerungen hören. Immer wieder muss Isadora Duncan ihr Sprechen unterbrechen, weil ihr der jähe Herzschmerz die Stimme versagen lässt, weil ihr die Tränen aus den Augen schießen, wenn sie an den dreijährigen Patrick denkt und die siebenjährige Deirdre, die mit ihrem Fahrer und ihrem Kindermädchen im April in der Seine ertrunken sind. Doch während alle anderen Isadora Duncan schonen wollen, indem sie nicht von dem Leid sprechen und es durch das Schweigen nur noch größer machen, ist die Duse die Einzige, die Duncan wirklich hilft, zu trauern. Und durch das Trauern ihre Lebensgeister weckt. Der Bildhauer Romano Romanelli war nach Viareggio gekommen, um sie als Brunhilde zu porträtieren. Die spielte sie nämlich in Wagners Oper »Siegfried« in Paris. Während einer der Porträtsitzungen, als sie nackt unter ihrer Tunika posierte, wurde Romano Romanelli zu ihrem Siegfried. Und auch wenn der Name nun wirklich klingt wie eine Romanfigur und ihn mir wahrscheinlich keiner glaubt: er war ganz offensichtlich aus Fleisch und Blut. Isidora Duncan will nicht nur Brunhilde sein. Sie will Mutter sein. Sie will das schreckliche Geschehen vergessen machen. Sie will die Geschichte neu schreiben. Sie will schwanger werden. Und sie wird schwanger. Ende 1913 wächst in ihrem Bauch ein kleiner Romano Romanellino. Das nennt man wohl eine gelungene Trauerarbeit.

*

Passend dazu entwickelte der amerikanische Biologe Alfred Sturtevant die erste DNA-Analyse. Doch für seine erste Darstellung eines Chromosoms hat er sich nicht den kleinen Romanellino, sondern die Fruchtfliege Drosophila melanogaster ausgesucht.

*

Im November 1913 spürt Kaiser Wilhelm II. erstmals die Grenzen seiner Macht. Er hat keine Chance gegen den Tango. Argentinische Musiker, die nach Paris gekommen waren, hatten das südamerikanische Virus Anfang des Jahrhunderts in Europa verbreitet. Die größten Infektionsherde waren inzwischen London, Moskau, Paris und Berlin. Auf Latein heißt tango: Ich berühre. Auf Englisch formulierte es George Bernhard Shaw so: »Dancing is a vertical expression of a horizontal desire.«

Doch Kaiser Wilhelm II., der Märsche und Polonaisen und überhaupt Übersichtlichkeit liebt, versteht es, nachdem am Tag zuvor ausgerechnet sein Sohn beim Tangotanzen in Uniform erwischt worden war, etwas anders: »Wir verpflichten hiermit durch die Hofansage die gesamten Hofstaaten, Chargen und Rekrutierten, sich sowohl in der Öffentlichkeit als auch im Privaten eines ausgesprochen widerwärtigen Tanzes zu enthalten. Auch die Mitglieder der allerhöchsten Familie sind bei Ordre gehalten, sich dieser fremdländischen Unsitte zu entziehen.« Doch es half alles nichts. Die Zeitungen sprachen von der »Tangomanie«, im »Tanz-Brevier«, das Ende 1913 erschien, wird vermeldet, dass »Ältere, ansonsten vernünftige Menschen, plötzlich Tangostunden nehmen«, das Establishment tobte, auf der zwölften Welttanzlehrerkonferenz in Paris, der »Academie internationale des amateurs professeurs de danse, tenue et maintien« kam der Tango sogar auf den Index. Doch trotz aller Verbote durch Kaiser und Tanzlehrer ging es immer weiter. In der Winterausgabe der Zeitschrift »Die Woche« wird vermeldet: »Wer es bisher liebte, sich leidenschaftlich in politische oder gar Kunstgespräche zu verstricken, tritt nun in die Reihe der Tangopassionisten.« Da es immer mehr katholische Priester gab, die das Tangotanzen als »Sünde« einordneten, griff irgendwann Papst Pius X. zu einem beachtlichen Faktencheck. Er ließ sich im Vatikan eines schönen Nachmittags vom jungen Prinzen Antici Mattei und dessen Cousine zu Grammophonmusik eine Tangovorführung geben, um zu schauen, ob da Sünden geschehen, die man dann nachher immer wieder mühsam erlassen muss.

Er saß also andächtig im Stuhl und beobachtete das Tanzpaar. Es ist jetzt irrevelant, ob er in diesen Fragen als kompetent gelten darf oder nicht – auf jeden Fall fand Papst Pius X. das Ganze wirke sehr wenig erotisch, sondern nur offenbar sehr anstrengend. Er bezweifelte daraufhin, dass es sich beim Tango wirklich um ein Vergnügen handeln könne. Deshalb hielt er das Tangotanzen auch für keine Sünde. Statt eines Verbotes kam deshalb aus dem Vatikan nach diesem Nachmittag die Duldung des Tanzes – und die Empfehlung, doch statt des Tangos lieber die harmlose Furlana zu tanzen, einen venezianischen Volkstanz. Pius X. konnte da noch nicht ahnen, dass nur neun Päpste später mit Franziskus ein Tangotänzer Gottes Stellvertreter auf Erden werden sollte.

*

Walter Benjamin hat beschrieben, wie sich die Menschen des 19. Jahrhunderts mit Stoffen umgaben wie in einem Etui. Das Rascheln der Stoffe, die Materialität, die verhüllten Beine und Arme, das war die alte Zeit, auch das war 1913. Nur das Gesicht und die Hände der Frauen von Stand waren zu sehen, hochgeschlossene Blusen und Jacken verhüllten den Oberkörper, lange Ärmel die Arme, Hüte die Haare und ein langer Rock die Beine. Der Mann trug Anzug und Weste mit Krawatte, auch oft einen Hut, alles perfekt luft- und lichtdicht verschlossen. Kein Wunder also, dass es den Menschen unter diesen Schichten immer enger zumute wurde. Kein Wunder auch, dass es die

Sonnenstrahlen und die frische Luft waren, mit denen die Reformler die eingeschnürten Großstädter auf den Monte Verità nach Ascona lockten und die Gurus wie Fidus, wie Dieffenbach und Gustav »Gusto« Gräser die Damen in ihren Bann zogen. Denn natürlich, das war die Verheißung, auf gelockerte Kleidungsvorschriften folgte postwendend auch eine gelockerte Sexualmoral. Und so etwas zog selbst in Stuttgart: Zu den Vorlesungen Gräsers am Waldesrand pilgerten Hunderte hochgeschlossen gekleidete Damen, lauschten gebannt dem bärtigen Propheten und dachten dann auf dem Heimweg lange nach über die Pros und Kontras der sexuellen Befreiung.

*

Am Kurfürstendamm in Berlin wohnen genau 45 Einkommensmillionäre, sowie etwa drei- bis viermal so viele Vermögensmillionäre. Damit ist der Kurfürstendamm die mit weitem Abstand wohlhabendste Straße Deutschlands.

*

Sidonie Nádherný, die geheimnisvolle Baronin aus Mähren, schreibt aus dem Palace Hotel in Prag am 26. November eine Eilnachricht an Karl Kraus: »Komme nachts. Ergebenst: Sidonie.« Er kommt. Und am nächsten Tag notiert sie in ihr Tagebuch mit beglückter Lakonie: »1. Mal«. Und Kraus dürfte wohl ebenso befriedigt gewesen sein, im spätromantisch berauschten, jugendstilbeseelten, neurotisch über-

feinerten Fin-de-Siècle-Wien Schnitzlers, Hofmanns-
thals, Klimts und Freuds eine Frau, Gräfin dazu, gefunden zu haben, die seine Hoffnung auf sexuelle
Hemmungslosigkeit erfüllte. »Der Mann«, schrieb er,
»hat fünf Sinne, das Weib bloß einen.« Dieser eine
aber schien ihm ein »Urquell«, »an dem sich der Geist
des Mannes Erneuerung hole«. Und er erneuerte sich
in der Liebe zu Sidonie grundlegend. Aber die Welt
zu hassen, das konnte er nur lassen, wenn er in ihren
Armen lag. Ansonsten galt: »Es wird schon etwas zu
bedeuten haben, daß ich an der Welt kein gutes Haar
lasse außer jenem, das Du auf Deinem Kopfe trägst.«

*

Paul Klee schreibt im November das wunderbare
Fazit in sein Tagebuch: »Eine einzige Liebeserklärung
an die Kunst ist das Jahr 1913.« Meine Rede.

1913, das erste Jahr der Gegenwart:
Emmy Hennings weiß nicht, ob sie nach vorne
oder hinten schauen soll.

Am 1. Dezember eröffnet in Pittsburgh die erste Tankstelle der Welt.

*

Am 1. Dezember feiert Sidonie Nádherný ihren 28. Geburtstag. Ihr Name ist so lang wie die Liste ihrer Verehrer: Sidonie Amálie Vilemína Karolína Julie Marie Nádherná von Borutín. An diesem 1. Dezember aber kämpfen vor allem zwei Gratulanten um den Platz in ihrem Herzen. Rainer Maria Rilke der eine, beharrlich, einfühlsam, frauenverstehend. Als im Frühling ihr geliebter Bruder gestorben war, da fand Rilke mit seinem Ton des nichtaussprechenden Verstehens als Einziger Zugang zu den Schattenkammern ihres Herzens. Sie schwieg stets viel, das fand Rilke vielsagend. Und Rilke ließ seine Frau Clara eine Büste von Sidonie erschaffen (Rilke liebte das Spiel über Bande), die nun in deren neuer Wohnung in der Trogerstraße in München stand, und er schrieb Sidonie in ihr fernes Schloss: »Dagegen sah ich gleich am dritten Tag meines Hierseins Ihre Büste, Sie müssten sie fast an der jetzigen Stelle zuerst wiedersehen, goldtönig, hineingestellt in das ananas- bis orangengelbe Leuchten eines blonden schwedischen Zimmers, so

warm und sonnig im Ton, köstlich und so schön und
still und irgendwie nachdenklich-traurig im Ausdruck.« So also, wie immer irgendwie nachdenklich-traurig im Ausdruck, schreibt Rilke ihr. Seine innere Ekstase für sie war aber abgekühlt – die hatte im
Sommer eher Hedwig Bernhard in Bad Rippoldsau ge-
golten und galt nun, im Winter, Magda von Hatting-
berg, einer Pianistin und Busoni-Schülerin, zu der er
sich in tausend taubenblauen Briefen hinschmachtete.
Bei Sidonie ging es ihm im Dezember 1913 mehr um
Besitzstandswahrung. Und darin fühlte er sich heraus-
gefordert durch Karl Kraus. Kraus, schockverliebt seit
dem 8. September, nennt Rilke gegenüber Sidonie nur
»die Maria«. Schon an ihrem ersten Abend, als sie in
die Sterne schauten, sprachen sie über den Dichter, er
kreist als Dritter wie ein ferner Adler immer über dieser Zweisamkeit. Er wird dann Sidonie warnen vor
Kraus und dessen jüdischer Herkunft – traurig, aber
wahr. Jetzt aber, in diesem Dezember ist Kraus ein-
deutig derjenige, der in der größten Liebe entbrannt
ist: »Oh Sidie«, »Meine Braut vor Gott«, »Du Heilige,
Herrliche«, »Beglückerin Du! Vernichterin! Erretter-
in«, »Ich hätte nie geglaubt, daß es so über mich
hereinbrechen kann«, »Ich verbrenne«. So also schreibt
Karl Kraus an Sidonie Nádherný. So also schreibt der
strenge Mahner und Prophet, der bissige Satiriker und
der Alleinunterhalter der »Fackel«, wenn er von Sinnen
ist. Und Sidonie? Diese weise Frau also schreibt:
»Warum bedeutet immer Liebe, beim Mann wie beim
Weib – Zerstörung?« Gute Frage.

*

Djagilew sinnt auf Rache. Auch er fragt sich: Warum bedeutet Liebe immer Zerstörung? Seine Antwort: Weil es so sein muss. Er hat sein Geschöpf Nijinsky verstoßen, ihn hinausgeworfen aus den »Ballets Russes«, als der sich einer Frau hingegeben hat. Er entzieht ihm die Choreographie für die »Josephslegende«. Per Telegramm entlässt er ihn. Doch wirklich besiegen und überwinden, das weiß er, kann er ihn nur, wenn er einen neuen Mann in sein Herz hineinlässt und in sein Bett. Als er am Ende dieses unglaublichen Jahres in Moskau ein wenig zur Ruhe kommen will, da sieht er plötzlich bei Proben in der Oper einen bildschönen Statisten mit einer Servierplatte einen Schinken auf die Bühne tragen. Am nächsten Abend sieht er ihn leidlich tanzen, die Tarantella im Schwanensee. Leonid Mjasin, später bekannt geworden unter dem Namen Léonide Massine, ist sein Name. Djagilew verpflichtet ihn sofort für die »Ballets Russes«, fährt mit ihm am nächsten Tag nach St. Petersburg, geht dort mit ihm in die Ermitage und abends sofort ins Bett. Er hat seinen neuen Star gefunden. Leonid Mjasin bekommt die Hauptrolle in der »Josephslegende«, die Richard Strauss und Hugo von Hofmannsthal für Nijinsky erdacht hatten. Aber Nijinsky und Romola, immerhin, bekommen ein Kind.

*

Am Morgen des dunklen 2. Dezember verlässt die dänische Autorin Karen Blixen ihren Gutshof in Rungstedlund, das Heim ihrer Kindheit und Jugend, und macht sich auf den Weg nach »Afrika, dunkel lockende Welt«, wie später ihr Roman heißen wird. Sie will dort, in Britisch-Ostafrika, ihren Verlobten heiraten, den schwedischen Baron Bror von Blixen-Finecke, und ein neues, freieres Leben beginnen. Vier Jahre zuvor hatte sich Karen schon einmal in einen Baron von Blixen-Finecke verliebt, in Hans, den Bruder ihres jetzigen Bräutigams, doch der wollte nicht. So versuchte sie jetzt mit Bror nach Afrika zu übersiedeln und eine Milchfarm zu betreiben, so wie sie es von Jack Londons Farm gehört hatte. Sie wollte raus aus der Enge Dänemarks, sie wollte in die Wärme und ins Licht. Bror fuhr im Sommer 1913 voraus und kaufte die 800 Hektar große Mbagathi-Farm am Fuße der Ngong-Berge südlich von Nairobi – finanziert von Karens Familie, denn der Bräutigam war pleite. Als der Kauf perfekt war, packte Karen ihre Koffer. Ihre Mutter Ingeborg und ihre kleine Schwester Ellen begleiteten sie auf der langen, langen Zugreise durch ganz Europa. In Neapel machten die drei Frauen über Weihnachten noch ein paar Tage Urlaub, ließen sich gefangennehmen von den Krippenfiguren, den Gesängen im italienischen Süden, »jenseits von Afrika«. Am 28. Dezember schiffte sich Karen Blixen nach Mombasa ein. Im Januar wird Bror sie abholen und tatsächlich heiraten, aber das führt jetzt zu weit. Wichtiger ist, dass sie sich schon nach drei Tagen auf See, am Silvesterabend, verliebte – in den deutschen Oberstleutnant Paul von Lettow-Vorbeck, den späteren Kommandanten der kaiserlichen Schutztruppe in Deutsch-Ostafrika. Um ihn weiterhin an ihrer Seite zu haben, machte Karen, durchaus praktisch veranlagt, ihre neue Flamme gleich zu ihrem Trauzeugen. Enttäuschend war dann eher, dass ihr Mann dummerweise keine Milchfarm, wie verabredet, sondern eine Kaffeefarm gekauft hatte. Aber leider lagen deren Anbauflächen so ungewöhnlich hoch, dass der Kaffee immer wieder einging und die Afrikaner froh waren, einen dummen Europäer gefunden zu haben, der ihnen das Land abkaufte. Noch enttäuschender aber war, dass ihr Ehemann sie schon in der Hochzeitsnacht mit Syphilis ansteckte – und sie wenig später nach Europa zur Behandlung musste und ein Leben lang unter den Folgen litt. Die Krankheit, die sich ihr Mann offenbar in einem Bordell auf der Reise nach Afrika geholt hatte, war für Karen Blixen ein besonderer Schock: Ihr eigener Vater, streng protestantisch, hatte sich 1895 erhängt, nachdem ihn der Arzt mit der Diagnose Syphilis konfrontiert hatte und er diese Schande seiner Familie nicht zumuten wollte. Und dann steckt sich seine arme Tochter in ihrer Hochzeitsnacht damit an. Das nennt man wohl Familienschicksal.

*

Die russischen Flieger flogen 1913 die ersten Loopings, aber niemand kreiste so formvollendet um sich selbst wie der russische Dichter Wladimir Majakowski. Am 2. Dezember, als Karen Blixen nach Afrika aufbricht, wird in St. Petersburg die Premiere von Wladimir Majakowskis »Wladimir Majakowski. Eine Tragödie« gefeiert. In der Hauptrolle, logisch, Wladimir Majakowski. Der mit dem Namen des Autors identische Titel des Stücks geht eigentlich auf einen Irrtum der Petersburger Zensurbehörde zurück, das erschien dem Autor aber dann als sehr plausibel.

*

Man wächst an seinen Herausforderungen. Also forderten die jungen, intellektuellen russischen Revolutionäre gleich mal die Sonne heraus. Ach was: Sie behaupteten bereits im Titel ihrer verwegenen »futuristischen Oper« den »Sieg über die Sonne«. Die Uraufführung der Künstler rund um Kasimir Malewitsch, die um 9 Uhr abends am 3. Dezember im Luna Park in St. Petersburg stattfand, war ein Urknall für die Moderne in Russland, der aufräumte mit aller traditioneller Logik im Musiktheater. Entstanden war ein krudes Gesamtkunstwerk, reine Lautpoesie, verwirrende Klänge, Lichteffekte, die Figuren hießen »Irgendeiner mit schlechten Absichten« und »Schwätzer am Telefon«, und auf den Bühnenvorhängen sah man das erste schwarze Quadrat von Malewitsch. Das sollte der »Keim der Möglichkeiten« sein. Dennoch gelang es Malewitsch nicht, seine Version eines »Futuristischen Kraftmenschen« auf die Bühne zu stellen, eine Art Gerät, das »einerseits Elektrizität speichern und andererseits auf Knopfdruck losschlagen« sollte. Gelungen allerdings waren die beiden Schlusssätze des »Sieges über die Sonne«: »Die Welt wird natürlich untergehen. Aber für uns gibt es kein Ende.« Da hat man die ganze Besessenheit des russischen Aufbruchs um 1913, die Zerstörung als Schaffensprinzip, das Ende als Bedingung für den

Neuanfang. Die wunderbar dissonante verwirrende Musik zu der futuristischen Oper »Sieg über die Sonne« stammte von Michail Matjuschin. Von ihm stammt auch die schlüssigste zeitgenössische Diagnose des Jahres 1913 in den Künsten überhaupt: »In der Malerei alle diese Verschiebungen von Fläche und Perspektive, Dynamik der Form und Dynamik der Farben. In der Musik die Idee neuer Harmonien, einer neuen Chromatik, einer neuen Tonleiter. In der Entdeckung des Wortes und daher der Entdeckung der Loslösung des Wortes vom Sinn: das Recht des Wortes auf Selbständigkeit. Und dies waren die Folgen: In der Malerei der Zerfall der alten akademischen Zeichnungen, des Klassizismus, dessen wir überdrüssig geworden sind. In der Musik der Zerfall des alten Tones, des diatonischen Systems, dessen wir überdrüssig geworden sind. In der Literatur der Zerfall des alten, abgenutzten, vollgepfropften Wortes, dessen wir überdrüssig geworden sind.« Auch hier also: Erst muss das Alte vergangen sein, damit das Neue endlich beginnen kann. So also die Lage der Kulturnation Russland Ende 1913.

*

Der Ausbruch des Vulkans Katmai in Alaska im Jahre 1912 sorgte noch das ganze Jahr 1913 für eine für die Menschen neuartige und seltsame Verschleierung des Himmels. Die Sonne scheint nicht mehr richtig, es wird kühl und regnet das ganze Jahr mehr als sonst. Die Aschespuren sorgten nicht nur in Amerika, sondern auch in Europa für eine, wie es die Forscher nennen, »atmosphärisch-optische Trübung«, und zwar in Form einer »markanten Dunstsscheibe um die Sonne«. Ab 1914 wird es für die Himmelsgucker etwas langweilig. So schreibt Carl Dorno später aus Davos: »Ab Januar 1914 folgt eine an meterologisch-optischen Erscheinungen dürftige Periode, die erst durch eine neu einbrechende Störung« wieder belebt wird.« Ob damit der nächste Vulkan oder der nächste Krieg gemeint ist, bleibt offen. Astronomen und Meteorologen argumentieren gerne etwas zurückhaltend. Aber Thomas Mann, der Dorno in Davos in dessen Physikalisch-Metereologischem Observatorium bei seinen Recherchen für den »Zauberberg« kennengelernt hat, wird diese Diskretion gefallen haben.

*

Am 5. Dezember wird Asta Nielsens Film »Die Filmprimadonna« uraufgeführt. Die irrwitzige Story geht so: Ein Drehbuchautor verliebt sich in die Hauptdarstellerin, die wiederum einen anderen liebt. Jener andere braucht Geld, weil er spielt und säuft, und darum geht die schon halbkranke Schauspielerin auf Tournee – doch als sie das Geld abgeliefert hat, verlässt sie der andere schnöde. Sie kehrt zuruck zum Drehbuchautor, der in seiner Verzweiflung einfach ihre gemeinsame Geschichte zu einem Film verarbeitet hat. Die Schauspielerin spielt sich also selbst. In der Schlussszene stirbt sie, also Asta Nielsen – und zwar in den Armen des Drehbuchautors. Was für ein wahnsinniges Spiel mit den Ebenen von Film und Wirklichkeit. Als die Schauspielerin stirbt, trägt sie das Kostüm eines Pierrot – und der Drehbuchautor passenderweise auch. Im Tod also sind sie vereint. Ergriffen verlässt Erich Heckel, der große Brücke-Maler, am späten Abend des 5. Dezember das Kino am Kurfürstendamm, ergriffen vor allem von jener Schlussszene mit den beiden Pierrots. Er geht nach Hause, er wird heute keine Stiefel mehr putzen, denn er glaubt nicht mehr an den Nikolaus. Er glaubt nur noch an die Kunst. Und darum beginnt er noch in der Nacht an seiner Radierung »Sterbender Pierrot«. Wie in der letzten Filmszene, die Heckel immer noch in seinem Kopf mit sich trägt, hat er den Kopf des Pierrot verzerrt angewinkelt, wenig später beginnt er mit seinem Gemälde »Toter Pierrot«, wo die Halskrause von Asta Nielsen zu einer Art Heiligenschein wird. Es ist also ein Bild nach einem Film über einen Film, in dem eine Schauspielerin die Rolle einer Schauspielerin spielt, in der sie sterben soll – und tatsächlich stirbt. So verschränkt waren die Kunst und das Leben am Ende des Jahres 1913.

*

Am 6. Dezember erscheint ein Sonderheft der Zeitschrift »Die Aktion« für Otto Gross. Der Psychoanalytiker, der, getrieben vom Opium, der Liebe zu den Frauen und zur Wahrheit, gegen die Verkrustungen des Wilhelminismus trotzig aufbegehrte, am Monte Verità, in Berlin und in München, war im November von seinem Vater für verrückt erklärt und in eine Irrenanstalt eingeliefert worden. Dagegen begehrten nun die Dichter auf, Erich Mühsam, Franz

Jung (in dessen Wohnung Gross von der Polizei gefasst wurde), Else Lasker-Schüler, Johannes R. Becher, Jakob von Hoddis, René Schickele, sie alle schrieben wütende Verse. Der Kampf zwischen Vater und Sohn Gross wurde zu einem beispielhaften Generationenkonflikt, Söhne gegen Väter, Jung gegen Alt. Es siegten, leider, die Väter. Aber, immerhin, Gottfried Benns Gedichtband aus diesem Jahr heißt »Söhne«. Auf dem Titel: Eine »apokalyptische Landschaft« von Ludwig Meidner.

*

Paul Souday, der wichtigste Literaturkritiker Frankreichs, schreibt am 9. Dezember über Marcel Prousts gerade erschienene »Suche nach der verlorenen Zeit«: »Das Werk ist maßlos und chaotisch.« Aber, immerhin, es gäbe zwischen all den Hunderten und Aberhunderten von Seiten ein paar ganz gute Stellen, aus denen »hätte man ein nettes kurzes Buch machen können«.

*

Am 13. Dezember wird in Frankfurt das erste deutsche Heinrich-Heine-Denkmal enthüllt. Für den Körper des breitschultrigen deutschen Dichters des 19. Jahrhunderts stand dem Bildhauer Georg Kolbe absurderweise Djagilews abhandengekommener Faun, der schmächtige Tänzer Waslaw Nijinsky, Modell. Der hatte Kolbe in seinem Pariser Atelier gerade besucht, als dieser den Auftrag für das Denkmal aus Frankfurt erhielt. So zeigt das Heine-Denkmal einen zarten, athletischen Jungenkörper, der über eine nackte Frau hinwegtanzt, und auf seinen Zehenspitzen balanciert. Er habe, sagte Kolbe zur allgemeinen Verblüffung, mit seiner Skulptur nur die Leichtfüßigkeit von Heines Gedichten ausdrücken wollen, nicht mehr und nicht weniger.

*

Karl Wilhelm Diefenbach hat die »Toteninsel« von Arnold Böcklin, das vielleicht berühmteste Gemälde der deutschen Kunst des 19. Jahrhunderts, am letzten Tag des 19. Jahrhunderts gefunden. Als er am 31. Dezember 1899 auf der Insel Capri mit seinem Boot anlegt, ahnt er, dass hier, auf dieser Insel der Toten, sein neues Leben beginnen wird. Er hat schon einmal versucht, sich und die Welt komplett umzukrempeln, im Isartal, in Höllriegelskreuth. Aber es ist kein Wunder, dass es bei diesem Ortsnamen nicht klappen konnte. Nun also: Capri. Hier wollte er einen neuen Menschen züchten. Wie Gorki auf der anderen Seite der Insel, der einst auch versucht hatte, genau hier die russischen Arbeiterkinder zu Revolutionären auszubilden, so wollte Diefenbach mit Vegetarismus, Sport und christlicher Esoterik gegen Industrialisierung und Kapitalismus antreten. Es ging um Luft und um Licht, um Homöopathie und um Yoga, um sexuelle Befreiung und um das Leben in der Kommune. Es ging darum, sich von Diefenbach selbst »wie weiches Wachs bilden und anders gestalten zu lassen«. Am extremsten war Diefenbachs Lebenswandel seit ein, zwei Jahren, alle paar Monate gab es eine neue Frau an seiner Seite, rückblickend lässt sich ein deutlicher Hang zu Blondinen aus altem deutschen Adel erkennen, die ihm verfielen, als sie für ein paar Tage auf Capri im Hotel Quisisana Quartier nahmen und dann bei ihren Spaziergängen in den Bann des bärtigen Kuttenträgers mit dem verwilderten Blick gerieten. Diefenbach lebte auf Capri seine sexuellen Wunschvorstellungen aus. Aufgabe des »Weibes« sei, so stellte er fest: die »Befriedigung meines unwiderstehlichen natürlichen Geschlechtstriebes«. Die Schwester seiner Ehefrau Mina, Marie Vogler, musste seinen Geschlechtstrieb ebenfalls befriedigen, was zu einem Dauerstreitthema zu Hause führte, klar. Und 1912, also letztes Jahr, hatte er auf Capri eine vornehme junge Russin kennengelernt, Eugenie von Reinke, die nur für ein paar Tage aus Neapel herüberkommen wollte und dann doch Teil seiner Kommune wurde, dann folgte Agnes Bogler von Plankenfeld, eine alte Verehrerin aus Wiener Zeiten, die sich ihm nun erneut hingab und in der Diefenbach ebenfalls hoffte, sein »besseres Ich« zu finden. 1913 schließlich traf er bei einem Spaziergang auf Capri die ostpreußische Gutsbesitzerin Martha Rogalla von Bieberstein als »seelenverwandtes Wesen«, auf das er ein Leben lang gewartet hatte. Aber Diefenbach hatte nicht allzu viel Zeit für die Frauen, denn er musste vor allem malen auf Capri, auch nachts.

Das war nun seit der Zeit der Romantik die Sehnsuchtsinsel der Deutschen geworden, die Blaue Grotte, sagenumwoben und lange verschwunden. Ausgerechnet von einem deutschen Maler wurde sie, tauchend, wiederentdeckt. Und dass dieser August Kopisch eigentlich berühmt dafür war, das Märchen von den Heinzelmännchen erfunden zu haben, das machte diese Geschichte der wiedergefundenen Grotte natürlich gleich noch einmal sagenumwobener. Capri vor Diefenbach war also vor allem: blau. Darüber die goldene Sonne. Doch Diefenbach wartet buchstäblich ab, bis die Sonne sich hinter Capri ins Meer versenkt. Dann, wenn es dunkel wird und die Gischt der Brandung jäh aufleuchtet im Licht des Mondes, wenn die Wellen, die an die Kalkfelsen schlagen, klingen wie Donnerbrausen, wenn das Kreischen der Möwen plötzlich tönt wie das der Krähen in einem Gedicht Georg Trakls, dann, ja dann erst macht sich Diefenbach mit seiner Staffelei und seinen Ölfarben auf den Weg an den Strand. Nur vom Mond beleuchtet, umtost vom nächtlichen Meer, beginnt er zu malen, schwarz in schwarz, und aus den dunklen Fluten seiner Bilder entsteigen die großen Figuren der Geschichte, die ägyptischen Götter, Odysseus, Jesus, Dante, darüber immer die Möwen, deren jähe Schreie fast jedes seiner Gemälde durchzucken. Das Schwarz seiner riesigen Bilder ist körnig, er mischt den Sand vom Strand darunter, er reibt ihn ein in die Farbe, bis er selbst dunkel wird wie die Nacht, er malt und malt und malt, und dann, als ganz langsam der Morgen dämmert und hinten am Horizont das erste ferne warme Leuchten zu sehen ist, packt Diefenbach seine Sachen. Er schultert die Staffelei und er nimmt die noch nasse Leinwand mit der einen Hand, die Pinsel und die Farben mit der anderen und steigt den Weg wieder hinauf zu seinem Haus. Er stellt das Bild in den Wohnraum, auf dass es alle sehen, wenn sie erwachen, erstaunt, ergriffen, ergeben, der Meister selbst jedoch geht in sein Gemach, blickt noch einmal zum Himmel, spricht ein Gebet, zieht sein leinenes Reformkleid aus und sein leinenes Reformnachthemd an und schläft hinein in den Tag, hoffend, dass auch dieser goldene Tag wieder enden wird in einem Abend voller Dunkelheit. Am 13. Dezember 1913 dann, symbolträchtiger geht es nicht, wird Capri endgültig zu Diefenbachs Toteninsel. Als die Sonne gegen halb fünf untergeht, da erlischt auch das Leben des großen Lebensreformers, Verrückten, Genies und Hallodris Karl Wilhelm Diefenbach.

*

Am 13. Dezember 1913, dem Tag, als Karl Wilhelm Diefenbach stirbt, legt der dreißigjährige Karl Jaspers an der Philosophischen Fakultät der Universität Heidelberg sein Lehrbuch der »Allgemeinen Psychopathologie« als Habiliationsschrift im Fach Psychologie vor. Er hinterlässt damit der Psychiatrie eines ihrer Grundlagenwerke und wandte sich selbst aber fortan ganz der Philosophie zu.

*

Der deutsche Ballonfahrer Hugo Kaulen blieb zwischen dem 13. und dem 17. Dezember für insgesamt 87 Stunden ohne Unterbrechung in der Luft. Sein Ballon, der im Morgengrauen des 13. Dezembers in Bitterfeld losflog, landete erst am 17. Dezember 2828 Kilometer entfernt bei Perm in einer unzugäng-

lichen Steppe im russischen Uralgebirge. Die einzige
Landkarte, die er dabei hatte, war ein alter Schulatlas.
Sonst hätte er sich eventuell ein schöneres Reiseziel
ausgesucht. Nachdem er und seine beiden Gefährten
weitere drei Tage auf einem Hundeschlitten zur
nächsten größeren Ansiedlung gereist waren, wurden
sie sofort auf den Boden der Tatsachen geholt und
wegen Spionageverdachts verhaftet. Doch als die russischen Militärs den lächerlichen Schulatlas bei ihnen
fanden, ließen sie Kaulen und seine Mitstreiter wieder gehen. Er zehrte bis zu seinem Tod von den fünf
Tagen über der Erde. Und erst im Jahre 1976 blieb
ein Mensch länger in der Luft als unser guter Hugo
Kaulen aus Bitterfeld.

*

Am 19. Dezember boxten in Paris Jack Johnson und
sein Herausforderer Jim Johnson aus Memphis/Ten-
nessee um den Weltmeistertitel im Schwergewicht.
Womit schon mal vorher klar war, dass auch der neue
Weltmeister Johnson heißen würde. Ansonsten aber
war nichts so richtig klar. Zum ersten Mal bei einem
Weltmeisterkampf waren beide Boxer Schwarze, was
weltweit in den Medien diskutiert wurde. Jack Johnson war gerade aus Amerika nach Europa geflohen,
weil er in seiner Heimat angeklagt und zu einem Jahr
Haft verurteilt worden war. Ein Gesetz dort verbot
den »Transport von Frauen« von einem US-Bundes-
staat in einen anderen zum Zweck »unmoralischer
Betätigung«. Offiziell richtete sich das Gesetz gegen
Prostitution. Aber bei Johnson wurde es angewandt,

weil er eine Affäre mit einer Weißen hatte und ihr aus einem anderen Bundesstaat eine Bahnkarte geschickt hatte, damit sie ihm bei einem Kampf zusehen konnte. Statt die Haftstrafe anzutreten, floh Jack Johnson also nach Europa. Der Kampf am 19. Dezember in Paris im Elysee Montmartre muss sehr merkwürdig gewesen sein. Ab der dritten Runde nutzte Johnson nur noch seinen rechten Arm und ließ den linken hängen. Doch sein Herausforderer nutzte die Chance nicht und schlug nicht zu, nur zwei starke Uppercuts in der siebten Runde sind vermerkt. Im Saal schrien die Leute und wollten ihr Geld zurück, weil nichts passierte im Ring. Angeblich hatte sich Jack Johnson in der dritten Runde den Arm gebrochen. Das glaubte aber keiner so recht. Der Kampf endete nach zehn Runden mit einem Gleichstand nach Punkten. So blieb Jack Johnson Weltmeister. Georges Braque, der Maler und Boxer, applaudierte, ging nach Hause und malte einen kubistisch zuckenden Boxring. Gabriele D'Annunzio, der Schriftsteller und Boxer, ging nach Hause und schlug auf seinen Boxsack, den er als griechische Göttin verkleidet hatte.

*

Arthur Schnitzlers »Liebelei« kommt ins Kino. Eine Geschichte über ein Duell, das zu einem Zeitpunkt kommt, als der Herausgeforderte gar nichts mehr wissen will von seiner Geliebten. Eine Geschichte also über den falschen Zeitpunkt. Am 20. Dezember bekommt Schnitzler in Wien eine Arbeitsfassung des

Films zu sehen. Im Tagebuch notiert er: »Im ganzen mäßiger Genuß.« Unzufrieden ist der Dichter mit der Duellszene. Da, so sagt er, wäre »kinematographisch viel mehr herauszuholen«. Das sieht der »Kinematograph« ganz anders. In einer Kritik heißt es dort: »Man hat wohl kaum einen Film gesehen, der so eindringlich die eigene, resignierte Stimmung der wienerischen Genußwelt wiedergibt wie gerade diese ›Liebelei‹.«

*

Stefan Zweig, mitten drin in der wienerischen Genusswelt, notiert in sein Tagebuch: »Eine wunderbare Unbesorgtheit ist über die Welt gekommen, denn was sollte den Aufstieg unterbrechen, was den Elan hemmen, der aus seinem eigenen Schwung immer neue Kräfte zieht? Nie war Europa stärker, reicher, schöner, nie glaubte es inniger an eine noch bessere Zukunft.« Tja. Dumm gelaufen. Leider wird Zweig, wenn er diese Worte 1942 veröffentlichen wird, sie in einem Buch drucken, das den Titel »Die Welt von Gestern« trägt.

*

Emmy Hennings, 28 Jahre alt, goldener Bubikopf, sehnsüchtige Augen und im Ausdruck eine herrliche Flensburger Sprödigkeit, kehrt im Herbst aus Kattowitz und Budapest, wo sie auf den Bühnen von Varietétheatern gesungen hat, nach München zurück, in die Leopoldstraße 4, mitten hinein in die Schwabinger

Herrlichkeit. Die Schauspielerin, Sängerin und Komödiantin lebte und liebte sehr flexibel, zwischen 1910 und 1915 gibt es allein im Münchner Einwohneramt 26 An- und Abmeldungen. Eine Frau auf der schiefen Bahn. Oft singt sie abends im Münchner »Simplicissimus«. Dann zieht sie weiter: Von der Leopoldstraße reist sie erst einmal weiter nach Berlin, ins »Linden-Cabaret«, wo sie Auftritte hat mit ihrer traumverlorenen Stimme und ihrem grünen Chiffonkleid. Wenig später dann der Auftritt im »Bier-Cabaret« des Berliner Passagetheaters als »dänische Futuristin«. Sie ist permanent am Rande des Nervenzusammenbruchs – und die Drogen und der Ekel, wenn sie sich nach einem Gesangsauftritt wieder in einem samtenen Séparée prostituieren muss, lassen ihren Selbsthass wachsen. Aber irgendwie, man weiß nicht warum, wird diese sonderbare Frau aus dem hohen Norden Ende 1913 von der Tingeltangeltänzerin zu einem Liebling der Literaten, Frank Wedekind schreibt »Das Donnerwetterlied« für sie, Karl Kraus schwärmt von ihrer Prosa, Klabund ist verzückt. Im Kurt Wolff Verlag wird zunächst ihr Körper berühmt, es erscheint die Mappe ihres Liebhabers, des Malers Reinhold Junghanns, mit dem Titel »Variationen über ein weibliches Thema« (die Nacktbilder wird ihm ihre Mutter nie verzeihen, aber in Schwabing wird sie damit weltberühmt). Junghanns zeigt dann Franz Werfel, seinem Lektor im Kurt Wolff Verlag, ein paar Gedichte seines Modells. Der ist »gerührt« und erkennt auf den ersten Blick ihr Talent, bittet sie um mehr Gedichte, liest sie und veröffentlicht vier Monate, nachdem ihr Körper zu sehen war, auch ihren ersten

Gedichtband, der passenderweise gleich »Die letzte Freude« heißt. Das gefällt natürlich sehr Jakob von Hoddis, dem drogensüchtigen und halb wahnsinnigen Dichter des »Weltenende«, der ihr und ihren Absinthaugen verfällt. Sie auch ihm. Aber nur kurz. Zu viele Drogen, zu viele Schmerzen, zu viel Alkohol im »Café des Westens«. Ferdinand Hardekopf beschreibt sie in der Zeitschrift »Die Aktion«: »Wer kann dieses Mädchen, das die Hysterie, die Gereiztheit und die hirnzerreißende Intensität der Literaten besitzt, hindern, zu einer Lawine anzuschwellen?« Scheinbar niemand. Doch dann kommt Hugo Ball, noch Expressionist, noch nicht Dadaist. Emmy Hennings schreibt über ihr erstes Treffen: »Er gab mir ein Gedicht, ›Der Henker‹, das ich kaum anzunehmen wagte, weil es mir unheimlich war. Er las es mir vor und mich ergriff die Furcht vor den Worten oder vor dem Menschen selbst, ich weiß es nicht.« Aber Hennings überwindet ihren Schock. Anders als die deutschen Zensurbehörden: Als in der ersten Ausgabe der Zeitschrift »Revolution« Balls Henker-Gedicht erscheint, wird das Heft konfisziert, dem armen Verleger das Verbreiten unzüchtiger Schriften vorgeworfen und Ball vor dem Reichsgericht der Prozess gemacht. Doch da ist längst Emmy Hennigs zu seiner Geschworenen geworden.

✳

Seit Tagen hört Kafka nichts mehr von seiner Verlobten Felice Bauer, er bittet seinen Freund Ernst Weiß, sie in ihrem Büro bei der Firma Lindquist in Berlin aufzusuchen und sie um eine Antwort zu bitten. Am 20. Dezember schickt ihm Felice dann tatsächlich ein Telegramm nach Prag und verspricht, einen Brief schreiben zu wollen. Sie schreibt keinen Brief. Daraufhin ruft Franz Kafka Felice Bauer an. Sie verspricht ihm wieder, bald einen Brief zu schreiben. Doch sie schreibt keinen Brief. Einen Tag später schickt ihr Kafka ein Telegramm: »Kein Brief angekommen«. Darauf schickt Felice ein Telegramm zurück: Ihr Brief an Kafka sei nunmehr fertig zum Versenden. Aber er solle bitte Weihnachten nicht nach Berlin zu ihr kommen. Verzweifelt verbringt er das Fest mit seinen Eltern. Am 29. Dezember dann steckt im Briefkasten der seit Wochen angekündigte Brief von Felice Bauer, der erste seit mehr als sieben Wochen. Es ist ein Abschiedsbrief. »Wir würden beide«, so schreibt sie, »durch eine Heirat viel aufzugeben haben.« Weiter liest er nicht. Er weint. Er beginnt einen Antwortbrief, für den er, wie genau ein Jahr zuvor, auch wieder vier Tage brauchen wird. Silvester sitzt er wieder am offenen Fenster und schreibt und schreibt und schreibt, halbherzig fragt er noch einmal, ob es mit ihnen beiden nicht doch irgendwie weitergehen könne, doch eigentlich, so merkt er, glaubt auch er nicht mehr an die Zukunft. Da schlägt die Uhr zwölf, und die Raketen fliegen hoch und bunt und schillernd über dem Hradschin in die dunkle Nacht, verglimmen hoch oben in der Luft und landen dann unsanft auf dem Boden. Kafka schreibt weiter, unglaubliche 35 Seiten wird der Brief am Ende haben. Er wirbt noch einmal um ihre Hand. Und natürlich wieder auf seine ganz eigene Weise, ein Offenbarungseid im Konjunktiv: »Ich bliebe auch nach der Heirat derjenige, der ich bin, und das ist ja eben das Schlimme, das Dich, wenn Du wolltest, erwarten würde.« Felice hat diesen Satz dick unterstrichen. Aber bis zum Redaktionsschluss dieses Buches nicht beantwortet.

*

Und plötzlich steht das eigene Kind vor der Tür des eigenen Lebens. Frank Wedekind ist perplex. Der Autor von »Lulu« und »Frühlings Erwachen«, den harten Realitäten des Lebens also durchaus zugetan, ist dann doch vollkommen überfordert, als die Wirklichkeit an der Haustür klingelt. Er hatte sich im Sommer erstmals gemeldet, dieser Friedrich Strindberg, Wedekinds erster, inzwischen sechzehnjähriger Sohn, den er 15 Jahre lang nicht gesehen hatte. In akkurater Sütterlinschrift bat er den Vater um ein Treffen. Der arme Fritz nennt ihn »Herr Wedekind« und ist so linkisch und unsicher, wie man eben wird, wenn man bei der Großmutter aufwächst und vom Vater nur in der Zeitung liest. Jede Woche schrieb Fritz jetzt geschraubte Briefe: »Wie freue ich mich schon auf Herrn Wedekind, aufs Wiedersehen.« Und er fängt an, den Briefen eigene Gedichte und Dramen beizulegen. Wie der Vater, so der Sohn. Wedekind reagiert höflich. Aber er hat panische Angst, seinen Sohn Fritz in seiner Münchner Wohnung zu empfangen. Er notiert im Tagebuch: »Bin so erregt, daß ich meine Rolle nicht memorieren kann.« Und am 23. Dezember kommt Fritz also wirklich aus Wien mit dem Zug und klingelt bei »Herrn Wedekind«. Doch der schläft, wie immer, bis mittags. Ehefrau Tilly bemüht sich um gute Stimmung, die Halbschwestern Pamela und Kadidja beäugen ihn aus dem Türrahmen. Tilly ist Fritz im Wege bei den Weihnachtsvorbereitungen, sie schickt ihn in die Stadt, in die Museen und leiht ihm eine Krawatte aus dem Theaterfundus. Als Wedekind erwacht, macht er Tilly eine Szene: Wieso sie seinem Sohn eine Krawatte geliehen habe? Sigmund Freud hätte seine Freude gehabt. Alle anderen leiden. Irgendwie muss der Sohn dann mit der Krawatte zurückgekommen sein. Irgendwie scheinen sie zu fünft Weihnachten gefeiert zu haben. Die Tagebücher von Frank und von Tilly Wedekind schweigen darüber. Aus Scham.

*

Paul Klee reist Weihnachten aus München nach Bern, zu seinen Eltern. Im Tagebuch notiert er dann in präzisen Worten das unlösbare Dilemma, die Verführungskraft und die Sollbruchstellen eines Weihnachtsfestes im Haus der Kindheit: »Man weiß ja, Weihnachten im Elternhaus war je schön, war selig und ist schön und bleibt selig. Gut, lässt sich schwer dagegen reden. Gewisse Ahnungen sprachen aber dagegen. Unheimlich. Scharfe Bilder aus meiner Kindheit sah ich.«

*

Am 25. Dezember sitzt D. H. Lawrence, der gerade den Erfolg seines Buches »Sons and Lovers« genießt und die Nähe seiner Geliebten Frieda von Richthofen, in einer Hafenbar in Genua und schreibt in sein Tagebuch: »Meine Religion ist es, dass ich fest davon überzeugt bin, dass das Fleisch und das Blut eines jeden Menschen klüger sind als sein Intellekt. Unser Kopf kann sich irren. Doch was unser Blut fühlt und sagen will, das ist immer wahr.«

*

Graf Dracula hätte seine Freude gehabt. Leider war da sein Stellvertreter auf Erden, der Budapester Turkologe Arminius Vámbery, der Bram Stoker mit allen wichtigen historischen Details über die Figur von Graf Dracula versorgt hatte, gerade erst acht Wochen tot. Im Obduktionsbericht wurden keine Bisswunden im Hals erwähnt.

*

Mit 71 Jahren verschwindet am 26. Dezember der bedeutende amerikanische Schriftsteller Ambrose Bierce. Er tat dies mit einem berühmten Satz: »Morgen werde ich gehen und zwar mit einem unbestimmten Ziel.« Er war der ewig verbitterte Mann der amerikanischen Publizistik, scharfzüngig, boshaft, verletzend, berühmt für seinen rabenschwarzen Sarkasmus. Sein Programm, so sagt er einmal, bestehe darin, alles zu kritisieren, »darunter alle Herrschaftsformen, einen Großteil der Gesetze und Gebräuche sowie die gesamte Gegenwartsliteratur«. Als er verschwand, wurde es also etwas friedlicher in Amerika. Es gab sofort absurde Theorien, weil er wie vom Erdboden verschluckt war nach dem zweiten Weihnachtsfeiertag des Jahres 1913. Ob er in den Wirren des mexikanischen Krieges gestorben sei, wie manche vermuteten und wie er es suggerieren wollte? Von Außerirdischen entführt, von Indios verspeist? Alles wurde für möglich gehalten.

Aber wenn man all die verschlüsselten Abschiedsbriefe aus dem Herbst 1913 liest, all die bitteren Lebensbilanzen, die er an Freunde und Feinde schickt, dann könnte das unbestimmte Ziel durchaus das Jenseits sein, in das er sich selbst befördert hat. Von Selbsttötung war Bierce ein Leben lang besessen, er veröffentlichte sogar einmal eine Gebrauchsanweisung für die Kunst des Suizids: »Rasierklingen sind durchaus zuverlässig, nur muss ihrer Anwendung das Wissen um den Sitz der Halsschlagader vorausgehen. Veranschlagen Sie mindestens eine halbe Stunde nach Dienstschluss.« Der 26. Dezember 1913 also markierte Ambrose Bierces Dienstschluss auf Erden.

*

Kaiser Franz Joseph von Österreich-Ungarn, nunmehr unglaubliche 65 Jahre auf dem Thron, wünscht sich für das Mittagessen am 1. Weihnachtsfeiertag ein Wiener Schnitzel. Und er bekommt es.

*

Nur das Tagebuch des wunderbar indiskreten Erich Mühsam aus dem Jahr 1913 ist dummerweise verschollen. Aber er schreibt in der letzten Ausgabe seines Journales »Kain«, der »Zeitschrift für Menschlichkeit«, aus der Baaderstraße 1a einen kurzen Text mit dem Titel »Bilanz 1913«. Und die geht leider so: »Abergläubische Menschen werden das verflossene Jahr mit Fug als Beispiel anführen können, wenn sie die Unglücksbedeutung der Zahl dreizehn behaupten. Was in aller Welt unter dem Namen Politik vor sich ging, war der Niederschlag von Knechtsinn, Brutalität und Dummheit. Für Europa bedeutet das Jahr 1913 das Bankrott aller Staatskunst. Sie haben erreicht, dass die Kriegsangst in allen Ländern wirtschaftliche Verheerungen anrichtete, die schon nach dem Kriege selber schmeckten. Die ständig zunehmende Truppenpräsenz in allen Staaten muss ja einmal die Katastrophe des Weltkrieges herbeiführen.« Noch Fragen?

*

Johannes Geiger entwickelt eine Maschine zur Messung der Ablenkung von Alphastrahlen durch Materie und ein Messinstrument für geladene und ungeladene Teilchen, den sogenannten Geigerzähler.

*

Der herrlich irrlichternde expressionistische Dichter Alfred Lichtenstein schreibt das Gedicht »Prophezeiung«. Er veröffentlicht es da, wo man als junger, wilder Dichter 1913 so etwas veröffentlicht: in Franz Pfemferts »Die Aktion«, der Zeitschrift der Avantgarde, die inzwischen in Berlin von der Nassauischen Straße 16 aus wöchentlich über 7000 Leser fand. Und was Lichtenstein sich in seinem Gedicht »Sommerfrische« im Oktober ersehnt hatte, das scheint im Dezember 1913 endlich einzutreffen: die Apokalypse. Lichtenstein dichtet in einer wundersamen Mischung aus Benn, Brecht und Kästner und doch eben ganz lichtensteinisch:

Einmal kommt – ich habe Zeichen –
Sterbesturm aus fernem Norden.
Überall stinkt es nach Leichen.
Es beginnt das große Morden.

Und so geht es dann die ganze Zeit weiter: Die Mädchen platzen und die Omnibusse kippen um in dieser Endzeitphantasie aus heiterem Himmel. Lichtenstein beschreibt genau das, was Ludwig Meidner in Berlin zeitgleich in seinen »Apokalyptischen Landschaften« malt. Am 1. Oktober war Lichtenstein als EinjährigFreiwilliger in das Zweite Bayerische Infanterieregiment eingetreten. Und er hatte das mit dem »Einjährigen« ernst gemeint: Er fällt am 25. September 1914, also genau ein Jahr später. Auch der militärische Dienstgrad Alfred Lichtensteins fällt also in den Bereich der Prophezeiung.

*

Am 1. Januar 1914 endet offiziell die Sperre der Aufführungsrechte für Richard Wagners Parsifal außerhalb von Bayreuth. Doch so lange wollte das Gran Teatre de Liceu in Barcelona nicht warten. Es begann seine Parzifal-Aufführung schon am 31. Dezember, ein paar Sekunden vor Mitternacht. Während draußen auf den Ramblas die Raketen zündeten, begannen die Musiker mit dem ersten Takt, und Richard Wagner war wieder rechtefrei.

*

Carl Sternheim schreibt am 31. Dezember 1913 an seinem Stück »1913«. Er merkt, dass es ein ganz besonderes Jahr gewesen ist. Er notiert an diesem Tag das Motto des Dramas: »Es ist immer nur ein wenig, was der Welt zur Erlösung fehlt.«

*

Kasimir Malewitsch sitzt mit seinem schwarzen Quadratschädel an seinem Schreibtisch, draußen fällt dichter Schnee, er friert. Auf seinem Tisch liegt das gerade erschienene Debüt von Boris Pasternak, Gedichte mit dem schönen Titel »Zwilling in Wolken«. Malewitsch schreibt an einem kleinen Text, den er »Das Jahr 1913« überschrieben hat, eine Jahresbilanz. Es geht eigentlich um das Abheben, um neue Flugzeuge und neue Erfahrungen: Dass die Menschen also plötzlich von oben auf die Wolken blicken, egal ob Zwilling oder nicht. Und wie das alles im Inneren durcheinanderbringt. »Haben wir einmal den Himmel erlangt, so bleibt uns die Aufgabe, alle Eigenschaften Gottes zu erlangen, d.h. allsehend zu sein, allmächtig und allwissend.« So stark also fühlten sich die Künstler 1913. Das Gefühl, dass die Menschheit nun die Wolken von oben besehen konnte, zog sie alle magisch zu den Flugplätzen, Franz Kafka genauso wie Gerhart Hauptmann, D'Annunzio wie Malewitsch. Das Abheben vom Boden, das war ein radikaler, fundamentaler Akt der Moderne. Gleichzeitig suchte Freud nach den archaischen Ritualen in seinem Buch »Totem und Tabu«, Strawinsky in seinen hämmernden Trommelgesängen in »Le sacre du printemps« und Ernst Ludwig Kirchner in seinen Holzskulpturen, die er aus den Planken schnitt, als stammten sie von fernen Südseeinsulanern. Doch das waren keine Gegensätze mehr. Alles geschah simultan in diesem Jahr, die Vergangenheit und die Gegenwart und die Zukunft wurden unauflöslich miteinander verschränkt in den Jahrhundertromanen, die in diesem Jahr begonnen oder vollendet werden: in James Joyce' »Ulysses«, in Musils »Mann ohne Eigenschaften«, in Prousts »Suche nach der verlorenen Zeit« und in Thomas Manns »Zauberberg«. Auch in der Kunst spannt sich zwischen dem ersten Readymade von Marcel Duchamp und Malewitschs Urquadraten ein unendlich weiter Bogen der Abstraktion, des Kubismus, der zersplitterten Formen, der Sehnsüchte, der brodelnden Manifestationen. Vielleicht nie zuvor hat die Welt so an Tempo gewonnen wie in diesem Jahr. Kein Wunder, dass Henry Ford das Fließband erfindet, die Fluten von Pazifik und Atlantik sich im Panamakanal vereinen und kein Mensch je so hoch flog und so weit und schnell wie 1913. Was für ein Jahr. Im Dezember 1913 erscheint dazu passend Clara Bergs Buch mit dem siegesgewissen Titel »Die Welträtsel sind lösbar«.

*

Und wie geht es dem Rest der Welt? Fernando Pessoa, der große portugiesische Dichter, notiert am 31. Dezember 1913 in Lissabon in sein Tagebuch: »Was auch immer das Schicksal wollen wird, so wird es geschehen.« Sein Wort in Gottes Ohr.

*

Bei der österreichischen Erzherzogin Zita beginnen in Schloß Hetzendorf am Silvesterabend die Wehen. Doch sie ziehen sich etwas hin, was auch an der Länge des Namens der zu gebärenden Tochter gelegen haben dürfte: Adelheid Maria Josepha Sixta Antonia Roberta Ottonia Zita Charlotte Luise Immakulata Pia Theresia Beatrix Franziska Isabella Henrietta Maximiliana Genoveva Ignatia Marcus d'Avanio brauchte verständlicherweise ein wenig länger bei ihrem Weg durch den Geburtskanal. Der werdende Vater, Erzherzog Karl, hofft, dass die Geburt seines Kindes ein gutes Omen für das neue Jahr 1914 werden möge.

Auf ein gutes neues Jahr:
In den letzten Dezembertagen des Jahres 1913
malt Paul von Spaun in Capri am Strand dieses Bild,
bei dem man die Brandung schon hören kann,

Auswahlbibliographie

Dieses Buch fußt auf zahlreichen Biographien und kultur-
geschichtlichen Quellenwerken. Nachfolgend ist eine Auswahl
der Werke aufgelistet, denen der Autor wichtige Hinweise
verdankt.

Adolphs, Volker/Hoberg, Annegret (Hrsg.): *August Macke
und Franz Marc. Eine Künstlerfreundschaft.* Ausstellungskatalog. Ostfildern 2014.

Albertina, Wien (Hrsg.): *Egon Schiele.* Ausstellungskatalog.
München 2017.

Andreas-Salomé, Lou: *In der Schule bei Freud. Tagebuch eines
Jahres (1912/1913).* Frankfurt am Main u. a. 1983.

Astruc, Gabriel: *Meine Skandale. Strauss, Debussy, Strawinsky.* Berlin 2016.

Bauermeister, Christiane/Hertling, Nele (Hrsg.): *Sieg über
die Sonne. Aspekte russischer Kunst zu Beginn des 20. Jahrhunderts.* Ausstellungskatalog. Berlin 1983.

Bellin, Klaus: *Das Weimar des Harry Graf Kessler.* Mit
Photographien von Angelika Fischer. Berlin 2013.

Becker, Ingeborg/Marchal, Stephanie (Hrsg.): *Julius Meier-
Graefe. Grenzgänger der Künste.* Berlin/München 2017.

Benn, Gottfried: »*Absinth schlürft man mit Strohhalm, Lyrik
mit Rotstift.*« *Ausgewählte Briefe 1904–1956.* Hrsg. von
Holger Hof. Göttingen 2017.

Benn, Gottfried: *Söhne. Neue Gedichte.* Berlin 1913.

Berg, Clara: *Die Welträtsel sind lösbar. Skizzen.* Berlin 1913.

Morris, Roy: *Ambrose Bierce. Allein in schlechter Gesellschaft.*
Eine Biographie. Zürich 1999.

Bilang, Karla (Hrsg.): *Kandinsky, Münter, Walden. Briefe und*
Schriften. 1912–1914. Bern 2012.

Birthälmer, Antje/Finckh, Gerhard (Hrsg.): *Der Sturm.*
Zentrum der Avantgarde. Ausstellungskatalog, Band 1.
Wuppertal 2012.

Bollmann, Stefan: *Monte Verità. 1900. Der Traum vom*
alternativen Leben beginnt. München 2017.

Buckle, Richard: *Nijinsky.* Herford 1987.

Bunin, Iwan: *Ein Herr aus San Francisco. Erzählungen*
1914/1915. Zürich 2017.

Brecht, Bertolt: *Briefe.* Hrsg. von Günter Glaeser. 2 Bände.
Frankfurt am Main 1981.

Brugger, Ingried et al. (Hrsg.): *Liebe in Zeiten der Revolution.*
Künstlerpaare der russischen Avantgarde. Ausstellungskatalog. Wien 2015.

Busold, Stefanie: Henry P. Newman. *Hamburger Großkauf-*
mann und Mäzen. Hamburg 2012.

Chanel, Coco: *Die Kunst, Chanel zu sein.* Aufgezeichnet von
Paul Morand. München 2012.

Christie's: *The Collection of Peggy and David Rockefeller.*
Band 1. Auktionskatalog. New York 2018.

Cowling, Elizabeth et al. (Hrsg.): *Matisse Picasso.* Ausstellungskatalog. London 2002.

Csáth, Géza: *Tagebuch* 1912–1913. Berlin 1990.

Decker, Kerstin: *Lou Andreas-Salomé. Der bittersüße Funke*
Ich. Berlin 2012.

De Padova, Thomas: *Allein gegen die Schwerkraft. Einstein*
1914–1918. München/Berlin 2017.

Der Sturm. Herwarth Walden und die Europäische Avantgarde,
Berlin 1912–1932. Ausstellungskatalog der Nationalgalerie.
Berlin 1961.

Die Aktion. Wochenzeitschrift für Politik, Literatur und Kunst.
Hrsg. von Franz Pfemfert. Auswahl von Thomas
Rietzschel. Köln 1987.

Durieux, Tilla: *Eine Tür fällt ins Schloss.* Berlin 1928.

Echte, Bernhard/Feilchenfeldt, Walter (Hrsg.): *Kunstsalon
Cassirer.* Band 5 und 6. Wädenswil 2015.

Faber, Monika/Mahler, Astrid (Hrsg.): *Heinrich Kühn.
Die vollkommene Fotografie.* Ostfildern 2010.

Feilchenfeldt, Rahel E./Raff, Thomas: *Ein Fest der Künste.
Paul Cassirer. Der Kunsthändler als Verleger.* München 2006.

Fischer, Ernst Peter: *Niels Bohr. Physiker und Philosoph des
Atomzeitalters.* München 2012.

Flügge, Manfred: *Gesprungene Liebe. Die wahre Geschichte zu
›Jules et Jim‹.* Berlin/Weimar 1993.

Föhl, Thomas/Wolff, Stephan: *Alfred Wolff und Henry van de
Velde.* Berlin/München 2018.

Franck, Dan: *Montparnasse und Montmartre. Künstler und
Literaten in Paris zu Beginn des 20. Jahrhunderts.* Berlin 2011.

Frecot, Janos et al.: *Fidus 1868–1948.* München 1972.

Friedländer, Max J.: *Der Kunstkenner.* Berlin 1920.

Gargano, Pietro/Cesarini, Gianni: *Caruso. Eine Biographie.*
Zürich 1991.

Gide, André: *Autobiographisches.* Gesammelte Werke in
12 Bänden. Hrsg. von Peter Schnyder. Stuttgart 1990.

Gide, André: *Et nunc manet in te und Intimes Tagebuch.
Aus dem Nachlass.* Stuttgart 1952.

Gold, Arthur/Fizdale, Robert: *Misia. Muse, Mäzenin,
Modell.* Frankfurt am Main 1991.

Gumbrecht, Hans Ulrich: *1926. Ein Jahr am Rand der Zeit.*
Frankfurt am Main 2001.

Hauptmann, Gerhart: *Tagebücher 1906–1913.* Hrsg. von
Peter Sprengel. Frankfurt am Main/Berlin 1994.

Henke, Matthias: *Arnold Schönberg.* München 2001.

Hesse, Hermann: *Die Briefe. Band 2.* 1905–1915. Hrsg. von Volker Michels. Berlin 2013.

Huber, Hans Dieter: *Edvard Munch. Tanz des Lebens. Eine Biographie.* Stuttgart 2013.

Hülsen-Esch, Andrea von/Finckh, Gerhard (Hrsg.): *Der Sturm. Zentrum der Avantgarde.* Ausstellungskatalog, Band 2. Wuppertal 2012.

Hülsewig-Johnen, Jutta/Mund, Henrike (Hrsg.): *Der böse Expressionismus. Trauma und Tabu.* Ausstellung der Kunsthalle Bielefeld. Köln 2017.

Ikelaar, Leo (Hrsg.): *Paul Scheerbarts Briefe von 1913–1914 an Gottfried Heinersdorff, Bruno Taut und Herwarth Walden.* Paderborn 1996.

Illies, Florian: *Gerade war der Himmel noch blau. Texte zur Kunst.* Frankfurt am Main 2017.

Illies, Florian: 1913. *Der Sommer des Jahrhunderts.* Frankfurt am Main 2012.

In Memoriam Paul Cassirer. 7. *Januar* 1926. Gedächtnisreden. Weimar 1926.

Jahrbuch der Staatlichen Kunstsammlungen Dresden, Berichte, Beiträge 2005, Bd. 32, Sonderband.

Junge-Gent, Henrike: *Alfred Lichtwark. Zwischen den Zeiten.* Berlin/München 2012.

Jünger, Ernst: *Kriegstagebuch* 1914–1918. Hrsg. von Helmuth Kiesel. Stuttgart 2010.

Keller, Luzius: *Proust 1913.* Hamburg 2014.

Kennert, Christian: *Paul Cassirer und sein Kreis. Ein Berliner Wegbereiter der Moderne.* Frankfurt am Main 1996.

Kjetsaa, Geir: *Maxim Gorki. Eine Biographie.* Hildesheim 1996.

Kraus, Karl: *Briefe an Sidonie Nádherný von Borutin.* 1913–1936. Band 1. Neu herausgegeben von Friedrich Pfäfflin. Göttingen 2005.

Kropmanns, Peter: *Das Atelier im Grünen. Henri Matisse – die Jahre in Issy*. Berlin 2010.

Kubik, Szymon Piotr/Kacprzak, Dariusz (Hrsg.): 1913. *Frühlingsweihe*. Ausstellungskatalog. Stettin 2013.

Kunsthaus Zürich (Hrsg.): *Großstadtrausch. Naturidyll. Kirchner – die Berliner Jahre*. Ausstellungskatalog. Zürich 2017.

Lauinger, Horst: Über den Feldern. Der Erste Weltkrieg in *grossen Erzählungen der Weltliteratur*. Zürich 2014.

Lauterbach, Ulrich/Siebert, Eberhard (Hrsg.): *Wirklichkeit und Traum. Gerhart Hauptmann* 1862–1946. Ausstellung der Staatsbibliothek Preussischer Kulturbesitz Berlin. Berlin 1987.

Leopold, Diethard et al. (Hrsg.): *Wally Neuzil. Ihr Leben mit Egon Schiele*. Wien 2015.

Levenson, Thomas: *Einstein in Berlin*. New York 2013.

Lichtenstein, Alfred: *Gedichte und Geschichten*. Band 1. München 1919.

Lichtwark, Alfred: *Makartbouquet und Blumenstrauss*. Berlin 1905.

Lützeler, Paul: *Hermann Broch. Eine Biographie*. Frankfurt am Main 1988.

Luyken, Gunda/Wismer, Beat (Hrsg.): *George Grosz. Der große Zeitvertreib*. Ausstellungskatalog. Köln 2014.

Marbacher Magazin, *Vom Schreiben* 4, 74/1996.

Marc, Franz/Marc, Maria: *Briefe*. Hrsg. von Annegret Hoberg. München 2018.

Meier-Graefe, Julius: *Tagebuch* 1903–1917 *und weitere Dokumente*. Hrsg. von Catherine Krahmer. Göttingen 2009.

Michalzik, Peter: 1900. *Vegetarier, Münster und Visionäre suchen nach dem neuen Paradies*. Köln 2018.

Möhrmann, Renate: *Tilla Durieux, Paul Cassirer*. Berlin 1997.

Mocek, Claudia: *Mata Hari*. Stuttgart 2017.

Mondrian, Piet: *Catalogue Raisonné*. 2 Bände. Bearbeitet von Joop M. Joosten und Robert P. Welsh. München/ New York 1998.

Muxeneder, Therese: *Arnold Schönberg & Jung-Wien*. Wien 2018.

Neider, Andreas: *Michael und die Apokalypse des 20. Jahrhunderts. Das Jahr 1913 im Lebensgang Rudolf Steiners.* Stuttgart 2013.

Reeds, Bärbel: *Hesses Frauen*. Berlin 2013.

Peteuil, Marie-Françoise: *Helen Hessel. Die Frau, die Jules und Jim liebte. Eine Biographie*. Frankfurt am Main 2013.

Regnier, Anatol: *Frank Wedekind. Eine Männertragödie*. München 2010.

Richardson, John: *Picasso. Leben und Werk*. 1907–1917. München 1997.

Rubinstein, Arthur: *Erinnerungen. Die frühen Jahre*. Frankfurt am Main 1980.

Schenkel, Elmar: *Fahrt ins Geheimnis. Joseph Conrad. Eine Biographie*. Frankfurt am Main 2007.

Schickling, Dieter: *Giacomo Puccini. Biographie*. Stuttgart 1989.

Schirrmacher, Frank: *Die Stunde der Welt. Fünf Dichter – ein Jahrhundert. George, Hofmannsthal, Rilke, Trakl, Benn*. München 2017.

Schmid, Adolf: *Rilke in Rippoldsau*. 1909 *und* 1913. Freiburg i. Br. 1984.

Schmitz, Oscar A. H.: *Durch das Land der Dämonen. Tagebücher* 1912–1918. Hrsg. von Wolfgang Martynkewicz. Berlin 2007.

Sinclair, Andrew: *Jack London. Eine Biographie*. Frankfurt am Main 1982.

Smee, Sebastian: *Kunst und Rivalität. Vier außergewöhnliche Freundschaften*. Berlin 2017.

Sommer, Achim (Hrsg.): *Max Ernst. Frühe Zeichnungen. Schenkung Werner und Monique Spies.* Ausstellungskatalog. Brühl 2018.

Stach, Reiner: *Kafka. Die Jahre der Entscheidung.* 1910–1915. Frankfurt am Main 2017.

Stach, Reiner: *Kafka von Tag zu Tag. Dokumentation aller Briefe, Tagebücher und Ereignisse.* Frankfurt am Main 2017.

Stein, Gertrude: *Jedermanns Autobiographie.* Frankfurt am Main 1996.

Steinfeld, Thomas: *Der Arzt von San Michele. Axel Munthe und die Kunst, dem Leben einen Sinn zu geben.* München 2007.

Sternheim, Carl: 1913*: Schauspiel in drei Aufzügen.* Leipzig 1915.

Strauß, Botho: *Der Fortführer.* Reinbek bei Hamburg 2018.

Paul-Klee-Stiftung Kunstmuseum Bern (Hrsg.): *Paul Klee. Tagebücher* 1898–1918. Stuttgart 1988.

Pessoa, Fernando: *Dokumente zur Person und ausgewählte Briefe.* Zürich 1988.

Vietor-Engländer, Deborah: *Alfred Kerr. Die Biografie.* Reinbek bei Hamburg 2016.

Wedekind, Frank: *Die Tagebücher.* Hrsg. von Gerhard Hay. Frankfurt am Main 1986.

Wegner, Matthias: *Klabund und Carola Neher. Eine Geschichte von Liebe und Tod.* Berlin 1996.

Wencker-Wildberg, Friedrich: *Mata Hari. Roman ihres Lebens.* Leipzig 1994.

Wendt, Gunna: *Lou Andreas-Salomé und Rilke – eine amour fou.* Berlin 2017.

Wichner, Ernest/Wiesner, Herbert (Bearb.): *Franz Hessel. Nur was uns anschaut, sehen wir. Ausstellungsbuch.* Berlin 1998.

Wiggershaus, Renate: *Joseph Conrad. Leben und Werk in Texten und Bildern.* Frankfurt am Main/Leipzig 2007.

Wittich, Evelin (Hrsg.): *Rosa Luxemburg. Herbarium*. Berlin 2016.

Zauberfest des Lichts. Henri Matisse in Marokko. Gemälde und Zeichnungen. Zusammenstellung und Nachwort von Annette Ludwig. Frankfurt am Main/Leipzig 2002.

Zeitschrift des Deutschen Vereins für Kunstwissenschaft, *Sammler der frühen Moderne in Berlin*, Bd. 42, Heft 3, Berlin 1988.

Abbildungsnachweis

Titelei: © Heinrich Kühn / Österreichische Nationalbibliothek
Januar: Stanisław Ignacy Witkiewicz-Witkacy, Porträt von
 Jadwiga Janczewska, Zakopane ca. 1913
Februar: Monte Verita, Dalcroze-Schule, 1913 (ullstein bild)
März: Nijinsky, Nachmittag eines Fauns (Heritage-Images /
 Art Media / akg-images)
April: Egon Schiele, Selbstbildnis von 1913
Mai: Herbarium von Rosa Luxemburg, 11. Mai 1913,
 Ulme und Esche
Juni: Rainer Maria Rilke auf einer Parkbank in
 Bad Rippoldsau (akg-images)
Juli: Eisenbahnunglück auf der Emsbrücke, 25. Juli 1913
 (Oliver Westerhoff, Oldenburg)
August: Ernst Ludwig Kirchner, Badende in der Ostsee auf
 Fehmarn, 1913 (Kirchner Museum Davos)
September: Sergei Djagilew und Misia Sert im Zug
Oktober: Faksimile der Fahnen von Marcel Prousts À la
 recherche du temps perdu« (Fondation Martin Bodmer,
 Cologny, Genf)
November: Fotoserie von Gabriele Münter, Dokumentation
 der Entstehung von Wassily Kandinskys Komposition VII
 (Gabriele Münter- und Johannes Eichner-Stiftung,
 München / VG Bild-Kunst, Bonn 2018)
Dezember: Emmy Hennings, fotografiert von Hanns Holdt,
 1912/13, (Schweizerisches Literaturarchiv SLA, Bern.
 Nachlass Ball-Hennings, Signatur C-04-b-OP-12-37)
Schluss: Paul von Spaun, Gischt, 1913 (Ausschnitt)
 (Sammlung Reinhold, Berlin)

Kurzer Dank

Ich danke vielen für vieles – vor allem für die intensive Ermutigung, meiner Leidenschaft nachzugehen und tatsächlich dem ersten Buch über 1913 ein zweites folgen zu lassen. Und ich bin dankbar für zahllose Hinweise auf exzentrische Figuren und vergessene Geschichten, denen dringend ein Platz im Kosmos dieses überirdischen Jahres gehört: Felicitas Baumeister, Simon Elson, Mathias F. Hans, Oliver Jahn, Sonja Jost, Luzius Keller, Paul Maenz, Wolfgang Mecklenburg, Christa Meves, Christoph Müller, Stefan Pucks, Lothar Schirmer, Lisa Marei Schmidt, Adam Soboczynski, Cathrin Vogel und Julia Voss.

Jörg Bong, Siv Bublitz und meiner Lektorin Nina Sillem im Fischer Verlag danke ich für die große Unterstützung dieses Projekts. Und Frank Geck, dem Hersteller des Buches, der die Schrift aus dem Jahre 1913 dafür gefunden hat. Sehr froh bin ich, dass auch das neue Buch die kritische und gebildete Erst- und Zweitlektüre von Erhard Schütz und Peter Sillem fand, wie schon in »1913. Der Sommer des Jahrhunderts« – wodurch viele sprachliche und chronologische Klippen doch noch umschifft werden konnten. Ferdinand von Schirach weiß gar nicht, wie wichtig er dafür war, dass dieses Buch genau so geworden ist, wie es ist – und diesen Titel trägt. Und ich danke Matthias Landwehr, dem Geburtshelfer auch dieses Buches.

Register

Dieses Register ist ein Gesamtregister der Personen und Orte beider Bücher von Florian Illies: »1913. Der Sommer des Jahrhunderts« (S. Fischer Verlag, 2012) und »1913. Was ich unbedingt noch erzählen wollte« (S. Fischer Verlag, 2018). Seitenzahlen *vor* dem Semikolon beziehen sich auf den ersten Band aus dem Jahr 2012, fette Seitenzahlen *nach* dem Semikolon auf den zweiten, hier vorliegenden Band. Begriffen, die nur in Band 2 vorkommen, ist ein » –; « vorangestellt.

Bergson, Henri 232 ; **222**
Berlin 9, 15 f., 18–23, 25, 31,
42–47, 53, 57 ff., 63 f., 73,
75, 77 ff., 87 f., 94–97, 103,
108, 114, 120, 127, 133,
139, 144, 152, 155, 158,
165, 168, 176, 179, 183,
188, 203, 213, 217, 219 f.,
232, 234, 237, 239, 241 f.,
244–248, 266, 269, 272,
281, 284, 298, 305, 308 ;
**13–16, 26 f., 44, 48 f., 52 f.,
56, 59, 71, 75, 77, 79, 82,
86, 89, 93, 95, 103 ff.,
108 ff., 122, 125, 134, 145,
149 f., 156 ff., 173, 178,
185, 189–192, 195, 199,
201 f., 207 ff., 213, 224,
228, 236, 239, 250, 259 ff.,
266 f.**
Bern 65, 79 ; **41, 77, 140 f.,
263**
Bernays, Minna 62
Bernhard, Hedwig –; **120,
134 f., 243**
Bernhardt, Sarah –; **235**
Bertram, Ernst 106, 117 f.
Beucha 243
Bider, Oskar –; **140 f.**
Bie, Oscar 296
Bierce, Ambrose –; **264 f.**
Bingen am Rhein 139
Bingham, Hiram 113
Bismarck, Otto von 249 ; **210**
Bitterfeld –; **255 f.**

Bizerte (Tunesien) –; **192**
Blanka, Dr. 179
Blankensee –; **218**
Blasco, José Ruiz 92 f. ; **97 f.**
Blei, Franz 90, 232, 250
Blixen, Bror von –; **245**
Blixen, Hans von –; **245**
Blixen, Karen –; **244 ff.**
Bloch, Grete 266 ; **68**
Blode, Hermann 143
Blohm, Otto –; **227**
Blücher, Gustl von –; **51 f.,
190**
Boccioni, Umberto 233 ; **225**
Böcklin, Arnold 176, 249 ;
252
Bödecker, Charles 220
Bodenhausen, Eberhard
von –; **12, 227**
Bogler von Plankenfeld,
Agnes –; **253**
Bohr, Niels –; **69 f., 229**
Boissonas, Fred –; **158**
Bölsche, Wilhelm 156
Bonn 175, 232 f. ; **186**
Bonnard, Pierre –; **124 f.**
Borchardt, Ludwig 25
Borchardt, Rudolf 132 ; **12**
Boutard, Charles –; **36**
Bozen –; **63**
Branca, Wilhelm von –; **79**
Brancusi, Constantin 48
Brandenburg, Martin –; **78**
Brandes, Georg –; **12**
Brandt, Willy 303

Chirico, Giorgio de 175 f.; **214**

Chotkowa, Sophie Chotek von (Herzogin Sophie) 178, 286

Christophe, Eugène –; **126**

Churchill, Winston 26

Chwotow, Alexei Nikolaje-witsch –; **40**

Clarens (Schweiz) –; **105, 116**

Claudel, Camille 73, 98 f.

Claudel, Paul 99, 250 f.

Clemen, Paul –; **186**

Cocteau, Jean 147; **75, 107**

Cody (Wyoming) –; **37**

Coffey, Peter 81

Conrad, Joseph –; **139 f.**

Corinth, Charlotte 31 f., 185, 298

Corinth, Lovis 31 f., 75, 173, 185 f., 220, 298 f.; **27, 29, 228F**

Corinth, Thomas 185, 298

Corinth, Wilhemine 298

Corot, Jean-Baptiste Camille 77, 214; **76**

Cortina d'Ampezzo (Italien) 200

Courbet, Gustave –; **76**

Craig, Edward Gordon –; **87**

Cranach, d. Ä. und d. J. 107

Csáth, Géza –; **14**

Czernowitz (Ukraine) –; **42**

D'Annunzio, Gabriele 13, 148, 292, 294; **73, 107, 231–234, 257, 269**

D'Alton, Vicomte –; **167**

Dardel, Nils de 110 f.

Daressalam (Tansania) –; **79**

Darwin, Charles 156

Daumier, Honoré –; **76**

Da Vinci, Leonardo 11, 47, 113, 292

Davidson, Jo 204

Davies, Arthur 48

Davis, Peter 9, 223 f.

Davison, Emily –; **117**

Davos 14, 158; **24, 249**

Death Valley (Kali-fornien) –; **31, 136**

Deauville (Frankreich) –; **72**

Debussy, Claude 98, 147 f.; **106, 204 f.**

Decugis, Max 120

Degas, Edgar 76 f.; **76**

Degenfeld, Ottonie von –; **196**

Degerloch 224

Dehmel, Ida –; **27, 55, 226 f., 229**

Dehmel, Richard 232; **55, 75, 199, 226–229**

Delacroix, Henri-Edmond 75, 77; **75**

Delaunay, Robert 51, 233; **60, 100, 191, 224 f.**

Delaunay, Sonia 233; **191, 224 f.**